해녀콩

해녀콩

❷

채정운장편소설

개미

작가의 말

착실과단(着實果斷)의 사자성어를 지금까지도 성언(聖言)처럼 내 마음으로 해석해서 좌우명으로 기억하고 있었다.

중학교 1학년에 입학해서 담임선생님은 김홍호 선생님이었다. 너그러우시고 결코 학급 아이들을 나무라는 일 없고 시험 감독할 때에도 교탁 위에 가부좌를 틀고 눈을 감고 종이 칠 때까지 앉아 계셨다. 그리고 종례시간에는 '조선(朝鮮)'이라고 써놓고 한자풀이를 해주셨는데 지금은 잘 생각나지 않는데 바다 위에 배가 해를 담고 떠가는 그림이 칠판에 그려있었던 것 같다.

담임선생님이 너그러우시니까 우리 반 아이들은 버릇없고 드세기로 학교 내에서 호가 났다. 과목마다 선생님 별명을 붙여놓고 불러대고 놀리기까지 했으니까.

학제가 바뀌어 9월에 이학년으로 진급이 되고 담임선생님도 새로 배정받았다. 그리고 이듬해 여름방학 전에 난리(6·25)가 났다.

대학에 진학하니까 김홍호 선생님은 교수님이 되셨고 '철학개론'을 담당하셨다. 나는 주저하지 않고 김홍호 선생님의 철학공부를 신청했다. 교수님은 여전하셨다.

첫 시간에 칠판에 착실과단(着實果斷)이라고 큰 글씨로 쓰셨다. 그리고 교수님께서는 하루 한 끼씩 식사하신다고 했다. 나는 졸업 후에도 '착실과단'과 한 끼씩만 식사하는 교수님을 잊지 않았다. 의과대학에 다니는 친구에게도 자문해 보았다. 그러나 답은 '죽음이 멀지 않을 것'이라고 한다.

그 후 수십 년을 지나서 일간신문 문화면에 김홍호 목사님의 사진과 글이 전면을 차지하고 있었다. 팔순을 훨씬 넘기신 목사님은 아직도 신촌에 살고 계셨다. 반가웠다. 알고 보니까 문학 동료 시인의 외삼촌이셨다.

나는 동료 시인에게 반문했다.

지금도 하루 한 끼만 식사하시느냐고 물었더니 그렇다고 당연하다는 듯이 대답했다. 그리고 구순 넘게 장수하셨다고 말했다.

나는 착실과단(着實果斷)이라는 사자성언(四字成言)을 잊지 않고 있었다. 그리고 나름대로 '과실이 익으면 땅에 떨어진다'라고 내 마음대로 해석해서 지금까지 기억하고 있었다.

그러나 착실과단(着實果斷)의 참뜻은 "거짓없이 진실하게 딱 잘라서 용기있게 결정함"이었다. 이제라도 바로 잡을 수 있게 되었으니 이 아니 또한 기쁘지 않겠는가?

2020년 4월 과천에서

채정운

해녀콩

1

교육이 먹고사는 문제를 해결해준다는 구체적인 문제를 실행하였던 1886년대를 되짚어 생각해 보았다. 그 후 1910년 후반에 와서는 여성들이 타의에서가 아니면 반타의에 의해서 학교에 다녔다. 쓰개치마를 벗고 백주에도 우산을 받고 등교하고 소풍을 다녔다. 걷는 자기 자신의 발등만을 바라보았던 때를 거쳐 교육 1세대를 경과한 1920년대에는 교육받은 미션계 졸업생들이 전도대에 참여한 역사를 되돌아보았다. 교육 한 세대를 경과한 후부터 여성들은 구제도에 대한 저항운동과 외면상의 억눌림으로부터 해방되

해녀콩은 제주도 토끼섬에서만 자생하는 콩과 식물이다. 전설에 의하면 해녀들이 고달픈 삶을 끝내려고 먹으면 죽는다는 해녀콩을 먹었더니 죽기는커녕 미쳐버렸다는 금단의 콩이다.

려고 외쳤다.

쪼기말 치마를 입읍시다.

조혼을 시키지 맙시다.

구도덕의 꼭두각시가 사라지기 전에는 결혼하지 맙시다.

조기 결혼 반대 서클이 결성되었고 그들 회원은 머리털을 태워 굴뚝에 넣는 샤먼적 서양의식이 성행했다.

그 후 또 10년이 지나갔다. 나의 어머니가 태어나던 1930년대에는 신여성들의 불평 4개 원칙이 사회문제로 대두되었을 무렵이었다.

그 불평의 4개 원칙이란

1. 아기 낳기 싫어하고

2. 새물 먹어 건방지며

3. 어른 시중에 소홀하고

4. 쓸모없는 퇴물

이라는 신여성들에 대한 불평이 자자했던 때도 있었다.

묵묵히 인종하는 한국 여인의 부덕. 그러나 나의 어머니는 그녀가 지닌 지성으로 인해 묵묵할 줄도 몰랐다. 나의 어머니는 지성을 갖추었기 때문에 그녀가 감당해야 할 불평으로부터 박차고 일어서려는 생명력은 대단했다. 나의 어머니는 표면상의 문제를 놓고 불평하지 않았다. 머리 모양이나 쪼기말 치마가 결코 여성의 자아를 성숙시켜 주지 않는다는 것쯤은 모두 잘 알고 있었다.

나는 어머니의 고향을 생각했다.

어머니의 고향땅에는 아직도 교육의 혜택을 받지 못한 여성들이 많았다. 그럼에도 불구하고 그녀들은 모두들 나의 어머니보다 윤택하고 안정된 가정을 꾸려가며 행복하게 살고 있었다. 지금은 나의 어머니나 나나 모두 한결같이 손에 쥔 것이 없었다. 단지 가지고 있는 것은 어머니가 16년 동안 받은 교육을 나눠줄 수 있을 것이라는 생각이 전부였다.

"어머니는 할 수 있어요."
"빨리 경제적으로 독립해야 해요."
"이미 길은 정해졌어요."
"아버지로부터 생활비를 받지 마세요."
"어떻게 어떻게 살 것이냐?"
"그건 엄마의 문제예요."
"나의 문제라구?"
"그렇구 말구요. 엄마는 그만한 책임감도 없이 아이를 넷씩이나 낳았어요?"
"어머머……"
어머니가 외마디 소리를 질렀다. 그리고 어머니는 메마른 목소리로 절규했다.
"아이고 아이고 원통해라."
나는 귀를 틀어막았다.
그리고 나는 나의 방으로 돌아와서 문을 굳게 닫았다.

해녀콩.
제주도에서는 잠수콩이라고 부르는 이 식물은 토끼섬에서만 서식했다. 토끼섬이 문주란의 서식지로 알려졌을 뿐 이 볼품없는 콩과식물은 별로 알려진 바가 없었다. 해녀콩은 바위틈에 뿌리를 내리고 덩굴로 토끼섬 바위를 온통 뒤덮었다. 납작납작하고 동글동글한 잎은 보통 넝쿨 콩잎이나 진배 없었지만 콩꼬투리는 투박하고 탐스러워서 먹고 싶을 만큼 식욕을 돋우웠다.

초가을 해녀들이 물질을 하고 뭍으로 나와 토끼섬 바위에 걸터앉아 젖은 살을 잠시 볕에 말리울 때, 해녀콩을 불을 놓아 구워서 먹었다고 한다. 달착지근한 콩 맛에 정신없이 까먹었다가는 이내 속이 울렁거리고 메슥메슥해 와서 급기야는 뱃속에 것을 다 게워 내놓기가 일쑤였는데 그때마다 어질어질해 물질을 할 수 없었다. 사람에게만 유해한 해녀콩 속에 함유하고 있는 카나반, 여성의 운명과도 같은 해녀콩에 관한 탐구는 시작되었다.

단계적으로 십육 년의 교육을 받고 나면 나의 꿈은 이루워지리라 믿고 살아왔다. 한 번도 내가 구하는 생활을 하지 않았고 그러한 바탕도 돼있지 않았다. 나의 꿈은 몰락해가는 집안을 내 힘으로 일으켜 세우고 싶은 마음만이 간절했다. 이와 같은 생각은 머리만 크고 하체는 허약해서 금방 고꾸라질 것 같은 허황된 이상에 불과했다. 실제로 나 자신도 제대로 지탱할 수 없는 허약한 지성인일 따름이었다.

이러한 좌절감 속에서 방황하다가 고향집으로 머리 숙이고 돌아갈 결심을 했다. 그 고향집은 여러 생명을 탄생시키고 키웠고 그리고 외지로 내보냈다가는 절망했을 때, 누구나 머리를 숙이고 돌아온 집이었다. 지금 그 고향집은 흉가다웠다. 아버지가 가족들을 돌보지 않아서 더욱 그러했다. 할머니는 언제나처럼 헛간에 앉아서 마른 궤떽이 속에서 벼 이삭을 손으로 추려내고 있었다. 할머니는 나의 귀가를 반기면서 말했다.

"자 이젠 논농사가 이게 마지막이야. 추수한 나락은 다 팔아먹고 땅까지 팔아먹었다. 이 궤떽이를 추려서 방아 찧으면 쌀가마는 착실할 게다. 이거면 아이들하구 앞으로 한 달은 견딜 수 있다. 그 안에 설마한들 무슨 수가 생기겠지. 하늘이 무너져도 솟아날 구멍은 있다고 했으까."

그때, 나는 할머니의 말을 믿지 않았다. 다만 한 가닥 확실한 희망은 할머니의 그 규모였다. 할머니가 스스로 한 달 식량은 있다고 했으니까 적어도 두 달 먹을 것이 있을 수 있을 것 같은 믿음이었다. 어느 독 틈에 찡겨두었던 나락을 꼭 숨겨 놔뒀을 것 같은 확신이었다. 할머니는 언제나 비상시를 생각해서 여분을 남겨두는 성미였으니까 전혀 무리한 기대는 아니었을 것이다. 그렇다면 두 달 식량이 있다한들 어쩔 것인가.

겨울은 해가 짧고 그리고 농한기이기 때문에 하루에 두 끼니만 먹기로 했다. 여섯 식구에다 누렁이까지 일곱 식구 폭은 됐다. 식구들 모두가 누렁이를 사랑했다. 석유를 아끼느라고 일찍 불을 껐다. 겨울밤은 길고 그리고 깊었다. 깊은 밤을 지켜주는 누렁이가 없었다면 더 적막했을 것이다.

집안에서는 찬바람이 돌았다.

지나가는 각설이도 동냥을 달란 말을 않고 지나칠 정도였다. 나는 마당가에 검은 바위를 바라보았다. 바위는 여전히 꽁무니를 일각문께로 빼고 음전스럽게 엎드려 있었다. 그리고 그 바위 양옆에 서 있는 키 큰 측백나무도 여전하게 바람을 맞으면서 서 있었다. 집안이 몰락한 것은 배바위를 돛대가 휘져어온 때문이라고 생각했다.

할머니는 팔십 노인답지 않게 꿋꿋했다. 결코 근심하거나 걱정하지 않았으며 말없이 당신이 할 수 있는 일을 찾아서 쉬지 않고 계속했다. 추운 날에는 방안에 들어앉아 바느질을 했고 바람이 자고 햇볕이 따뜻한 날에는 밖에 나와서 씨서리를 하고 가까운 동산에 올라 검불을 긁어다가 군불을 땠다.

누렁이를 제외하고 집안에 가축은 씨가 말랐다. 그러니까 농가의 겨울은 답답하기만 했다. 할머니가 제일 먼저 누렁이를 없애자고 제의했다.

"참으로 안됐지만 어찌 하겠느냐. 짐승이라도 정이 들어 안됐지만서두 이 판국에 한 입이라도 줄이는 수밖에 없다. 누렁이를 팔도록 하자."

"안 돼요. 굶어도 같이 굶고 먹어도 같이 먹겠어요. 누렁이를 절대로 팔 수 없어요."

남동생이 반대했다.

"그렇지만 개도 목숨 붙은 짐승인데 배 주리게 해줄 바엔 놓아주는 게 도리인 게다."

할머니의 단호한 결단에 동생이 울었다. 아이는 어머니가 세상을 떠났을 때보다 더 슬프게 훌쩍거렸다. 우리들은 말 못하는 누렁이가 배고파한다는 사실을 생각해 보니까 내가 배고픈 것 이상으로 슬펐다.

그날 밤이었다.

하늘이 무너져도 솟아날 그 구멍이 생긴 것이다. 초저녁에 손님이 한 분 찾아오셨다. 그분은 인동에 있는 사립중학교에 교장선생님이었다. 나는 그 다음날부터 신설 중학교에 나아가 어려운 짐을 함께 감당할 것을 다짐했다.

일 년이 지나가고 이 년 삼 년 사 년……

시간은 이렇게 새로운 것을 잉태시키면서 옛 것을 과거의 시간 속에 침잠시켜놓고 미래로 미래로 주행했다. 우리들은 모두 다 이 시간속에 자신을 내 맡긴 채 새로운 것을 맞이하면서 옛 것을 내놓고 있었다. 때로는 슬퍼하고 번민하면서 분노와 울분으로 치를 떨었다가도 곧 잊어버렸다. 우리들은 불행에 잘 길들여져 있었다. 또 마을 사람들의 소문이나 수근거림은 그 나름대로 사람들의 행위를 객관화할 수 있는 힘을 가지고 있었다. 이와 같은 힘도 또한 무시할 수 없는 능력을 가지고 있었다. 이러한 힘이나 능력은 나아가서 다듬어지지 않은 삶의 모난 곳에 징을 대는 구실이 되기도 했다. 이와 같은 이치는 흡사 우리의 고유한 음식인 김치가 여러 가지 재료들로 배합되었을 때는 그 맛이 제대로 나지 않는 것과도 일치한다. 김치는 여러 가지 재료들로 잘 배합이 되어서 적당한 온도와 시간이 지나면 서로 서로의 재료들이 잘 배합되어 알맞게 익었을 때 나는 특수한 맛, 즉 김치를 담근 사람의 솜씨는 그것이 잘 익은 후에라야 독특한 맛을 내는 것과 같은 이치일 것이다. 사람들은 절망과 고독과 배반 뒤에 오는 참회와 절규 뒤에 한결 그 거친 결이 삭는 달관의 태도, 즉 삶은 어쩔 수 없이 창조주의 소관대로 운위되는 것이라는 깨달음의 경지에 이르게 된다. 이쯤되면 더불어 모난 것이 달아져 유순해지는 그 과정이 바로 삶이라고 규정지을 수 있었다.

이와 같은 시간의 속도감은 농촌에도 예외없이 밀어닥쳤다. 마을 사람들은 미쳐 과거의 것을 익히기도 전에 새로운 관념의 소용돌이 속에 휘말려 자기 집의 고유한 김치 맛을 잃고 있었다. 농토를 묵히면 천벌을 받는다고 알고 있었기 때문에 마을 사람들은 포화 속에서도 호미 자루와 낫을 놓지 않았었다.

그러나 지금은 그렇지 않았다.

땅은 그처럼 살아있는 신성한 것이 아니라고 생각하고 있었다. 땅은 그처럼 조상 대대로 물려받은 신성한 밥그릇이 아니었다. 그 아무도 땀흘려 땅을 가꾸기보다는 땅 자체로 화폐가치가 높기 때문에 땅은 잡초 속에 방치해 두더라도 땅값의 상승은 곧 소득이라고 생각하고 있었다. 이와 같은 관념은 도시로부터 농사를 업으로 삼지 않는 사람들의 바람이었다. 이 바람은 땡볕 속에서 소금적이 앉을 만큼 그을으면서 땅을 가꾸려는 노력을 쉽게 거세해 버렸다. 대부분의 사람들은 낫자루를 놓고 도시로 나아가 남의 집 마당을 쓸어주고 심부름 따위를 하는 잡부의 일일지라도 잘 견디면서 지냈다. 그 편이 마음은 불편하더라도 육신은 훨씬 편했다. 그러나 아버지는 달랐다. 도시에서의 온갖 수모와 방황 끝에 다시 되돌아온 고향집은 새로운 삶의 근거지로 부상했다. 아버지는 과실을 우수종으로 생산해 내는 기술자였다. 아버지는 남아있는 산을 개간하여 다시 과수원을 꾸미고 흙속에 묻혀 살고자 했다. 이와 같은 삶의 재발견은 굳건하고 안락한 노후의 집을 제공해 주었다. 그 집은 할머니가 세상을 떠나는 날까지 기둥뿌리를 잡고 있었기 때문에 가능한 것이기도 했다. 그러나 그 집은 이미 나와는 무관한 아버지의 집이었다. 내가 태어나서 성장했던 그 기와집도 나의 집이 아닌 아버지의 집이었다.

나는 집이 없었다.

나는 그동안 나의 집을 반석 위에 세우지 못했다. 그 남자를 처음 만났을 때에도 나는 지금처럼 암담한 처지에 있을 때였다. 어머니가 세상을 떠난 뒤, 네 동생과 할머니는 내가 꼭 책임져야 한다고 주제넘게 생각했다. 그러나 그때 그러한 생각을 한 것은 너무나 허황되고 주제넘은 판단에 불과했다. 그러나 그때 당시에는 그와 같은 생각이 잘못됐다거나 거짓된 것이 아니였음으로 뼈저리게 절감했다. 절실했기 때문에 절망스러웠다. 지금 돌이켜 생각해보면 그때의 절망은 절망이 아니었다. 젊고 직업이 있었고 그리고 집이 아버지의 집일지라도 나와 어린 동생들이 거처할 수 있는 우리집과 우리 땅이 있었다. 동생들이 삼태기를 들고 뒷동산에만 올라가도 가랑잎을 맘껏 긁어다가 구둘을 따뜻하게 불 땔 수 있었다. 남동생이 서울에 있는 고등학교에 다니고 있었고 막내가 초등학교 4학년이었다. 지금 돌이켜 보면 그처럼 암담하지도 절박하지도 않았을 처지였는데 그때 나는 왜 그토록 처참하다고 생각했는지 알 수 없었다.

그 무렵 나는 한 남자를 알게 되었다. 그 남자를 알게 된 것은 자연스러운 만남이 아니었다. 어느 교수님의 소개로 만날 수 있었는데 그때 그 남자는 지금처럼 아무것도 손에 쥔 것이 없었다. 그럼에도 불구하고 세상 어느 누구보다도 자신감에 차있었고 그리고 젊음을 자랑하고 있었다. 그 남자는 젊음의 가능성을 꿋꿋하게 내세웠다. 나에게는 주체할 수 없도록 번민스럽기만 한 젊음을 그는 소중하게 생각했고 그리고 천금보다 더 귀한 재산으로 내세웠다. 그 남자는 직물공장에서 노동을 하고 있을망정 이 세상 어느 누구보다도 부유하고 당당했다. 나는 그 당당함에 반해버렸다. 세상에서 사람이 한평생을 살아가자면 마지막으로 남는 것이 무엇이겠는가. 그것은 다름아닌 사람의 됨됨일진데 나는 그 남자의 그 자신만만함을 믿고 싶었다. 신뢰할 수 있는 사람. 비록 지금은 가진 것이 없을지라도 자갈밭에 내놔도 살 수 있겠다는 그 신념 하나만으로도 평생을 함께 할 수 있을 것이라 판단했다.

첫 아이를 낳고 둘째 아이가 생기도록 우리는 가난했다. 왜 가난했을까. 그 남자는 부지런했다. 그럼에도 불구하고 그는 한곳에 발붙이지 못했다. 그 남자는 자신의 이상을 내세우면서 관리자의 비인간성을 성토했고 결코 용납하지 않았다. 그 남자는 항상 주장했다. 남의집살이는 제아무리 뼈빠지게 해봤자 골병만 들었지 승부가 없다고 주장했다. 나는 돈만 가지면 장사가 되는 것이라고 여겼다. 나는 친척들로부터 돈을 꾸어대기도 했다. 그런데 밑천만 날렸다. 가난은 절대가난이었다. 나는 가난하다는 것은 먹고 싶은 것 입고 싶은 것 마음대로 할 수 없는 것이 가난이라고 알고 있었다. 그런데 그게 아니었다. 집이 없고 밥이 없는 그야말로 암울하기만 하고 희망이 보이지 않는 생활의 연속이었다. 욕망은 늘 먹고사는 데에만 두고 살았다. 그런데 먹을 것이 항상 부족했다. 나는 암울했다.

그래도 햇볕은 따뜻했고 봄은 오고 있었다. 햇볕이 따뜻한 어느 봄날이었다고 기억된다. 유리문으로 스며드는 봄볕이 부드럽고 투명한 날이다. 양지바른 곳에는 겨울 동안 얼어 붙었던 땅이 녹아 질척거렸다. 봄의 입김이 닿아 녹여준 것이다. 땅은 질척거렸지만 아직 산에는 골짜기마다 눈이 희게 쌓여 있었다. 그 때문에 산을 타고 내려오는 바람은 아직도 얼음처럼 차가웠고 그 차가움은 신선하고 칼칼한 맛이 있었다.

겨울 동안 방안에 갇혀 살던 아이들이 병아리떼처럼 양지바른 베란다에 모여서 놀고 있었다.

다섯 살 난 희는 엄마, 세 살짜리 준은 아빠 노릇을 하면서 그럴듯한 살림살이를 차렸다. 빨가벗은 재봉틀 실패를 세워 화덕을 삼고 그 화덕 위에는 프라스틱 노란 솥이 덩그머니 앉혀 있었다. 손바닥만 한 널빤지 식탁 위에는 잡동사니로 된 식기가 즐비하게 차려졌고 복판에는 박카스 병에다 망울진 개나리 가지를 꽂아 놓았다.

희는 살림을 차려놓고 인형을 만들기에 정신 없었다. 흰 백지와 연필을 찾아다가 종이 위에 예쁜 인형을 그렸다. 머리는 곱슬머리이고 눈은 동그랗고 팔과 다리가 쭉 뻗은 날씬한 인형, 인형의 팔목에는 시계를 그리고 가슴에는 브레지어를 그리고 하체에는 레이스가 달린 팬티를 그려 넣었다. 다 그리고 나서 아이는 가위를 찾아다가 그린대로 인형을 오렸다. 그 다음에는 또 백지를 곱쳐놓고 인형의 옷을 재단했다. 잠옷, 원피스, 스커트, 브라우스 판탈롱, 리본을 달고 단추가 많이 달린 옷들을 그린 다음에 그것을 또 오려내어 이번에는 그 옷을 먼저 오려둔 종이 인형에다 입혔다.

준이 애기 감기 들어요 외투 입히지 한다. 그러니까 희는 외투요 우리 아긴 외투가 없어요 어쩌지 하니까 하나 맞추도록 해 한다. 희는 종이 인형을 안고 양장점에 다녀 오겠어요 하면서 베란다를 한 바퀴 돌고 난 뒤, 다시 백지를 접어 외투를 오려냈다. 외투 뒤에 주름을 넣고 등판에 큼직한 나비 모양의 리본을 그려 넣은 멋쟁이 외투를 종이 인형에다 입혔다. 그리고 나서 희는 흡족해서 준을 보고 어때요 아주 잘 맞죠 한다.

한 마리의 솔개가 푸른 하늘을 맴돌고 있다. 넓은 날갯죽지를 쭉 펴고 여유있게 원을 그으면서 열심히 무엇을 찾고 있다. 참 이상도 하다. 나날이 포장되어가는 이 도시에서 저 놈은 무엇을 찾고 있는 것일까. 나는 이 갈색의 솔개를 바라보면서 생각했다.

할머니는 아이들이 어릴 때, 소꿉장난을 보면 장래를 내다볼 수 있다고 말했다. 할머니는 어려서 소꿉을 푸지게 잘 살아서 뒤에 큰 살림꾼이 됐다고 자랑했다. 대접이나 깨어진 사발 굽을 엎어놓고 큰 솥, 가운데 솥, 옹솥을 진흙을 이겨서 걸어놓고 장독가에 부추를 뜯어다가 푸짐한 국을 솥이 철철 넘치게 끓였다고 했다. 나는…… 나는 소꿉장난을 한 기억이 별로 없다. 나의 소꿉놀이 할 때는 종전무렵이다. 도시에서는 머슴애들이 병정놀이를 하는 틈에 끼어 방공연습을 했지 싶다. 집 앞에 쌓아놓은 모래주머니를 행길 복판에 집어던지다가 혼이 난 기억이 있다. 좀 더 자라서는 시골에서 살았다. 진달래가 피면 산으로 꽃을 따다가 떡을 빚기도 했다. 호미를 찾아다가 땅을 깊숙이 파고 솔잎을 뽑아다가 밑에 깐다. 그리고 그 위에다가 진달래꽃을 잔뜩 뜯어넣고 또 솔잎을 한 켜, 다음은 꽃잎 한 켜, 또 솔잎을 덮는다. 이렇게 재어놓고 그 위에다 돌을 얹고 나는 그 돌 위에 서서 쾅쾅 다진다. 얼마 후에 솔잎을 헤집고 보면 진보라빛 떡켜를 들어낼 수 있다. 나는 이 꽃떡을 잘 먹었다. 눈물처럼 찝찝한 맛, 나는 볼 위로 흘러내리는 눈물을 받아먹듯 이 진보랏빛 떡켜를 들고 마냥 먹었다. 꽃에 취해 감나무 밑에 쓰러져 잘 때도 있었다. 어머니가 땅바닥에 쓰러져 자는 나를 안아

다가 방에 눕혔다. 잠이 깨어서 일어나 보면 속이 메슥메슥해지고 아까까지도 맛있게 먹던 꽃떡은 보기도 싫어지고 구역질이 난다. 그 뒤로부터 나는 꽃떡을 빚지 않았다. 나는 닭장 모퉁이에 장하게 자란 각시풀을 뜯었다. 각시풀을 수수깡에다 입혀 풀각씨를 만들었다. 수수깡 얼굴에 풀머리를 땋아느린 인형, 그때 내 손가락은 풀물이 유록색으로 짙었고 그 향긋하게 풍겨오던 풋내음이 선연하다.

솔개는 아직도 공중을 맴돌고 있다. 아이들은 종이 인형에 옷을 갈아입히기에 골몰하고 있다.

솔개는 먹이를 찾아 아스팔트로 포장된 땅 위를 살피고 있다.

내일은 일요일이다. 오늘 저녁에 집주인이 온다. 안주인은 전선에서 휴가나온 남편과 일요일을 보내고 남편은 부대로 아내는 다시 친가로 간다. 아내는 남편 없는 엿새를 친정집에서 보낸다. 친정집은 고급 아파트에서 살고 있기 때문에 겨울철에도 그 집안에는 아메리칸 바이올렛이 만발하고 있다. 나는 엿새 동안 개방된 생활에서 일요일 하루는 긴장해야 한다. 일요일은 아이들을 방에 가두고 방문을 밀폐해 버려야 한다. 말소리를 낮추어서 말하고 아이들도 소리를 못지르게 한다. 어린애들은 민감하다. 일요일은 소꿉을 살아도 방안에서 귓속말로 한다. 준은 희의 귀를 양손으로 감싸쥐고 속삭인다. 그 남자는 침통하게 입을 한일자로 다물고 아이들을 바라본다. 일요일 창은 잿빛으로 흐리고 밖은 밝은 태양이 눈부시게 빛나고 있어도 그 남자는 상관하지 않는다. 오로지 침묵, 어둠보다도 더 침통한 침묵만이 흐르고 있었다. 밝은 내일을 향한 오늘이 약이 되고 있는 가난의 층계는 이처럼 어둡고 침침한 것으로 당연하게 알고 있었다. 그 남자는 지금은 지독한 가난뱅이지만 미래에는 누구의 왕국보다도 찬란할 것이라 여겼다. 그러나 그 찬란함은 아직도 요원하게 멀고 멀었다. 그 왕국은 쉽사리 나의 것, 아니 우리의 것이 되지 못했다. 기고만장했던 젊음도 한 층 한 층 소리 내지 않고 낮아졌다. 그럼에도 불구하고 그 남자는 한 번도 낙심하거나 불평하지 않았다. 그 남자는 언제나 시곗바늘처럼 정확하게 움직이면서 살았다.

한주일 동안 유리창에 쌓인 먼지를 털고 구석구석을 쓸어낸다. 베란다에는 종이 인형이 발가벗은 채 뒹굴고 있다. 바람이 불면 옷가지와 발가벗은 인형이 맴돌다가 콘크리트 바닥에 엎어진다. 뒤집혀진 인형은 눈도 코도 입도 없다. 종이 인형은 브레지어도 팬티도 입지 않은 실루엣에 지나지 않는다.

인형을 싸리비로 쓸어내면서 나는 그것들을 자궁 속에서 생기다만 미래의 생명체인 것처럼 흐느적거린다고 생각했다. 나는 종이 인형을 휴지통에 쳐 넣는다. 그리고 펌프로 물을 자아 올리고 양동이에 가득한 물을 부엌 단지에 붓는다. 펌프는 덜컹거리면서 허연 물을 입으로 꾸역꾸역 토해냈다. 빈 양동이에 쏟아지는 물소리는 요란하다. 물이 점점 가득할수록 그 소리는 둔탁해진다. 물소리가 거의 안 들리게 되면 물이 가득 찬 것이다. 그러면 나는 양동이를 들어다 부엌으로 옮긴다. 큰 방에 연탄불을 옮겨놓고 물솥을 그 위에 얹어놓는다. 그리고 행주로 솥 가장자리에 물방울을 말끔하게 훔쳐놓고 새 연탄을 한 장 집어다 놓으면 내가 할 일은 다 된 것이다. 이 일은 내가 엿새 동안 편안히 산 대가를 지불하는 노력인 것이다. 다음에는 걸레를 찾아다 세숫대야에 물을 철철 넘치게 퍼놓고 흔들어 짠다. 맑았던 물은 누르스름한 거품이 일면서 먹물처럼 더러워진다. 물을 쏟아내고 다시 푼다. 세숫대야 밑바닥엔 검정 앙금이 가장자리에 끼어 있어 나는 그것을 손톱으로 파내고 다시 맑은 물로 부셔낸다. 빈 세숫대야에 떨어지는 물소리는 요란하다. 나의 팔은 계속해서 펌프질을 하면서 부엌문 유리에 비친 나의 얼굴을 쳐다보았다. 누르스름하게 뜬 얼굴, 흐트러진 머리카락, 그것은 내가 십 년 동안 갈망해 오던 미래의 나는 아니었다.

그렇다면 지금 이 피곤한 여자는 누구란 말인가. 나는 내가 원하지 않던 사람으로 변신해 버렸다.

밤 아홉 시 삼 분부터 이십오 분 사이에는 그 남자가 온다. 그 남자가 오는 시간은 언제나 변함이 없다. 나는 그 남자를 기다리는 시간에는 라디오를 듣는다. 매일매일 겪는 일이지만 그 기다리는 시간이 나는 싫었다. 그 시간은 매우 초조하고 긴장됐다. 귀를 대문 쪽으로 곤두세워야 하고 그 남자가 집을 향해 걸어오고 있는 발걸음을 마음속으로 헤아려야 한다. 그 남자는 십 년 동안 시간을 어기거나 그 밖에 일로 나를 실망시킨 적은 없다. 그 남자는 거의 절대에 가까울 만큼 가정에 충실했다. 그렇지만 나는 그 남자가 대문 안에 들어섰을 때 비로소 오늘 하루의 평안을 믿을 수 있었다. 작년에도 그 전 해에도 그리고 그 전전 해에도 아무 일도 없었다. 어제도 그랬다. 그러니까 오늘도 그럴 것이라고는 믿을 수 없었다.

라디오에서는 차이콥스키 교향곡 4번이 연주되고 있다. 선율을 타고 시간도 함께 흐른다. 2악장이 끝날 무렵, 대문 두드리는 소리가 났다. 시계를 보았다. 9시 18분이다. 나는 마루로 나가 전등 스위치를 켜놓고 마당을 거쳐 대문을 열었다. 접니다. 집주인이 왔다. 혼자 오세요? 예 부대에서 나오는 길입니다. 집주인은 마루에 걸터앉아 군화를 벗었다. 아파트에 들러 함께 오시지 그랬어요. 오고 싶으면 올테죠. 집주인은 포켓에서 키를 찾아 자기 방문을 열고 들어갔다. 나는 다시 우리 방으로 왔다. 음악은 계속됐다. 마음이 안정되지 않아 잠깐 서있다가 다시 마루로 나가 큰 방 쪽에 대고 소리쳤다. 식사는 어떻게 하셨어요? 잔뜩 먹고 나왔습니다. 신문 온 거 있죠? 나는 신문을 챙겨주고 부엌으로 나와 찌개가 다 졸지 않았는가 보고 다시 방으로 들어왔다. 집주인은 우리 방에 앉아 신문을 읽고 있었다. 전등 불빛이 어두웠는지 그렇지 않으면 시력이 약해서인지 양미간에 주름을 깊이 모으고 삼면기사를 펴들었다. 그는 지난 주일보다 더 살이 빠져 턱이 뾰족해 보였다. 라디오의 프로가 바뀌었다. 나는 조금은 긴장이 된 채, 밖으로 신경을 모으면서 라디오의 볼륨을 낮추었다. 난 가정생활에서 자신을 잃으니까 사회생활에서도 용기가 나질 않습니다. 왜 자신을 잃었다고 생각하세요. 그러나 사실입니다. 집주인은 하소연하듯 내게 말했다. 제대하면 시골로 가겠습니다. 아무래도 자기 생리대로 살아야 할 것 같아요. 이때, 대문 두드리는 소리가 났다. 그 남자가 왔다. 방안에 들어선 그 남자는 아무 말도 하지 않았다. 이러한 그 남자의 침묵 때문에 집주인과 나는 죄의식을 느낄 만큼 어색한 분위기 속에 앉아있었다. T교수님께서 시장에 나오셨더군. 그 남자가 불쑥 한마디 했다. 어쩐일루요? 커텐감을 뜨러 나오셨어. 그래서요. 사들였어요? 음, 그 남자는 자세한 이야기는 생략하고 부지런히 식사를 했다. 난 교수님 댁을 다녀온 지도 여러 달 되는가 봐요. 시간이 잘 맞지 않아 갈 때마다 허탕을 치고 왔는데 언제 다녀오셨습니까? 집주인이 내게 물었다. 집주인과 나는 동문의 관계였으며 T교수님은 또한 결혼을 주선해준 중매인이기도 했다. 저도 그랬어요. 별로 가지질 않는군요. 잠시 침묵이 흘렀다. 집주인은 엄연한 집주인이였으나 그는 완전하게 자신의 집을 소유하고 있지 못했다. 집주인은 자신의 불행함을 하소연하려던 참이었다. 그런데 우연하게 그 남자가 T교수님의 이야기를 꺼내자 우리는 공모를 하다가 들켰을 때처럼 어깨가 움쭉 올라갔다 내려왔다. 이상과 현실 사이에는 엄연한 거리가 있었다. 실례했습니다. 집주인은 자기 방으로 돌아갔다.

나의 어머니의 삶은 한 남자라는 기둥 위에 처소를 정해두고 착지운동을 시도했다. 사랑을 전제로 하지 않은 결혼은 한낱 종족 본능의 역할만을 이행하는데 그치고 있었다. 어머니나 어머니의 어머니나 또 아버지의 어머니 모두가 '잭의 콩나무'처럼 성장 속도가 빠른 속성만을 확대해서 콩나무는 하룻밤 새 자라 구름을 뚫고 천상에까지 다다르는 기적을 만들어 내고자 했다. 결혼을 출가한다는 제도상의 관습에 따라 한 남자의 집에 거하면서 질의 흡착작용을 꾸준히 시도하여 종족 본능의 소임을 다했을 뿐이었다.

그해 12월에 나는 종합병원에 입원하게 됐다. 임신중독증으로 병세는 위기에 있었다. 혈압이 이 백을 상회하면서 육신은 무중력 상태에서 신음하고 있었다. 나는 나에게도 이처럼 생명의 위기가 일찍 도래하리라고는 예측하지 못했다. 나는 어느 누구보다도 건강은 자신이 있다고 생각했다. 그 남자가 젊음을 장담하듯, 누워 있으면 철다리 위로 수레바퀴 소리가 귓속에서 윙윙거렸다. 눈도 귀도 모두 제구실을 잃어가고 있었다. 이대로 눈이 안 보이게 된다면 아니 이대로 죽어버린다면. 나는 살고 싶었다. 가난하게 그리고 고통스럽게 살더라도 살고 싶었다. 옆 병실에서 진통의 절규가 병원 복도를 긴장시켰다. 한바탕의 아우성이 끝나면 아기의 울음소리가 베토벤의 음악처럼 우렁찼다. 신생아실에서 아기가 혼자 운다. 이 울음소리를 듣고 다른 아기가 울기 시작하고 또 다른 아이가 목소리를 합해서 운다. 아기의 울음소리는 계속해서 이어져 밤 0시가 되면 신생아실은 이른 봄날의 논배미를 연상하리만큼 아기들 울음소리 천지가 된다.

이튿날 아침 식사 후에 배가 뜨끔뜨끔 아프기 시작했다. 마침내 전진이 시작되었다. 간호사가 들어와서 맥박을 재고 다시 혈압을 체크했다. 진통은 정오가 가까워지자 간격을 좁혔으며 오래도록 계속되었다. 배가 타는 것처럼 아프다. 아니 이것은 아프다는 말이 포함하고 있는 그 이상의 곤욕이었다. 간호사가 들어왔다. 간호사가 주사를 놓고 산모가 아픈 것은 다 알고 있는 것이니까 제발 조용히 하라는 한마디를 던지고 병실을 나갔다. 나는 화가 치밀었다. 그래서 더 소리 질렀다. 이때다. 온몸에 힘을 주면서 나는 뭉클하는 감각이 왔다. 의사가 달려왔다. 고무장갑을 낀 당직의사가 아이를 꺼냈다. 그러나 아기의 울음소리는 들리지 않았다. 사내아이다. 분만실에서 뒤처리를 하는 동안 어느새 아팠다는 사실을 말끔하게 잊어버리고 있었다. 다시 병실로 돌아오자 모든 것은 정상으로 돌아오고 있었다. 맥박도 혈압도 모두 정상이다. 무중력상태의 두통도 멎고 귀도 열리고 눈도 밝아졌다. 그러나 마음은 활짝 열리지 않고 무겁게 흐렸다. 그 남자가 침대 옆 의자에 맥풀없이 앉아 병실 바깥을 바라보고 있었다. 건너편 특병동에는 병실 창문마다 은백색 커튼이 드리워져 있었다. 그리고 태양은 그 언제나처럼 병원 뜰을 바래주고 있었다. 모든 것이 어제와 똑같았다. 태양도 바람도 병동을 종종걸음치는 간호사들의 옷깃 스치는 소리도 여전했다.

그러나 변하고 있었다.

나는 한 남자의 변동에 따라서 민감하지 못했다. 결혼이란 한 번 잡아매지면 그렇게 끌려가듯 사는 것으로 알고 있었다. 그리고 이처럼 참고 견디면서 살다보면 쥐구멍에도 볕들 날이 있을 것이라고 믿고 있었다. 그러면서 또 한편으로는 나의 기항지를 찾아 헤매고 있는 또 다른 나의 편재를 의식했다. 그것은 다름 아닌 나의 마음의 착지가 불확실함에서 오는 불안의 늪 속에 깊이 빠져들고 있음이었다. 나의 착지는 항상 완벽하지 못했으며 울퉁불퉁하거나 그렇지 않으면 나 자신이 완전하게 비어있지 않았기 때문이기도 했다. 다시 말해서 자아의 그릇이 진공상태가 아니였으므로 나는 번번히 실패할 수밖에 없었다.

이와 같은 실패는 거듭되었다. 나의 질의 흡착작용은 한 나뭇가지에 매달려 오랫동안 시도하지 않았으며 항상 새로운 착지를 찾아서 방황했다.

달팽이나 문어나 낙지들은 여러 개로 된 그들의 흡반을 완벽하게 대상들에게 흡착시킬 줄 아는 연체동물이다. 그들의 흡반은 모나지 않으며 그리고 유연했다. 흡반은 진공상태로 비어있을 때 가장 흡착력이 강했다. 그러나 나는 왠지 나를 완전하게 비울 수 없었다. 나의 마음은 항상 경직되어 있었다. 그리하여 항상 결정적인 순간에 이르러서 내가 작용했으므로 나는 아직도 완전한 극점을 찾지 못했다.

나는 부단하게 연체동물의 흡반처럼 질의 진공운동을 계속하면서 네 자녀를 생산했음에도 불구하고 한 남자로부터 이완되고 있었다. 이와 같은 이완은 나의 생의 진행이었다. 나는 부모로부터 이완되어서 한 남자에게로 그리고 한 남자로부터 이완되어서 나는 나의 기항지를 찾지 못했다.

나는 조금씩 또 불안해지기 시작했다. 그 이유는 영특한 내 아이들은 적어도 어머니의 착지가 돼 줄 수 없었기 때문이다.

희야는 잭의 콩나무가 구름 속까지 뻗어 올라 그 우람한 덩굴손으로 목을 휘감는다고 느끼고 소스라쳐 몸을 움추렸다.

"안 돼."

"나는 나의 인생을 살고 말테야."

희야는 잭의 콩나무를 부러트릴 기세로 완강하게 버텼다.

2

'캠퍼스의 여대생들아……'

아침에 학교 정문에서 강의실까지 가려면 길을 꽉 메운 사람들의 긴 행렬 속에 끼어서 15분 동안 걸어가야 한다. 이제는 적지 않은 여학생들의 모습을 아침의 등교 행렬에서 찾아볼 수 있게 되었다. 사실 몇 해 전보다 여학생이 수적으로 많이 증가했다. 같은 여학생의 입장에서 참으로 반가운 변화이다.

그러나 과연 우리 여학생이 얼마나 자신의 지성을 소중히 하여 역사 창조의 일부분을 담당하고 있다고 자부하는지 또한 우리의 미래 여성으로서 우리 자신에 대한 자화상을 뚜렷이 갖고 있는가를 생각해 보아야 하겠다. 대학이라는 사회 내에서도 여대생은 자신을 주체적인 인간으로 느끼기가 어렵고 항상 외부에 머물 수밖에 없는 '주변인'이었다.

여대생은 '여성'이기 때문에 특별한 취급을 받고 행사를 할 때도 남학생들과 분리된 특수집단으로 여겨진다. 남성들의 영역에서 배제되어 분리감과 소외감을 가지고 개인주의적이고 현실도피적이며 냉소적인 태도로 자기를 정당화시킨다. 또한 남자에게 너무나 많은 것을 요구하게 되며 자신을 독단적으로 인식하지 못한다. 세계에 대해 자기의 의지를 부여하지 못하고 피동적인 상태에 머물게 된다.

'여대생'이란 말 이면에는 진정한 대학인으로 취급받지 못하는 2차적인 성격을 내포하고 있다. 대부분 아들을 원하는 부모와 주위 사람들의 기대를 어기고 태어나 '여성'이라는 관념에 맞추기 위한 갖가지 작용을 받아왔다. 그래서 남자에 비하여 자기 삶을 이끌어 나갈만한 미래의 자화상이 마련되지 못하고 자기실현이라는 구체적 내용이 결여되는 것이 아닐까.

미래관이 있어도 자기가 구체적으로 세계를 붙잡는 것이 아니라 하나의 대상으로서 자라왔던 것 같다. 자신의 내면적인 문제보다 외형적인 면에 구속이 되어 화장이나 패션에 모든 에너지를 다 써 버리기도 한다. 아니면 열정적인 사랑의 불길 속으로 뛰어드는 경우도 있다. 자신이 스스로의 운명을 개척하기 보다는 남편을 선택하는 것이 자신의 미래를 결정한다고 믿게 된다. 여성이 지적으로 우월하면 불행과 실패의 요인으로 간주되고 있어 지적 능력과 결혼의 행복이 이율배반적인 것이라는 무의식적 의식적 생각이 여성으로 하여금 공부하고자 하는 의욕을 감소시킨다.

현대에 있어서 산업화 전문화의 심화와 급속한 사회적 변동으로 여성이 사회에 참여할 수 있는 기회가 점점 많아지고 있다. 그러므로 이제는 여성이기 이전에 인간으로서 자신을 인식하며 자아를 주체적으로 실현할 수 있는 자유인이 되어야 할 필요가 있다. 그러나 개인의 세계를 창조하는데 가치를 두는 개인주의와 이기주의적인 의식에 빠져 가정과 국가 사회에 대한 책임을 이행하는 것을 자아의 희생으로 여기고 개성의 자유로운 발전을 위해서 사회적 책임을 부인하고 무시해서는 안 된다.

오늘날 가정, 학교, 사회는 표면으로는 남녀 차별이 상당히 없어진 것처럼 보이지만 실제적으로는 음성적이고 무의식적인 차별의식에 지배되고 있다. 우리들은 여성의 자아 위기에 직면하면서 오랜 전통 속에서 매몰된 여성의 의식을 깨우쳐 한 인간으로서 진정한 삶을 살 뿐만 아니라 잠재적 능력을 개발 활용해서 사회 발전에 적극 참여하는 일이 무엇보다 중요하다고 하겠다. — 1982. 5. 《조선일보》 젊은이의 발언

아침 조간신문에 실린 젊은이의 발언을 찬찬하게 읽고 나서 희는 잠시 고개를 뒤고 젖히고 두 눈을 감았다가 다시 떴다. 심장이 박동기를 단 것처럼 맥박 소리가 크게 들렸다. 심장에서 펌프질한 뜨거운 피가 동맥을 타고 몸 구석구석으로 흘러서 퍼지는 것을 희는 느꼈다. 뜨거운 것이 손끝, 발끝, 머리끝까지 번져오는 것을 오늘처럼 실감해본 적은 드물었다. 희는 고개를 다시 떨구고 생각했다. 무엇을 할 것인가. 아니 어떻게 살 것인가. 아니 그보다 나는 지금이 싫다. 어떻게 지금을 벗어날 수 있을까.

방문 밖에서는 달그락거리면서 어머니가 아침밥을 짓고 있다. 나는 좁고 어둡고 침침한 부엌에서 구부리고 일하는 어머니가 싫다. 어머니는 운명의 노예처럼 풀죽어서 핏기없이 부석한 얼굴로 나에게 쏟는 헌신적인 눈빛과 몸짓이 싫다. 희는 그러한 어머니가 전부 싫었다. 모든 것이 마음에 들지 않았다. 그러면서도 이율배반적으로 가슴 한복판을 아련하게 골짓는 연민의 아픔이 희를 더욱 짜증스럽게 했다. 왜 어머니는 자신의 삶을 그와 같이 하찮게 내동댕이치듯 선택했는지 그 점이 더욱 마음에 들지 않았다.

문틈 사이로 무국 끓이는 냄새가 방안으로 스며들었다. 희는 이 냄새가 싫다. 들적지근하면서 눅눅한 이 냄새는 누더기처럼 궁상스런 느낌이 들어서 더욱 싫다. 조금 전까지만 해도 가슴 복판에서 용솟음쳤던 뜨거운 피가 분출을 멎고 눅눅한 무국 냄새에 천천히 젖어서 더할 나위 없이 맥박의 박동을 느리게 했다. 희는 이 가난의 냄새를 싫어하면서도 어쩔 수 없이 휘감길 수밖에 없었고 또한 모정으로 풀죽을 수밖에 없었다. 희는 신문을 접어서 책상 위에 아무렇게나 던졌다. 그리고 밖으로 나갈 준비를 서둘렀다. 어머니는 보지 않고서도 희의 동태를 잘 파악했다.

"일어났구나. 세수하거라. 더운물 식을라."

어머니는 낭창한 목소리로 말했다.

이어서 연탄불 위에서 큰 양은솥을 내려놓느라 낑낑거리는 소리가 났으며 알루미늄이 시멘트 부뚜막 위에 부딪치는 소리가 둔탁하면서 모래가 마찰할 때 나는 신경질적인 금속성이 희의 귀청을 자극했다.

희는 마찰음에 시동이 걸린 사람처럼 빠른 동작으로 부엌으로 나갔다. 동생들이 일어나기 전에 더운물을 먼저 써야 한다. 어머니는 나에게 모든 것의 처음 것을 바쳤다. 무엇이든지간에. 그러니까 먹는 것은 물론하고 하다못해 세숫물까지도 제일 먼저 퍼서 쓰도록 권유했다. 동생들이 일어나기 전에 더운물을 먼저 써야 한다. 희는 더운물을 한 바가지 세숫대야에 붓고 찬물로 적당히 온도를 맞춘다. 늦게 일어나는 사람을 위해 되도록 물을 아껴써야 한다. 비누로 거품을 내서 머리를 감고 더운물을 조금씩 조금씩 아껴가며 머리를 헹군다. 더운물을 마음껏 썼으면 좋을 것이다. 희는 머리 감기를 좋아한다. 아주 어렸을 적부터 그러니까 걸음마를 하고 겨우 물장난을 칠 줄 알았을 때부터 물을 만지면 머리를 적셔야 했다. 물을 보면 정수리에 끊임없이 찍어서 바른다. 그리고 나서 세숫비누를 마냥 풀어 응개어서 정수리에 바른다. 그 때문에 희의 앞이마는 항상 덜 풀어진 비누 거품이 언제나 떡이 되어 굳어진 채 엉겨붙었다.

"요상도 하다. 어디서 머리 감다 죽은 귀신이 달라붙었냐. 물만 보면 정수리로 가다니. 쟈아는 숭늉물에도 머리를 감는다니까."

어머니의 억센 목소리가 이십 년이 가까운 지금도 여전하게 희의 귓속에 청청했다.

"더운물 남겨놓거라. 내중에 일어나는 동생들을 생각해야지."

예외없이 어머니의 카랑카랑한 목소리가 또 이어졌다. 나의 잠재의식 속에는 모태 속에 잠겼을 때의 양수의 끈적끈적한 감각이 아직도 살아남아 있다고 희는 생각했다. 머리를 감고 나면 항상 날아갈 것 같은 상쾌함이 희를 기분좋게 했다. 희는 수건으로 머리통을 감싸매고 방으로 들어왔다. 그리고 어머니에게 퉁명스럽게 한마디 던졌다.

"우리는 언제 더운물 찬물 마음 놓고 쓰는 집에 살까."

"구렁이 환갑날을 기다려라. 이것도 감지덕지한 줄 알아라."

"엄마는 그러니까 맨날 요 모양이지. 나는 그렇게 살거야."

"그래라. 그러나 어디 세상이 네 마음대로 된다든. 흥!"

어머니는 비웃음인지 한탄인지 알 수 없는 묘한 콧소리를 냈다.

"나는 잘 살고 말거야."

희는 지지 않았다.

"암, 잘 살아야지."

"나는 가정부 두고 살 거야."

"제발 그러길 빈다. 나두."

아침부터 더운물 한 바가지 때문에 시시비비를 가리고 어머니와의 입씨름으로 하루는 시작됐다. 희는 불만스러움이 많았다. 도대체 나의 어머니라는 여성은 이해할 수 없는 점이 너무 많았다. 어떻게 자기 자신을 그처럼 평가절하해서 세상을 아무렇게나 살 수 있는지 도무지 납득이 되지 않았다. 그러니까 희가 고등학교 2학년 2학기 되던 그해 겨울이었다. 보충수업을 마치고 어두워서 집에 돌아왔다. 이상스러웠다. 날이 이미 어두웠는데도 대문은 열려 있었다. 집안은 안방에만 불이 켜져 있었다. 동생들도 모두 잠들었는지 조용했다. 희는 식구들이 집을 잠깐 비워놓은 채 근처 구멍가게에 갔을 것이라고 짐작했다. 그러나 그렇지 않았음을 곧 알 수 있었다. 어머니는 아랫목에 쪼그리고 앉아서 울고 있었다. 어머니는 희를 보자 흐느낌을 이겨내지 못해 마침내 큰소리를 내어 울었다.

"흐흐흑…… 그게 왜 망신이야. 분칠이지. 제가 이 지경 만들어 놓고 날더러 제 얼굴에 똥칠을 했다니 흐흐흑……"

"엄마, 무슨 일이야?"

희의 다급한 반문에도 불구하고 어머니는 울기만 했다.

"무슨 일이야. 왜 그래 어서 말해줘. 요즘들어 집안 분위기가 이상해서 학교에 가서도 공부가 안 돼!"

이때 어머니가 희를 똑바로 쳐다봤다.

"뭐, 공부가 안 된다구. 안 돼, 안 돼. 이 더러운 구정물 속에 너마저 빠질 수는 없어, 안 돼! 안 돼!"

"그러니까 안 된다구만 하지 말고 나에게도 무슨 일인 줄은 알려줘야 해. 그래야 나도 생각이 있을 게 아니냐구요."

"아냐, 아냐. 너는 알아도 소용없다. 너는 너할 공부나 열심히 해야 한다. 너는 곧 대학에 가야 한다."

"공부가 안 되는데 어떻게 대학에 갈 수 있겠어요. 학교에 가서 책상 앞에 앉아있으면 엄마의 메마른 목소리가 귓속에서 맴돌아서 도저히 공부할 수 없어요."

희가 소리내어 울었다.

"애구애구 빌어먹을 놈. 자식에게까지 못할 노릇을 시켜놓고 저는 저 살 구녕은 마련해 놓고, 나하구 무슨 철천지 원수졌다고 나를 이 지경에 몰아 넣었단 말인감."

어머니는 계속해서 흐느꼈다. 희도 엉엉 울었다. 한참을 실컷 울었다. 어머니는 울기를 멈추고 그간에 숨겨놨던 우여곡절을 말했다.

희는 어머니의 우여곡절은 무모한 생각에서부터였다고 담박에 결론지었다. 어떻게 교육을 받았다는 여성이 그처럼 자기 자신을 무모할 정도로 타인의 의사에 복종할 수 있는지 이해되지 않았다. 어머니를 위시해서 그때 어머니를 에워싸고 있었던 모든 군상들은 어쩌면 그토록 생각이 얕고 모자랐었는지 분개할 정도로 무책임했다.

희의 기억 속에 어머니는 부지런했으며 아이들에게 헌신적이었다. 그야 세상의 모든 어머니들의 일반적인 면이기도 했으려니와 어머니는 좀 남다른 면이 없지 않았다. 이 점은 희의 아버지도 마찬가지였다. 항상 아버지는 시장에서 집에 돌아올 때는 하루의 점심값을 아껴서 나머지 돈으로 아이들 간식을 사들고 오곤 했다. 국밥 한 그릇 값을 주인으로부터 받아 국수로 대신했다. 아버지는 아이들을 극진하게 대해주었다. 따라서 가정사 모든 일들이 가난한 가운데서도 아이들 위주로 살았다. 무엇이든 무슨 일이든 제 일순위는 희로부터 비롯됐다. 희가 초등학교에 입학하면서 어머니는 아예 밥상을 아랫목에 펼쳐놓고 살았다. 책상을 사들여 놓을 형편이 못됐지만 단칸방 제일 햇볕이 잘 드는 창가에 책꽂이를 놓고 어느 때이고 책을 펼쳐볼 수 있도록 해두었다. 희가 학교에서 돌아오면 어머니는 으레껏 희의 책가방 검사를 했다. 오늘 배운 게 무엇 무엇이냐. 책가방을 챙기고 아버지는 항상 필통 속의 연필을 곱게 깎아서 가지런하게 넣어놓곤 했다. 그날에 배운 것은 집에 돌아와서 다시 복습을 해야 했고 또 내일 배울 과정을 미리 읽고 보고 하는 예습은 하루도 거름이 없었다. 숙제장에 글씨 한 획이 비뚤어져도 어머니는 다시 고쳐쓰도록 지시했다. 이처럼 지독하게 다그치는 학습관리는 희를 매우 힘들게 했다. 그럼에도 불구하고 희는 어머니의 뜻을 거역하지 않았다. 어머니의 정성이 워낙 컸으므로 순종하지 않을 수 없었을 뿐더러 학교에서의 희는 타의 추종을 불허하는 뛰어난 성적으로 항상 정상을 유지할 수 있었기 때문이기도 했다.

어머니는 희에게 거듭 강조했다.

"애야. 춘원 이광수 딸 자매 중 하나가 내가 여학교 다닐 때 이년 손위의 학년이었는데 공부를 썩 잘해서 두 번씩이나 월반을 했단다."

어머니는 기회있을 때마다 이야기하곤 했다.

"그래서요. 그 애들하구 나하구 무슨 상관이 있겠어요. 엄마는 맨날 하는 소리지 않아요."

"그래도 들어두거라. 나도 네 맘 때는 세상사 모든 일들이 나와 상관없다고 생각했었다. 그러나 엄밀하게 따져보면 이 세상사는 곧 내 안의 일인 것이다. 그러므로 나와 관련이 없는 것은 하나도 없는 것이 없다는 진리를 알게 될 때가 있을 것이다."

"엄마는 벌써 도덕군자 같은 말씀만 하세요. 그래서 그 이광수의

딸과 내가 어떠한 상관에 걸려있다는 거야요."

"자아 그 애들 자매는 두 번씩이나 월반을 했을 뿐만 아니라 그 밖에도 또 있었단다. 월반을 해서도 계속 탑이야. 수석 자리를 한 번도 놓친 일이 없었단다."

어머니가 입에 침이 마르도록 칭찬했다.

"그 애들은 머리가 썩 좋았던 게죠."

희가 쉽게 그러나 별것 아니었다는 듯 말해버렸다. 어머니는 다소 언성을 높여서 다음 말을 이었다.

"공부만 잘했든 게 아니였다니까. 그 난리 중에서도 세계학생영어웅변대회에 나가서 일등을 차지하고 트로피를 들고 돌아왔단다. 6·25 그 잿더미 속에서 공부뿐 아니라 영어도 썩 잘했지 않았겠느냐. 내가 학창시절에 제일 부러웠던 게 뭐였는 줄 아냐? 나도 한 번 저 애들처럼 세계에서 날리고 돌아와서 아침조회시간에 단 위에 세워놓고 전교생이 불러주는 교가를 승리의 찬가로 듣고 싶었던 게야. 그때 내가 다니던 학교에서는 어떤 분야이건 학교 안밖의 대회에 나가서 상을 받고 돌아오면 전교생을 모아놓고 그 앞에 세워놓고 교가를 불러줬단다. 그런데 말이다. 그때 운동장에서 승리의 찬가를 불러주고 교실로 돌아온 아이들이 희한한 소리를 했지 않겠니."

"엄마, 무슨 소릴?"

"그때 우리 반 아이들은 내 생각하고 달랐거든. 그 애, 그러니까 이름이 정화였다. 이정화 불쌍하다는 거야. 나는 깜짝 놀랐을 뿐 아니라 참 이상해서 눈이 휘둥그레졌다니까. 아니 불쌍하다니. 그게 웬 말인가. 일간신문마다 춘원 이광수의 딸이 한국을 날리고 돌아왔다고 사진이 대문짝만 하게 났고 모르는 사람이 없게 소문이 쫙 났는데 무슨 말이냐고 그랬더니, 우리 반 아이들이 말하기를 그 애는 초등학교 4학년 때부터 요를 깔고 잠자리에 들지 않았다는구나. 무슨 말인지 알아들을 수 있겠지. 그러니까 열 살부터 편안하게 밤잠을 안 자고 노력을 했다는거야. 얘야. 그 애들은 지금 박사가 돼서 미국에서 살고 있단다."

"나도 박사가 될 거야. 그리고 엄마처럼 구질구질하게 살지 않을 거야."

"암은 그래야지, 당연히 그래야지."

어머니는 아이들을 보고 너희는 나같이 살지 말고 잘 살아야 한다는 말을 노래처럼 불렀다. 그러나 어머니의 이 같은 노래는 지금 통곡으로 바뀌었다.

희는 단호하게 말했다. 어머니의 통곡은 바로 어머니 자신이 잘못 선택하고 잘못 살아온 결과이지 결코 운명은 아닐 것이라고 거세게 항거했다. 그 첫 번째 이유는 잘못 선택된 결혼이라고 단정지었다. 어떻게 그렇게 될 수 있었겠는가. 나의 어머니나 어머니를 인권한 사람들의 의견이 모두 다 한결같이 사람은 사람스러움이 첫 번째라고 말했다고 했다. 그러나 그 사람스러움은 어떤 면을 놓고 저울질하는 것인지 그 잣대가 분명하지 않았음에 문제가 있었다. 희는 철이 들면서 아버지의 처사가 조금씩 의심이 갔다. 맹목적인 부지런함 즉 어머니의 말을 빌린다면 땀을 말로 흘리면서 수확은 됫박으로 하는 힘겨움이라고 말했다. 이밖에 또 어머니는 말했다. 그런데 이해할 수 없는 것은 그처럼 부지런하고 성실하게 장사를 열심히 하는데 너무나 발전이 없었다는 불만이었다. 고진감래라는 언어는 아버지에게 맞지 않았다. 그래도 마찬가지였다. 희는 좀 더 넓은 집에서 더운물로 마음 놓고 머리 감을 수 있는 집에서 살고 싶었다. 고등학교 1학년 때였다. 그때의 욕망은 무척 간절했다. 지금 돌이켜 생각해 보면 그때 왜 그런 생각을 하게 됐었는지 알 수 없는 일이었다. 그러나 막연하게 아니 그것은 막연한 기대감이나 욕구는 절대로 아니었다. 아버지는 그때 우리가 살고 있었던 작은 집에서 좀 더 넓은 집으로 이사할 수 있을 만큼 형편이 좋아진 것 같았다. 그럼에도 불구하고 아버지는 항상 자본금이 모자란다는 핑계로 옹색한 집에서 살고 있었다. 물론 나의 어머니는 아버지의 뜻을 전적으로 따랐기 때문에 집이 좁다느니 살기가 불편하다느니 하는 불평 따위는 전혀 생각조차 하지 않았다. 어머니는 언제나 현시적인 생활에 만족했으며 항상 보다 더 못살던 때를 비견해서 현실에 감지덕지 안주하고 살았다. 그러한 어머니가 답답했으므로 마침내 희가 제동을 걸었다.

"좀 더 넓은 집, 더운물을 마음껏 쓸 수 있는 집으로 이사할 때가 됐는데 왜 어른들은 불편함을 개선할 생각을 전혀 않는걸까."

어머니는 모든 경제적 대소사를 아버지에서 맡겨놓고 오로지 아이들 교육에만 매달리고 있었다. 책가방을 챙겨주고 도시락을 정성 들여 싸주고 그 밖에 먹는 것과 입는 것 잠자는 일에 불편하지 않도록 허용된 환경 속에서 최선을 다할 뿐이었다.

왜 불편함을 개선할 생각을 하지 못할까. 그때 희가 나섰다. 불편한 집이 살기 싫으니까 좀 더 넓은 집 편안한 집으로 옮기자고 떼를 썼다. 그때 어머니는 매우 냉담했다. 이 문제는 어머니의 능력 밖이라서 희가 직접 아버지에게 건의하라고 말했다.

아버지가 일주일 만에 귀가했다. 부산에서 공장에 직물을 임직시켜서 동대문시장으로 반출하는 때를 맞추어 귀가한 것이다. 어머니가 희의 의사를 간략하게 아버지에게 말했다. 아버지가 조금 당황하는 듯했다. 고등학교 1학년 아이가 대담하게 큰 집으로 이사가야 할 당위성을 말했기 때문이었다. 아버지는 희를 집 대문 밖으로 데리고 나갔다. 늦은 봄이었다. 녹색 철대문 위로 아취를 틀고 뻗어 올라간 뉴톤의 장미 가지에는 연분홍꽃이 화려하면서도 우아하게 만발했다. 작은 집이었지만 화단도 있었고 화단에는 어머니가 멀리 창동 나무시장에 가서 사다 심은 향나무 두 그루가 뿌리를 잘 내려 짙은 유록색 피라 밑처럼 모양 있게 버티고 서 있었다. 뜰 한옆에는 놀이용 그네도 놓여있어서 낮에는 동네꼬마들이 몰려와서 그네를 삐걱거리면서 타고 놀았다. 작은 집이지만 높은 축대 위에 올라앉아서 이른 봄에는 화계사 뒷산에 그어진 설선은 신비스러운 자연의 조화를 희의 방 창문 밖으로 내다볼 수 있었다. 여름은 여름대로 시원했으며 겨울에는 겨울대로 온종일 햇볕이 자글자글 끓는 양지의 집은 그런대로 정취가 넘쳤다.

아버지는 대문 밖 늘어진 뉴톤의 꽃가지를 만지작거리면서 희에게 넓은 집으로 옮길 수 없는 사정과 그러나 앞으로 2, 3년 안에는 꼭 더운물을 넉넉하게 쓸 수 있는 집으로 옮길 수 있을 것임을 약속했다. 왜 아버지는 희를 대문 밖으로 데리고 나가서 설득시켰을까. 그 점은 매우 이상했지만 어머니나 희 자신도 그냥 아무렇지 않게 지나쳐 버렸다. 후에 알게 된 사실이지만 그 즈음해서 아버지는 부산에서 희가 살고 있는 집보다 더 넓은 집을 사서 새살림을 차렸다.

어리석은 어머니. 두 사람의 만남은 상식을 벗어난 그릇된 판단에서부터 오늘의 불행은 잉태되고 있었다.

어머니는 은사님이라고 항상 명칭했다. 은사님. 지금은 지도교수님이라는 호칭을 어머니는 은사님이라고 불렀다. 나의 앞날은 은사님의 배려로 선택의 여지없이 마련되었다. 은사님은 두 사람의 만남을 신의 섭리라고 단정 지었다. 사람이 세상을 살아가면서 제일 나중까지 남는 것은 인간성이라며 중요한 것도 인간성이라고 말했다. 은사님은 나의 아버지를 첫눈에 보고 인간성이 돼있는 사람이었다고 믿었으며 자신있게 말했다. 은사님은 나의 아버지의 아톰형의 W자로 벗겨진 머리를 보고 영특하고 틀림이 없는 사람이라고 했다. 나의 아버지는 과묵했으며 말보다는 행동으로 실천했다. 이러한 과묵함이 시장 사람들에게 신뢰를 얻었으며 사실보다 과다한 좋은 평판을 얻을 수 있었다. 그러나 나의 어머니는 처음에는 싫다고 거절했다. 그 이유는 두 사람이 모두 가진 것이 없는 홀홀단신이었으며 외톨이였기 때문이었다. 어느 한쪽이라도 넉넉하진 못하다고 할지라도 가족 구성원이 번족하다든지 그 밖에 사람이 살아나가는데 필요로 하는 최소한의 배젓이 있었어야 옳았을 터였다. 그러나 은사님은 어머니의 그와 같은 계산적인 사고방식을 반박했다. 세상을 살아가는 공식은 그것이 수학공식처럼 하나 더하기 하나는 둘이 된다거나 셋에서 둘을 빼면 하나가 되는 것이 아닐 것이라고 주장했다. 나의 어머니가 주장한 두 사람이 모두 공허한 배젓이어서 합당한 배필이 될 수 없을 것이라는 생각은 병든 젊은이로 치부되었고 은사님은 결별까지를 선언했다.

그러나 은사님의 외사촌 내외는 단념하지 않고 결혼을 성사시키기 위해 끝까지 적극적으로 추진시키려고 노력했다. 백지장도 마주 들면 가볍고 두 사람이 영으로부터 출발하면 단출하고 오붓한 살림살이의 참묘미를 몰라서 버티는 것이라고 설득했다. 또 대구는 모든 생산품의 집결지인고로 삼 년 안 가서 경제적으로 부유해질 수 있을 터라고 장담했다.

세상에서 앞날을 장담할 자 누가 있겠을까. 은사님은 나의 아버지를 추천한 외사촌 동생 내외의 장담에 또한 매료되었다. 장사하는데 학벌은 뭐 그리 대수란 말인가. 외사촌 동생 내외는 1·4후퇴 당시 청진항에서 가족을 대동하고 군함편으로 포항에 맨몸으로 입항한 피난민이었다. 그럼에도 불구하고 숫한 가족을 이끌고 배운 것 없이도 자수성가하여 잘 살았다. 남한 땅에서 가진 것이라고는 마카오 양복기지 몇 벌을 몸통에 감고 내려온 것이 전부였다. 집도 절도 없이 깡통에다 죽을 끓여 먹으면서 천신만고 끝에 그 당시 대구 서문시장에서 직물도매업을 했으며 상당한 상권을 잡고 성공한 축에 있었다.

"어떻더냐. 너도 두 눈으로 보아서 알겠거니와 배부르고 등 따뜻하고 부부간 마음 화합하여 노력하면 너도 이만큼 잘 살 수 있다. 대학 나왔다고 월급쟁이 갈급쟁이라고 했겠다. 와이셔츠 입고 넥타이 늘어뜨렸다고 별것이 아닌 게다. 2, 3년만 고생하면 경제적 노예로부터 해방될 수 있다. 무엇을 주저하겠느냐. 네가 잘 되어서 살면 고향에 두고 온 어린 동생들도 뒤봐줄 수 있을 것이고 노할머니도 뫼시고 살 수 있겠느니라."

어머니는 심청이 공양미 삼백 석에 인당수로 뛰어드는 결심으로 결혼을 승낙했다. 어머니는 낯선 도시에서 새롭게 살 것을 결심했다. 하루 종일 거리를 헤매어도 만날 사람 하나도 없고 찾아가 봐야 할 친지가 있지 않다는 사실에 대해서 만족했다. 오직 아는 사람이라고는 그와 난 단둘 뿐인 세상이 얼마나 오붓하고 호젓할 것인가 생각했다. 오붓하게 단 두 식구 된장찌개 보글보글 끓여 뚝배기 째 밥상 위에 올려놓았다고 누가 있어 험담할 것이며 먹던 반찬 되놓았다고 어느 누가 허물할 것인가. 나의 어머니는 허구헌 날 군밥상 차리면서 힘에 겨워 궁시렁거릴 때 노할머니 복 나간다고 핀잔을 주면서 한 말을 기억했다. 옛날에 어느 대갓집에 군식수가 하도 들끓어서 그 집 안주인 불평 중에 하루는 시주승이 나왔길래 손이 많이 와서 고민이라 하소연했다 한다. 시주승은 안주인에게 그렇도록 고민되면 간단하게 해결책이 있느니라고 선선히 대답했다. 즉 그 집 앞으로 나 있는 큰 길을 없애버리면 그 길로 손님의 발길이 뚝 끊어질 것이라고 해 그대로 실행했더니 그날부터 사람들의 발길이 뚝 끊어졌다 했다. 그러나 손이 줄어 좋을 것 같았는데 찾아오는 사람이 없으니까 가세가 줄어 조석거리가 간데없이 되었으니 손은 찾아올 때 제 먹을 것 가지고 다닌다고 노할머니는 어머니의 불평을 복을 감하는 언사라고 핀잔주었다. 그러나 어머니는 조용하게 단출하게 사는 것이 싫지 않았다. 그러나 어머니는 그 낯선 도시에서 5년을 살았다. 결혼 전의 장담은 모두가 허장성세에 불과했다. 삼 년간의 약속은 고용주와 고용인과의 협약에 불과했다. 은사님의 외사촌 내외는 새로 매입한 공장을 운용하기 위해 고용인을 짝 맞추어 잡아매놓으려는 계략에 불과했다. 나의 아버지는 삼 년을 참아내지 못하였다. 고용살이를 지긋지긋하게 생각했다.

열여섯 살부터 소년 가장의 홀로서기는 쓰라린 아픔이 골수에 사무쳤다. 남의집살이는 이제 신물이 난다. 독립해서 무엇이든 해볼 것이다. 그러나 가진 것 배운 것 없고 배짓이 없는 척박한 땅에서 홀로서기는 그렇게 마음먹은 대로 되지 않았다. 홀로서기 5년은 절대적 가난 속에 살았다. 식구 두 식구만 살았어도 호구지책이 막막했다. 그 5년 동안도 어머니는 앉아있지 않았다. 하숙생 밥을 해줬으며 근근하게 살았다. 그럼에도 불구하고 손에 쥔 것은 겨우 됫박만 한 문간방 차지였다. 월세로 십 개월 치 방세를 지불한 것이 전부였다.

봄이었다.

어머니는 아무도 아는 사람 없는 낯선 도시에서의 삶에 대한 꿈이 허망하게 사라졌다. 개념이 바뀌었다. 도저히 아는 사람이 없는 세상에서는 혼자서 비비고 누울 언덕도 나무도 그늘도 없었다. 5년동안 집안에서만 살았다. 나무그늘 밑에 한 번도 앉아보지 못했다. 됫박 같은 서향 문간방 신세는 꿈도 꿔보지 못한 생활이었다. 마음속 깊은 곳에서부터 저항심이 꿈틀거렸다. 이 저항심은 점점 거세게 일어났다. 어머니는 완강하게 도리질을 했다.

"안 돼, 안 돼. 도저히 이대로는 살 수 없어! 내 나름대로 살길을 개척해야 돼!"

어머니는 아낌없이 살림도구를 모조리 팔아서 차비를 손에 쥐고 나와 동생을 데리고 고향 근처로 옮겨 앉았다. 됫박만 한 방일지라도 문 열고 나서면 앞이 확 트인 밭둑이 있고 나무그늘이 있어 잠시 잠깐이라도 바람을 쏘이면서 살고자 했다. 그리고 어머니는 움직이면 살아갈 수 있을 것 같은 희망이 나무그늘 밑에서 떠올랐다.

나는 지금도 기억 속에 살아있다.

다섯 살 전후됐을 무렵이다. 우리가 세 들어 있는 집 부엌 창문을 열면 밀밭이다. 나는 그 창문 너머로 어머니가 봄바람에 일렁거리는 밀밭 이랑을 넋이 빠져 하염없이 바라보고 서있는 모습을 자주 목격했다. 밀밭은 시시때때로 변했다. 바람이 밭머리로 불어오면 밀 이삭은 양떼가 거니는 것처럼 굼실거리면서 움직였다. 어머니는 대구에서 필복을 부쳐오게 해서 그것을 마을에 내다 팔았다. 어디를 가거나 아는 사람 천지였다. 고향은 풋풋한 정이 있어 그래서 감동적이다. 고향 사람들은 어머니가 들고 다니는 필목을 잘 사주었다. 쌀을 받고 잡곡을 받고 무엇이든지 물물교환을 했다.

1960년대 초엽이다.

먹고사는 일이 그렇게 어렵기만 한 것도 아니었다. 그해 여름이 지나니까 아버지가 대구의 일을 정리하고 합세했다. 그러나 아버지의 장사는 여의치 못했다. 아버지는 필목을 자전거에 싣고 인근 장날을 목잡고 순회했으나 별로 소득이 없었다. 그러나 어머니는 아버지보다 한 수 위였다. 필목 1야드를 팔면 이익금이 백 원이다. 열 마를 팔면 천 원 한 필을 팔면 삼천 원이다. 파는 것은 내 수완에 달려있다. 한 집에서 적게는 다섯 마 많게는 열 마 이상씩 구입해서 이불을 새로 꾸몄다. 어머니는 사람들이 필요로 하는 물품을 잘 알아서 공급해 주었다. 따라서 물건을 팔려고 애쓰지 않아도 마을 사람들은 필요하므로 그들이 자진해서 사주었다. 쌀 한 말에 삼백이십 원 할 때 삼천 원은 쌀 한 가마 값이었다. 먹고사는 일이 그토록 힘에 겨운 일만이 아니었다.

은사님의 두 번째 배려는 외사촌 내외의 은사님 체면의 손상을 불식하기 위해서 이루어졌다. 수유리에 부엌이 달린 방 한 칸과 일자리를 마련해 주었다. 젊음을 자본으로 내세웠던 아버지도 차츰 젊음이 쇠잔해질 무렵이었다. 동대문시장에서의 판매원은 새로운 곳에서 사람 사귀기의 전초전이었다. 아버지는 홀로서기의 간난을 겪고 난 뒤라 묵묵하게 일자리를 고수했다. 그러나 어디까지나 임시방편이었을 뿐 기회가 닿으면 내 일을 해보리라 호시탐탐했다.

호시탐탐 노리던 기회는 억지로 만들어졌다. 내 일은 어렵사리 이루어졌으나 항상 내일의 주도권은 자본이었다. 어머니는 한 세파를 겪고 난 뒤라서 자본의 구함도 홀로서기하는 사람의 몫으로 간주했다. 그리고 어머니는 어머니 나름대로 거듭나기에 힘썼다.

낯선 도시나 고향에서 와는 달리 당대의 서울은 나름대로 자리가 잡혀가고 있었다. 학창시절을 함께 했던 동창들은 처음에는 단칸방부터 시작했으나 시간이 지나갈수록 남편의 지위와 형세도 안정권을 찾아갔다. 내 집을 마련하고 집을 꾸미고 아이들을 유치원에 사립초등학교에 보냈으며 집에는 일하는 아이까지 두고 집안을 쓸고 닦으면서 몸치장도 부지런하게 했다.

산다는 것은 그렇게 대단한 것도 유별난 것도 아니었다. 사람이 태어나서 형편 것 배우면 더욱 좋은 일이고 그렇지 못하다고 해서 불행한 일도 아니었다. 배운 사람이건 못 배운 사람이건 간에 잘났거나 못났거나 세상에 태어나서 좋은 부모 갖춰 태어나면 더할 나위 없이 행복한 일일 것이고 그렇지 못하다 할지라도 낙심할 일은 아니었다. 성년이 되어 짝을 만나 가정을 새로 꾸며 자식 낳고 기르면서 살면 그것이 행복이요 사람의 도리라고 여겨졌다. 그러나 나의 어머니는 세상에서 이처럼 쉽고 단순한 세상살이 이치를 일찍이 왜 깨닫지 못했는지 답답하다. 세상살이는 그처럼 특별한 것이 아니였음에도 불구하고 특별하다고 여겨서 남들이 살지 않는 세상살이를 혼자서 살고 있는지 한심하고 싫다. 어머니의 결혼만 해도 그러했다. 어째서 비슷한 사람끼리 만나서 살아야 별 문제가 없겠다는 평범한 진리를 저버렸을까. 세상살이의 순리를 저버리고 구름잡기식의 인간성을 들먹거리면서 절름발이 결혼을 했는지 그 점도 이해할 수 없는 부분이었다. 결혼이란 단순하게 두 남녀가 마음이 맞았다고 살아지는 것이 아니라는 것 가족계획은 어떻게 낳아서 잘 키워 보겠다는 계산없이 낳아놓고 험한 세상살이를 자식대에까지 물려준다는 생각은 왜 진작 못했을까. 목적없이 공부해라 공부해서 남주냐 다 너 잘 되기 위해서 하는 소리다 하지만 사실은 공부는 남주기 위해서 한다는 것이라는 생각은 꿈에도 하지 않고 있었으니 실망이 태산 무너짐에 비할 바가 아니었다. 아버지는 간간하게 공부가 밥 먹여주냐는 말을 했다. 어머니는 이 말에는 동조하지 않았다. 공부는 밥을 먹여줄 뿐만 아니라 신분상승까지 꾀할 수 있을 것이라고 반박했다. 이와 같은 확고한 신념을 희는 가지고 있었다. 집안이 어려울수록 오직 발돋움을 할 수 있는 길은 공부를 월등하게 잘해야 한다. 희는 일찍부터 자신이 가야 할 길이 공부하는 길밖에 없을 것이라는 것을 잘 알고 있었다.

"자아, 너에게 알리려고 하지 않았는데 어쩔 수 없이 네게 숨기지 않겠다. 너의 아버지는 사업의 부도만 낸 것이 아니라 가정에도 부도를 냈다. 이 가정파탄사만은 너에게 비밀로 하기로 했는데 도저히 나 혼자 지키기에는 불가능했다. 그러니 너도 정신 차려 이

난국을 대처해야겠다."

어머니가 말했다.

"아니 뭐라구 말했어요. 우리나라가 사우디도 아니고 지금이 이조시대도 아닌데 일부다처라니 참을 수 없어요. 이런 일은 하층민에게만 있을 수 있는 일인데 어처구니없게 내게 닥치다니. 실어! 실어! 난 싫단 말이야! 모두가 다 엄마의 잘못이에요. 엄마는 왜 진작에 그런 아버지에 대해 눈치채지 못했어요. 부도사건만 해도 그래요. 왜 엄마는 집 권리증 하나도 제대로 챙겨놓지 못했어요."

"잘 챙겨놨었지 않았겠니."

"그게 어디 챙겨놓은 것이에요. 방치한 것이지."

"집문서를 들고 간 네 애비가 잘못이지."

"엄마의 잘못이 더 커요. 엄마는 맨날 TV 연속극을 보면서 그것도 못봤단 말이에요."

"연속극에서 부도났을 때, 어떻게 하라고 가르쳐 줬냐."

"엄마도 참 한심해요. TV에서 부도가 나면 집에서 쫓겨나 가재도구를 거리에 내놓고 울고불고하는 것을 보았는데 왜 사업하는 집에서 권리증을 아무렇게나 방치했냐구요."

"집이라구 코딱지 같은 걸. 감히 내 몰래 손댈 생각은 꿈에도 못했다."

"그러니까 엄마의 책임이 커요. 그렇지만……"

희는 더 큰소리로 울었다.

"그러나 이미 길은 정해졌어요. 엄마와 아버지의 갈 길은 이미 결정됐어요. 그러니까 엄마는 지금부터 경제적으로 자립해야 해요. 아버지로부터 생활비를 받아쓰면 오히려 아버지를 도와주는 것이에요. 우리 둘은 다 컸지만 어린 동생 둘은 지금이 중요해요. 홀어머니 밑에서는 아이들이 잘 자랄 수 있지만 엄마와 아버지의 갈등 속에서는 아이들이 제대로 못 커요. 그러니까 이제부터 아버지를 집에 못 오게 해요. 동생들이 갈등 속에서 크면 후일 엄마가 늙은 다음 아이들은 바로잡을 수 없을 거예요."

"에구머니나, 내가 어떻게 아이 넷을 벌어먹이고 공부시킨단 말이냐?"

어머니는 외마디 소리를 지르면서 몸을 떨었다.

"그러나 엄마는 할 수 있어요. 우리가 어렸을 때 보아도 엄마는 밖에 나갔다가 돌아올 때는 뭣이든 이루고 돌아왔어요. 지금부터 경제적으로 독립해야 한다는 것을 명심하세요."

어머니와 희는 마주보고 서럽게 울었다.

이후로 아버지는 발걸음을 끊고 생활비도 보내주지 않았다. 잘된 일인지 못된 일인지 아버지는 돈이 없어서인지 노한 때문인지 소식과 천륜이 모두 두절됐다. 전셋집에서 단칸방으로 줄이고 호구지책이 막막했다. 그러나 굶지 않았으며 학교의 납입금도 밀리지 않았다. 어머니는 아침부터 저녁까지 밖에서 살았다. 어린 두 동생은 아프며 울면서 그런대로 잘 자랐다.

"빨리들 일어나거라, 오늘 이모가 만나자고 했다."

어머니는 전에 없이 힘찬 목소리로 말했다.

"좋은 일이 있수?"

희가 반문했다.

"만나봐야 알 것 같지만 일자리가 곧 생길 것 같구나."

희는 뛸 듯이 기뻤다.

머리에 매었던 수건을 풀고 활기차게 젖은 머리를 털었다.

3

동지 지난 지 열흘이면 해가 노루 꼬리만큼 길어진다는 말이 있다. 정녕 해는 길어졌다. 희는 실제로 노루 꼬리가 몇 센티미터인지 잘 모른다. 그러나 꼬리, 꼬리라고 일컬으면 우선 털짐승을 말한다는 것쯤은 알고 있다. 꼬리에 관한 속담은 많이 들어왔던 터이다. 뭐니 뭐니 해도 꼬리 중에서 제일 탐스러운 꼬리가 여우 꼬리일 것이라는 것쯤은 누구나 인정하고 있을 터이다. 희는 동물원에서 여우를 보았다. 여우는 자신의 몸체만큼이나 길고 탐스러운 꼬리를 땅바닥에 질질 끌면서 우리 밖의 구경꾼들을 노려보던 황여우를 기억한다. 뾰족한 주둥이가 갈색 눈동자와 잘 어울린다. 꾀 많은 여우, 그러고 보니 여우란 놈은 여러 가지 의미를 지닌 비유어로 등장한다. 여우 주둥이, 백여시, 불여우, 백 년 묵은 구미호, 꼬리가 열두 개나 달린 묵은 여우, 황구 꼬리 백 년 묻어놔도 여우 꼬리 못된다. 요염하고 탐스러운 여우 꼬리에 비해 노루 꼬리는 생기다 만 것 같다. 노루 꼬리는 꼬리라고 일컫기보다 혹이나 사마귀라고 해도 지나친 표현이 아닐 것이다.

해는 앞마당에 자글자글 끓었다.

슬라브 지붕의 추녀 끝은 앞마당에 일직선을 확실하게 그어 놓았다. 음지와 양지는 이승과 저승처럼 구획지었다.

어머니가 그늘 속에 파묻힌 화분을 양지 쪽으로 들어내 놓았다.

“희야, 내일모레가 입춘이란다.”

어머니는 또 혼잣소리처럼 중얼거렸다.

“올여름 불도화꽃은 잘 필 것이다.”

어머니가 희를 힐끔 바라보며 듣고 있느냐는 시늉을 했다.

희는 어머니가 원하는 답변이 뻔한 것임을 잘 알고 있었다. 그러나 입을 굳게 다물었다. 그것은 어머니의 뻔한 논리가 지겹도록 싫증이 났기 때문이다.

어머니는 어느 해처럼 불도화를 잘 꽃 피게 하려고 지난겨울 내도록 화분을 음지로만 끌고 다녔다. 불도화는 혹독한 추위를 견뎌야만 이듬해 꽃을 탐스럽게 피울 수 있었다. 뿌리만 얼지 않도록 잘 싸매주고 가지는 앞마당 귀퉁이 그중에서 가장 그늘지고 음산한 곳에 처박아두면서 어머니는 입버릇처럼 중얼거리곤 했다.

“이 꽃은 겨울을 춥게 지내야 꽃이 화려하단다.”라고 말했다.

그때마다 한마디씩은 맞장구를 칠 때도 있었다.

“엄마는 뭘 잘 몰라요. 식물도 환경이 너무 좋으면 생명력이 감퇴한다는 것을 알고 계시라구요. 식물을 왕성하게 번식시키려거든 환경을 열악하게 조장해 줘야 할 때도 있다구요. 그러니까 이를테면 괴롭혀야 한다구요. 그래야만 살아남기 위해서 꽃을 잘 피운다구요.”

“그래 그래, 지난겨울은 무지무지 추웠잖냐. 그러니까 저 수국도 무척 겨울 동안 괴로웠을 거다. 우리 가족들도 춥고 긴 겨울이었잖아. 겨울이 추웠으니 금년 여름은 탐스러운 수국꽃을 기대해 볼 만하구나."

어머니는 실눈을 가느스름하게 뜨고 양지 쪽에 내다 놓은 화분을 응시했다. 어머니의 기대는 뻔한 것이었다. 고진감래나 권선징악의 논리의 틀을 벗어나지 못한다. 어머니는 자연의 섭리를 주장하는 이론의 신봉자였다. 세상은 물 흐르듯 결대로 살아야 한다. 속이지 말고 정직해라. 남에게 손해를 끼치지 말아라. 남의 마음을 아프게 하지 말거라. 매사에 성실과 열심을 다하라. 그리고 때를 기다려라. 어머니는 진리의 말씀만 거론했다. 어머니의 주장대로 따르자면 경쟁 사회에서 살아남기 힘들 터이다. 선한 끝은 있으되 악한 끝은 재앙이다. 어머니는 성인군자처럼 말했다. 그러면서도 인위적인 면을 전혀 배제하지 않았다.

너 이 꽃 이름이 뭔지 알고 있니. 수국이야. 목수국. 할머니가 이 꽃을 무척 사랑하셨지. 왜 그러신 줄 아니, 이 수국은 꽃 자체가 신선하고 탐스러울 뿐 아니라 꽃이 일색으로 피었다가 지는 것이 아니거든. 초여름부터 피기 시작하는 이 수국은 말이다 늦은 여름까지 시들지 않고 줄기차게 버티거든. 그러면서 초여름에는 요강 덩어리만 한 꽃송아리가 배꽃처럼 희게 흐드러지다가 그다음에는 양회색으로 변하고 꽃이 질 무렵 해서는 꽃분홍으로 색을 바꿔가며 핀단다. 또 그뿐인 줄 아니. 이 꽃나무는 사람이 원하는 대로 색을 변조해서 꽃 피게 할 수 있거든. 한 꽃나무가 세 가지 꽃, 즉 삼색 꽃을 볼 수 있단 말이다. 아주 신통하고 재미있는 꽃나무란다. 생각해 보렴. 내 마음대로 꽃 색깔을 변조해낼 수 있다는 재미는 마치 조물주의 경지를 조금이나마 맛보게 해준단다. 내 이야기 들어봐라. 희야, 예전에는 집에서 옷감에 손수 물을 들여서 그러니까 염색을 해서 옷을 지어 입었드랬다. 그러니까 그때가 뭐 아득한 이조시대가 아니란 말이다. 해방을 전후해서 6·25가 일어난 그 무렵 해서 신종사업 중에 물감장수를 해서 떼돈을 번 사람이 상당수 있었단다. 그때 그 시절에는 물감이 생활필수품 몫을 단단히 했드랬다. 옷감 하면 왜포가 대중적이었다. 희야, 알겠냐. 왜포가 무엇인지. 그러니까 일본 사람들이 수공업이 아닌 방직회사에서 짜낸 무명천을 왜포라고 말했다. 지금도 경복궁 안에 있는 민속관에 가보아서 알겠지만 그곳에 가보면 베틀 위에 앉아서 수직기로 세모시를 짜는 실물을 구경할 수 있다. 수직기로 베를 짜보았자 숙련공이 하룻밤 하루 낮 꼬박 잠 안 자고 베틀에 앉아서 수족을 움직여 베를 짜보았자 고작 열서너 마가 고작이랬다. 자아, 그러니까 요즈음 흔히 쓰는 미터로 환산해 보거라. 열대여섯 자는 1미터가 석 자 세 치이니까 3,4미터 짜기 위하여 준비과정부터 시간을 계산하자면, 아, 머리 아프고 따분하지. 요점만 말해줄게. 왜포란 일본 사람들이 이 땅에 세운 방직공장에서 생산된 광이 넓은 무명천을 말하는 것이란다. 또 그뿐인 줄 아니. 우리나라 베틀에서 짜낸 천은 너비가 한 자인데 반해 왜포는 그 광이 44인치 그러니까 1미터나 되니 거북이와 토끼의 경주라고 할까. 그런데 그 왜포라는 무명천은 광목이라고도 했는데 표백이 되지 않아서 누르스름했다. 깃광목, 그러니까 가공이 전혀 안 된 천. 이 깃광목으로는 상복을 지어 입었다. 일 년 중 아낙들은 형편대로 왜포를 필이나 마로 사두었다가 어정 칠월 말복이 지난 뒤 일조량이 풍부한 때를 틈타서 냇가로 찾아가 이 왜포를 초가을 햇볕에 빨아 널어 마전하곤 했단다. 장마가 끝난 후, 냇물이 맑은 물소리를 지르면서 알맞게 흐를 뿐 아니라 구슬 같은 투명한 물살을 일으키며 흐른다. 아낙들은 날 좋은 때를 택일하여 왜포필을 왕자백이에 담아 이고 냇가를 찾았다. 그리고 왜포필을 열 마 단위로 끊어서 흐르는 냇물에 흔들어 빨래방망이로 척척 이겨서 빨지. 그러고 나서 빨랫돌 위에 필 끝을 잡고 서리서리 얹어놓고 팔 힘을 다해 눌러 짠다. 그리고 나서 팔뚝 굵은 아낙들이 필 끝을 잡고 필목을 털어 펴서 냇가 자갈 위에 널어서 말린다.

초가을 뜨거운 햇살은 기승을 떨고 폭포수처럼 퍼붓는 때다. 쩔쩔 끓는 자갈 위에서 필목은 직사광선을 받고 버쩍버쩍 잘도 마른다. 다시 거두어 냇물에 적셔 다시 널고 이처럼 네댓 번 반복하면 누르스름하던 왜포는 눈송이처럼 희고 포실포실하게 되지. 아낙들은 냇가 버드나무 그늘에 앉아 일 년 중 한가한 짬을 얻어 시집살이 어려움을 속터놓고 지껄일 때가 바로 이때였드랬다. 대부분 홑옷은 남녀노소 가리지 않고 흰 천을 그대로 풀해 다듬어 지어 입었지만 겨울철에는 해 좋을 때 마전해 채독을 넣어둔 필목을 내다가 가족들의 체수에 따라 필목을 잘라 풀을 해서 다듬이질 곱게 했다. 어른 바지저고리는 4마 반, 어른 치마저고리 한 벌은 세 마 반, 아이들은 어른들 옷을 마전하고 나서 남은 자투리에다 물감을 들여 솜옷을 지어 입었다.

왜포에 물들인 꽃분홍 저고리에 검정 왜포 통치마는 내가 자랄 때 학동들의 교복과 같은 복장이었다. 풀기 빳빳하게 다듬이 발이 선 꽃분홍 광목 저고리는 어머니들의 염색 솜씨에 따라서 호사가 구분지어 지곤 했단다. 나의 어머니는 세숫대야에 물감을 곱게 풀어서 옷감을 물들이고 난 후에 나머지 물감 물을 수체가에 심어놓은 불도화 꽃나무 뿌리 밑에 붓곤 했다. 흰 꽃이 양회색으로 변해 어느만큼 수국꽃이 싫증이 날 무렵 해서 꽃분홍 물감 물을 나무 뿌리에 부어놓으니까 이삼 일 후에는 양회색 꽃이 꽃분홍으로 변해 화초밭을 새롭게 장식해 주었단다. 희야, 나는 이와 같은 조화를 부릴 수 있는 방법을 할머니로부터 어머니 다시 어머니에게서 물려받은 나의 재주를 너에게 자랑하고 싶고 뽐내고 싶다.

엄마의 발상은 유치해요. 엄마의 엄마의 엄마는 그처럼 유치한 방법을 내게 전수하려 들지 마세요. 엄마의 그 화석 같은 발상에서 출발한 기쁨은 엄마만 즐기세요. 희는 어머니의 사고의 틀을 일언지하에 거세해 버렸다. 불도화에 관한 연상작용은 판이했다.

작년 6월이었을 것이다. 대학 캠퍼스 안은 연일 최루탄 냄새로 가득해서 눈물 없이는 걸어다닐 수 없었다. 희는 대학에 입학해서 맞는 첫 번째 여름이었다. 그날도 예외없이 싸가지고 온 도시락을 도서관 앞 잔디밭에 앉아서 먹고 있을 때였다. 캠퍼스 안은 항상 술렁거렸다. 시도 때도 없이 시위가 산발적으로 일어났다. 모든 행동이 민첩하지 않으면 싸가지고 온 도시락도 제때 펼쳐놓고 먹을 수 없었다. 시위가 멎었을 때는 얄밉도록 모든 것이 정상적이었으며 평화롭기 그지없었다. 잔디밭 끝머리에 보라색 등꽃이 포도송이처럼 늘어져 6월의 훈풍이 불 때마다 향기를 내뿜었다. 등꽃 향기는 최루탄 냄새와는 이질적이었다. 바람결에 등꽃이 흩날릴 적마다 강하고 빠른 속도로 향기를 전달했다. 6월은 습기 머금은 등꽃 향기와 더불어 화려함 속에 비애가 숨겨져 있었다. 이와는 대조적으로 동과 동을 잇는 사잇길에 서 있는 벚나무 가지 위에서 방금 울기 시작한 쓰르라미가 한층 기승을 떨었다. 쓰릉쓰릉 쓰르릉.

희는 도시락을 맛있게 비웠다. 잔디밭에 비스듬히 누우니까 녹색 융단은 꿈의 풀밭이다. 무념무상인 상태에서 단지 허기진 배를 채울 때의 포만감은 무한한 행복을 실감하게 해주었다. '하늘을 이고 도리질을 한다'는 생각이 희의 머리를 스쳤다.

바로 그때였다. 잔디밭에 앉아 잠시 동안 평화를 누리면서 삼삼오오 앉아 있던 학우들이 갑자기 도서관 앞으로 모였다. 무리들은 순식간에 잠식할 기세로 잔디밭을 점령해 버렸다. 희는 소스라쳐 자리에서 일어나 무리 속에 휩싸였다.

어둡고 괴로워라 밤이 길더니
삼천리 이 강산에 먼동이 텄네
동포여! 자리 차고 일어나거라
산 너머 바다 건너 태평양 너머
아 아 자유의 자유의 종이 울린다

노래 한 절이 끝나면 구호 소리가 6월의 하늘을 가를 듯이 우렁차게 터졌다.

물러가라 물러가라 독재정권 물러가라.

무리들이 일제히 올렸다 내렸다 하는 주먹질은 맨주먹이었으나 창끝보다 날카롭다.

전경들이 몰려왔다. 국방색 누비옷과 투구와 방패로 그들의 앞가슴을 방어한 전경들은 분명코 이 나라 사람이 아닌 먼 우주에서 날아온 침입자였다.

물러가라 물러가라 독재정권 물러가라.

구호가 멎자 이번에는 일제히 '와' 하는 함성이 터졌다. 한 사람이 도서관 옥상 난간 위에 홀로 서서 붉은 깃발을 펼쳐든 찰나였다. 박수소리가 또 한 차례 폭포수처럼 터졌다. 동시에 한 발의 총소리가 폭죽처럼 6월의 창공을 갈라놓았다. 단 한 발의 공기총으로 붉은 깃발은 타버렸다. 에메랄드 창공에 펼쳐졌던 깃발은 한 점 불꽃으로 소실되었다. 섬광과 같은 순간이었다. 빈 깃대를 거머쥔 한 점의 검은 물체가 지상으로 뛰어내리려는 찰나에 이번에는 대형 올가미가 그 검은 물체의 몸통을 조였다. 그리고 올가미에 걸린 물체는 지상으로 떨어졌으며 몸통은 매트리스 위에 뒹굴다가 개처럼 끌려서 괴물들에게 끌려갔다.

물러가라 물러가라 파쇼정권 물러가라.

돌이 날아오고 닥치는 대로 돌을 던지고 사과탄이 터지고 눈물 콧물을 꿀룩거리면서 끌려가는 학우들을 놓치지 않으려고 아수라장이 됐다.

시간이 얼마만큼 지연됐는지 몰랐다. 희가 정신을 가다듬었다. 캠퍼스 안은 다시 정적을 되찾았다. 거짓말처럼 6월의 하늘은 푸르렀고 넘어가는 햇살도 어제와 다름없었다. 다만 도서관과 학생회관 출입문의 대형 유리가 깨져서 보기 흉하게 입을 벌리고 있었고 꿈의 잔디밭은 돌조각들이 어지럽게 뒹굴고 있었다.

희는 눈물 콧물을 쿨룩거리면서 무심코 학생회관 언저리에 피어 있는 수국을 보았다. 언제부터인가 그 자리에서 눈송이처럼 새하얀 탐스러운 꽃을 자랑하던 수국을 처음 본 듯 바라보았다.

수국은 어머니가 겨울 동안 괴롭히면서 학대해 이듬해 탐스러운 꽃을 욕심내던 꽃이었다. 어머니가 애지중지하면서 물감 대신 잉크물을 풀어 조기에 수의처럼 푸른 보라색 꽃을 원하던 바로 그 꽃이 무리지어 있었다. 그러나 학생회관 언저리에 피어 있는 수국은 어느 누구가 물감 물을 꽃나무 뿌리에 부어준 것도 아니었다. 그럼에도 불구하고 이제 막 6월의 초엽임에도 초가을의 꽃분홍색을 띠고 있었다.

희는 비로소 수국의 꽃다운 친밀감을 느꼈다. 수국은 사과탄 가스 속에서 의연하게 버티고 피어 있음이 캠퍼스를 수호하는 부적처럼 보였다.

그날, 6월의 어느 날. 그 일을 목격한 이후로 희의 심경에는 변화가 일어났다. 6월의 창공 위에 펼쳐진 붉은 깃발과 그 깃발의 불타버림의 영상은 잊을 수 없는 음각으로 희의 가슴속에 아로새겨졌다. 그 일만을 생각하면 몸이 떨리고 가슴이 터질 것 같았다. 무엇이 두려우랴. 무엇을 주저하랴. 희는 민족문학연구회라는 서클에 가입했고 그로부터 많은 금서를 탐닉했다.

어머니의 박봉으로 생계를 겨우겨우 연명할 수 있겠으나 어두운 골방에서의 생활은 계속되었다. 서쪽으로 난 사륙배판 책장만 한 들창으로 스며드는 빛은 대낮에도 전등 없이는 눈을 감은 것 같은 음침함이 깃들었다. 어머니는 어린 두 동생을 데리고 직장 가까이서 살았다. 답답하고 짜증나는 생활이었다. 집이 싫어졌다. 어두운 골방이 더욱 싫다. 가족이 싫다. 가족 중에서 어머니가 제일 싫다.

지금 겪고 있는 이 암울한 생활의 원흉은 어머니였다. 그러고 보니 태어나서 지금까지 희는 한 번도 자기의 생각대로 살지 못했다. 초등학교 입학하면서부터 어머니는 밥상을 아랫목에 펴놓고 희를 닦달시켰다. 글씨를 배울 때부터 한 획이라도 비뚤게 쓰면 어머니는 화를 냈다. 그리고 바르게 쓸 수 있을 때까지 다시 쓰도록 연습시켰다. 학교에 갈 때는 물론 다녀와서도 어머니는 희의 책가방을 검사했다. 오늘 배운 것이 뭐였더냐. 자아, 이야기해 보자. 옳지, 자연시간에 배운 것을 말해 보거라. 그래 맞다. 식물은 햇볕을 따라 가지를 뻗지. 그래 그래 완두콩을 심었지. 네 화분을 창가 햇볕이 잘 드는 양지에 놓았겠다. 싹이 터선 덩굴을 뻗을 때 덩굴이 어느 쪽으로 뻗어가는지 잘 관찰해야 한다. 물론 햇볕이 잘 비치는 쪽으로 덩굴이 자라는 것을 보았지. 암은 암은 맞다. 어머니의 간섭은 빈틈을 주지 않았다. 얘야, 이광수 딸은 초등학교 4학년 때부터 요를 깔고 잠자지 않았다고 했다. 거기다 대면 너는 약과이다. 공부 공부 공부. 공부를 잘해서 뭣에 쓰느냐구. 그거야 남 주려고 공부하는 거다. 남 주기 위해서 하는 공부 얼마나 좋으냐. 옛말에 일렀다. 자식에게 재산을 물려줄 것이 아니라 공부를 물려주라고 했어. 그렇지 왜 그런 말이 있잖냐. 자식에게 생선을 줄게 아니라 생선을 잡는 방법을 가르쳐 주라고 한 말. 물론 나는 옛날 사람은 물론 아니고 유태인도 아니지. 내가 너에게 공부 공부하는 이유는 간단하다. 공부해서 잘 먹고 잘 살라는 게 아니라 사람답게 살라고 하는 말이다. 희야, 그러니 너는 커서 퍼내도 퍼내도 가뭄을 모르는 샘이 깊은 우물을 파야 한다.

초등학교는 어머니의 희망대로 6년 동안 학교를 옮기지 않았다. 네가 공부하는 동안은 절대로 학교를 이리저리 옮기는 것은 금물이다. 화초를 예로 들겠다. 모종을 이리저리 옮기면은 모종이 잘 견뎌내지 못하거든. 뿌리를 내릴 수 없기 때문이지. 어디 한 번 뿌리를 깊숙하게 박고 일구월심 공부해 보거라. 중학교에 들어갔다. 어머니는 또 외웠다. 뭐니 뭐니 해도 외국어는 기초가 튼튼해야 하는 거란다. 영어는 기본이 단어랬다. 알겠냐. 단어 한 가지만 잘해 보아라. 그냥 낱말의 뜻만 외우는 게 아니다. 스펠링을 틀리지 않아야 하고 따라서 엑센트를 해야 하고 단어의 여러 가지 쓰임새를 터득해야 한다더라. 자아, 영어는 소리내서 읽어야 한다. 에이 비 씨 디. 얘야 입술만 달싹이지 말고 입술을 자신있게 그리고 과감하게 움직여라. 에이, 비, 씨, 디, 에프. 자아 에프하고 ㅍ은 입술을 붙이지 말고 양입술이 닿을락말락하게 옆으로 잡아당기면서 품어내는 소리를 내거라. 그렇지 그래. 내가 중학교 다닐 때, 영어선생님은 에프 발음을 할 때 침이 많이 튀었단다. 그래서 앞자리에 앉았던 내 친구 윤희는 영어시간에는 침세례를 지겹도록 받았단다. 옳지 옳지. 어머니는 에프 발음이 제대로 나올 때까지 연거푸 연습을 시켰다. 입술을 움직이지 않고 입속에서 웅얼웅얼 발음할 때는 희의 입술을 잡아뜯어가며 반복학습을 시켰다. 그리고 교과서가 녹음된 테잎을 사놓고 아침저녁으로 읽기 연습을 시켰다. 아침에는 밥상머리에 테잎을 돌려놓고 듣도록 권장했다.

희는 시키는 대로 잘 따라했으며 또한 노력한 만큼 성과도 컸다. 중학교에 입학하면서부터 밤 12시 안에는 자 본 적이 없다. 아침에는 6시 30분 기상, 30분 동안 학교 갈 준비를 마쳐야 한다. 어머니는 먹는 것 입는 것을 일사분란하게 대령해 놓았다. 교복의 컬러를 새것으로 갈아 끼워놓고 구두도 반질반질 닦아 댓돌 위에 가지런히 놓아주었다. 중고등학교에서 탑의 자리는 남이 보기에도 선망의 자리였다. 그러나 희에게는 힘든 과정이었다. 희는 자의타의를 떠나서 학교 안에서는 항상 모범생이었다.

"나는 오늘까지 나의 삶을 산 것이 아니야. 엄마의 대리만족을 위해 희생물이 된 거야. 엄마는 나의 삶을 너무 간섭하지 마세요. 나는 사람이란 말이에요. 나는 엄마의 화초가 아니란 말이에요. 생각할 줄 아는 사람, 사람이란 말이에요. 어머니는 나를 꽃나무 기르듯 물 주고 거름 주고 햇볕을 쏘여 주고 폭풍이 몰아치면 집안에 들여놔 주고. 제발 그러지 마세요. 나대로 크도록 내버려 둬요. 이제는 나도 대학생이 되었으니까 나대로의 길을 찾아야겠어요."

희는 자아로서의 자리매김이 완강하고 확고했다. 그러나 어머니와의 부딪침은 만만치 않았다.

"너대로의 삶을 살겠다고. 누가 말리냐. 너대로 살려면 제일 먼저 너대로의 경제적으로 독립을 해야 한다. 네가 말했잖니. 날더러 경제적으로 독립해야 한다고. 그런데 지금에 와서 왜 너는 딴소릴 하니. 애야 너는 세상을 알아야 한다. 아무리 궁색하다고 해도 날이 어두우면 기어들 지붕이 있고 최저생활을 유지하고 있다. 고마운 줄 알아야 한다. 한 끼의 식사 하루 저녁의 잠자리가 얼마나 소중한가는 세상을 살아봐야 소중함을 알게다."

어머니는 눈을 바로 뜨고 희를 응시했다. 어머니와 눈길이 서로 부딪쳤다. 희는 어머니를 쏘아보았다.

"무섭구나. 너의 눈초리가 원수를 대하듯 하는구나. 자아, 똑바로 알고 말해봐라. 오늘날 집안이 이 지경이 된 것이 누구의 책임이라고 생각하니. 어디 말해보아라."

"엄마의 책임이지 누구의 책임이야. 첫 번째 이유로 엄마의 결혼이 잘못 선택된 데 있어. 그리고 두 번째로 엄마는 왜 가족계획을 않고 대책 없이 아이를 넷씩이나 낳았느냐구요. 그리고 셋째는 아버지가 가정을 버리게 된 책임이 엄마한테 있다는 걸 왜 시인하지 않느냐구요."

"아아, 그래서 너는 이 애미를 원수처럼 여긴다는 말이구나."

어머니는 다시 소리내어 울었다.

"무섭구나. 무섭구나. 무서운 세상이로구나. 대학이라는 데 가면은 맨날 모여서 의논하는 게 네 부모 헐뜯기냐. 그래 그래 내 잘못이 크다. 모두 다 내 잘못이다."

책장만 한 들창이 새까맣게 칠해졌다. 어머니는 오래도록 흐느꼈다.

희는 이불을 머리끝까지 뒤집어쓰고 귀를 막고 누웠다. 밤은 조용히 깊었다. 이웃집의 그릇 달그락거리는 소리도 멎고 두런두런하던 이야기 소리도 잠잠해졌다. 희는 이불을 젖히고 누운 채로 심호흡을 했다. 답답함은 여전했다. 생각하지 않으려고 했는데 어머니의 메마른 목소리가 귓가에서 앵앵거렸다. 어머니의 왜소한 체구가 목에 걸린 가시처럼 희의 가슴팍을 아프게 찔렀다. 누구의 잘못을 따질 때가 아니었다. 어떻게 하든 아이들이 성장할 때까지 이 고난의 행진을 멈출 수 없었다. 어머니의 적은 봉급으로 다섯 식구가 연명하기에는 부족하지만 그래도 직장을 가졌다는 사실만으로도 다행스러웠다. 만약에 어머니가 직장을 잃었을 때를 가정해 보았다. 상황은 극한 상황으로까지 전락될 것이 뻔했다.

그러나 희의 가슴속에는 꿈틀거림이 있었다. 그것은 질기고 완강한 힘으로 희의 사지를 칭칭 감아오는 끈이었다. 그날 보았던 붉은 깃발과 그 깃발의 불꽃에 관한 영상이었다. 그날의 피의 절규는 어머니에 관한 아련함을 과감하게 지워버릴 수 있을 만큼 강렬한 열정으로 희의 피를 끓게 했다.

다음날이었다.

예외없이 아침 햇살은 그 책장만 한 들창으로 들이 비추었다. 희는 반사적으로 일어나서 책가방을 싸들고 밖으로 나왔다. 6월은 거짓말처럼 세상을 싱싱하게 바꿔놓았다. 가로수 잎은 진녹색으로 물기가 뚝뚝 떨어질 것처럼 살진 엽록을 방출시켰다. 주택가 울타리마다 덩굴장미가 넘쳐흘러 거리를 향해 요염한 꽃송이를 쏟아놓았다. 아름다운 세상이다.

캠퍼스 안도 역시 싱싱한 6월은 넘실거리고 있었다. 하늘은 그 푸르름 위에 목화송이처럼 보드라운 뭉게구름까지 띄워서 하늘 아래 지상의 아름다움을 한껏 부추겼다. 아침부터 학교 앞 냇가의 신림국악원에서는 장구 소리가 둥둥 울렸다.

좋은 아침이다.

그러나 강의실은 썰렁했다. 두세 명의 수강생들만이 빈 강의실에서 잡담을 하거나 책장을 넘기고 있었다. 희는 강의실 문 앞에서 서성거렸다. 밖의 날씨와는 대조적으로 강의실 안은 어두웠으며 초여름인데도 불구하고 싸늘하기까지 했다. 복도 창문 너머로 6월의 훈풍이 강의실 안으로 밀려와 강의실 표지판을 흔들어 주었다. 희는 살랑거리는 강의실 표지판을 바라보면서 오늘 하루의 소요를 직감했다. 모든 것이 정상이다. 그러면서도 적요와 6월의 훈풍은 피치 못할 비극의 서막처럼 희를 전율케 했다. 예감은 적중했다. 서쪽 출구로부터 한 사내가 희야 쪽으로 다가오고 있었다. 황금빛 6월의 햇살 때문에 실내는 더욱 어둑어둑했으므로 상대방의 모습은 불확실했다. 그저 검은 물체처럼 둥둥 떠서 그녀 앞으로 다가왔다. 김형이다. 김형은 황토색 잠뱅이 차림의 이상한 복장을 하고 다녔다. 김형과 마주섰으면 그는 이조시대의 머슴처럼 구레나룻이 덥수룩한 얼굴. 아니 머슴이란 표현보다는 산적이란 명칭이 더더욱 걸맞을 것 같은 모습이었다.

"안녕!"

"안녕!"

두 사람은 간략하게 아침인사를 했다.

"금일 오전 11시에 아폴로 광장으로 나오시오."

김형은 짤막하게 말하고 희에게 종이뭉치를 전해주고 동쪽 출구로 빠져나갔다.

시계를 보았다. 11시까지는 아직 1시간이 남았다. 희는 종이뭉치를 민첩하게 가방 속에 쑤셔 넣었다. 그리고 전후좌우를 살피고 김형이 사라진 반대편 서쪽 출구를 향해 걸음을 옮겼다.

6월임에도 불구하고 실내는 추웠다. 희는 양지를 찾아 따뜻한 벤치에 앉았다. 그리고 조금 전 김형이 던지고 간 종이뭉치를 펼쳐보았다. 종이뭉치는 다름 아닌 서클 멤버들의 명단이었다. 민연이 결성된 이후 최초로 여성 서클장으로 임명된 희에게 회원들의 명단이 넘어왔다. 희는 재빨리 가방의 지퍼를 단단하게 여미고 책가방을 겨드랑이에 꼈다.

11시의 집회는 어제 감금된 학우들의 조속한 석방을 촉구하는 결의대회일 것이다. 개처럼 끌려간 학우들을 그대로 놔둘 수는 없는 노릇이다. 어제 집회가 있은 후 경찰이 서클룸으로 침입해서 방을 샅샅이 뒤졌다. 희는 가방을 다시 힘 있게 끌어안았다.

교정은 조용했다.

철이른 쓰르라미가 황금빛 강렬한 햇빛에 놀라 벚나무 가지 속에서 어설픈 울음을 조금씩 울다가 이내 그쳤다. 희는 속이 쓰렸다. 생각해보니 어제저녁부터 건너뛰었다. 어머니 얼굴이 어렴풋하게 떠올랐다. 어젯밤 말다툼 끝에 어머니는 역정을 내고 어린 동생들 곁으로 돌아갔다. 불과 하룻밤 사이임에도 불구하고 무척 오래전에 어머니와 작별한 것처럼 아득하게 느껴졌다.

"그래, 네 좋도록 하자. 너는 너대로 나는 나대로 갈 길을 다시 찾자. 어린 동생들이 안됐지만 모두 다 너네가 원하는 바가 아니겠느냐. 결손가정은 보다 더 해체가 빠를 것 아니냐. 나는 이러한 약점이 표적이 되었다는 게 정말 진저리나게 싫구나. 나는 말이다. 나는 6·25의 동족상잔이 이미 끝났는 줄 알았는데 그게 아니구나. 네 애비와 나와의 관계도 엄밀하게 따지자면 이념의 갈등이다. 그것은 꼭 무슨 주의여야만 이념이 아니지 않느냐. 네 애비와 애미의 생각이 서로 다른 것도 엄밀하게 따지자면 이념인 것이다. 그러나 너마저 네 애미와 생각이 화친이 되지 않으니 이것은 비극 중에서도 더 큰 비극이다."

희는 생각을 떨쳐버리려고 도리질을 했다. 그러나 제아무리 도리질을 쳐보아도 희는 어머니의 생각과는 달랐다. 적어도 희는 어머니와 같은 인생을 절대로 살지 않을 것이라고 자신 있게 다짐했다.

증오와 연민이 엇갈려서 희의 머릿속을 어지럽혔다. 어머니를 생각하면 갑자기 그녀가 끼고 앉은 가방의 무게가 천근만근 무거웠다. 그러나 어머니와의 불화를 떠올리면 이상한 힘이 치솟듯 저항의 피가 끓어올랐다.

적요 속에서 학우들이 조용조용 아폴로 광장을 향해 움직였다. 희는 시계를 다시 보았다. 11시 정각까지는 아직 30분이나 남아 있었다. 김형이 맞은편 건물 향나무 밑에서 손을 흔들었다. 희는 벤치에서 일어섰다. 희는 마술에 걸린 용사처럼 자동적으로 아폴로 광장을 향해 발걸음을 떼어놓았다.

학우들은 광장 전망대 층계 위에 삼삼오오 짝을 지어서 천연덕스럽게 앉아 있었다. 더러는 깔깔거리면서 게임을 하기도 하고 쌍쌍으로 마주 보고 앉아서 밀애를 즐기듯 소근거렸다. 사복경찰관들이 학우들의 수요만큼 둘레둘레 밀착해서 동태를 살폈다. 이른바 짭새들은 한눈에 알아볼 수 있었다. 짭새들은 한결같이 무전기를 작은 손가방에 숨겨 어깨에 울러매고 쌍쌍이 앉아 있는 학우들 틈에 끼어 농담을 던지면서 조롱했다.

"형!"

누군가 등 뒤에서 희를 형이라 불렀다. 낯익은 목소리다. 같은 서클의 박형이다. 박형은 충청도 어느 두메산골에서 유학 온 우골장 학생이다. 박형은 끈질기게 시골에서 공수해 온 토종꿀을 팔아 하숙비를 조달했다. 박형은 특별하게 희에게 호감을 보였다.

"꿀장수! 좋은아침이죠."

"물론이지. 좋은 아침 되십시오."

"오늘의 신나는 꿀 판매를 위하여."

희는 박형과 손뼉을 마주쳤다.

"어제는 매상을 좀 올렸니?"

"매상은 웬걸. 나 어제 닭장에 갇혔다가 오늘 새벽에야 풀려났는걸."

"박형을 보니까 갑자기 배가 고파졌어. 먹을 것 없니?"

"있기야 있지만 상품이라서 건드릴 수 없다. 이 꿀단지 때문에 풀려났는 걸. 나는 꿀장수라구 우겼거든."

박형은 머리를 긁적거렸다. 웃는 모습이 천진한 농부의 얼굴이다.

"박형! 우리 조금만 먹자. 내가 팔아주면 될 게 아냐."

희는 박형이 내민 꿀병을 열고 손가락으로 한소끔 찍어 먹었다. 희가 두 번째로 손가락을 꿀항아리 속으로 들이밀려고 하자 박형은 잽싸게 항아리의 아귀를 닫아버렸다. 그리고 민첩하게 가방을 울러메고 희의 팔목을 잡아끌었다.

아폴로 광장은 순식간에 학우들의 운집으로 가득 메워졌다. 학우들은 촘촘하게 어깨와 어깨를 마주대고 밀착해서 조밀하게 한 덩어리로 응집했다. 광장 안은 갑자기 더워진 열기로 가득 찼다. 공기는 팽창할 대로 팽창했다. 그 누군가가 조금만 스치기만 해도 금방 폭발할 것 같은 긴장감이 돌았다. 학우들의 대오는 점점 부풀었다.

각성하라 각성하라 파쇼정권 각성하라.

구호는 마른 하늘의 우레소리처럼 광장을 뒤흔들었다.

물러가라 물러가라 파쇼정권 물러가라.
석방하라 석방하라 애국투사 석방하라.

대오는 일사분란하게 교문을 향해 전진했다.

교문은 이미 굳게 봉쇄됐다.

전경들이 완전무장을 하고 교문을 겹겹이 에워쌌다. 사과탄이 연속으로 터졌고 학생회관 쪽에서도 대대가 넘는 전경들이 방패를 휘두르면서 거리를 좁혔다. 밀고 조이면서 돌과 화염병으로 사력을 다해 방어해보았지만 맨주먹으로 대결하기에는 역부족이었다. 두들겨맞고 발길질에 채이고 밟히면서 대오는 탄력을 잃고 흐트러졌다. 희는 가방을 힘껏 끌어안고 후생관 사잇길로 빠져나갈 때였다. 전경이 희의 덜미를 잡아끌었다.

"왜 이러십니까, 무례하게."

"뭐 무례하다구? 너희들은 범법자들이야."

"말씀 삼가세요. 나는 선량한 학생입니다."

"선량한 학생이라구? 그럼 책가방을 내놔봐."

"안 돼요. 아무런 명분 없이 선량한 학생을 수색해도 됩니까. 법치주의 국가에서."

"잔소리 작작하구 하라는 대로나 해, 썅!"

전경이 희의 가방을 낚아채려니 빼앗기지 않으려니 잡아당기고 실랑이를 했다.

"안 돼요. 그 애는 내 딸이란 말이에요. 저쪽 감나무 밑에서 만나기로 약속했단 말이에요. 놓으세요."

어머니였다. 키 작은 어머니가 키 큰 전경 팔목에 대롱대롱 매달리면서 단호하게 외쳤다.

"희야, 빨리 가자."

어머니는 희의 책가방을 대신 끌어안고 학생회관 쪽으로 앞장서서 뛰어갔다.

"아, 어머니."

그러나 내심은 감격했지만 행동은 역행했다.

"엄마는 왜 출근도 하지 않고 학교까지 찾아오구 야단인거야."

"야단이라구? 그래 네 꼴을 보니 야단 안 하게 됐냐."

"뭐가 어떻다구. 우리는 잘못이 없어요. 재네들은 우리들의 원수예요."

"원수? 진정 원수는 네가 나의 원수로구나."

맞은편 우체국 공중전화 박스 옆에서 김형이 모녀의 실랑이를 바라보고 서 있었다.

"저기 저 사람, 아까부터 너를 유심히 살피는 것 같다. 아는 사람이냐?"

"몰라. 별걸 다 신경 쓰고 그래, 지겹게."

"아니다. 너를 알고 있는 사람이다. 누구냐?"

"몰라. 선배일 거야."

"선배는 무슨. 꼭 산도둑놈 같은데. 학생 맞냐?"

"몰라."

모녀는 수국을 등지고 앉아서 옥신각신 말다툼을 계속했다. 수국은 초여름인데도 어느새 한더위를 견뎌낸 것처럼 꽃분홍색을 띠고 있었다. 수국은 어느 누구가 꽃나무 뿌리에 붉은 물감을 풀어 부어 준 것도 아닌데도 불구하고 최루 가스와 시위의 열기 속에서 지레 겉늙어 버렸다. 요강 덩어리만큼 탐스럽게 핀 수국은 수십 송이의 진분홍꽃을 이고 가화처럼 흐드러졌다.

"아이고 이 원수야. 자식이 원수로구나!"

4

전화의 흔적이 가시지 않은 50년대 초반이었다. 부림마을에 작은 교회가 하나 있었다. 이 마을에서 토박이로 살아오던 문씨 일가의 노할아버지가 중병에 걸려 생사의 기로에 섰을 때였다. 백약이 무용지물이 돼버려 문중에서 노심초사하고 있을 때, 한 서양인 선교사의 안수를 받고 회생한 일이 있었다. 죽을 사람을 살려냈다는 이와 같은 기적적인 변이는 문씨 문중은 물론 부림마을의 전설적인 신화를 창조했다. 마을 사람들은 모이면 저마다 입을 모아 말했다.

"거 야소귀신이 저승사자도 이겨먹었다네."

"영락없이 잔디 이불을 덮었을 노인장을 살려낸 것은 순전한 양코백이 야소꾼의 조화였다네."

"아 그런 소릴 허덜 말게나, 인명은 재천이라구 모두 다 명줄이 길었길래 살아난 것이지 야소쟁이가 그토록 영험하다면 이 세상에서 죽을 놈 하나도 없겠네 그려."

부림마을 사람들은 하기 좋은 남의 말이라 생각 내키는 대로 씩둑꺽둑 곱씹었다. 그러나 정작 당사자인 문씨 문중에서는 보통 일이 아니었다. 더구나 지체도 그만하고 먹고살 만한 형세였던 터이므로 문 노인의 회생은 더할 나위 없는 집안의 경사가 아닐 수 없었다.

문 노인은 자리에서 툭툭 털고 일어섰다. 그리고 마을을 돌면서 자신의 회생 경력을 마을 사람들에게 설회했다.

"여보게들 내 저승 문턱에까지 갔다 왔다네. 내 저승에 다녀왔네만은 저승사자가 나를 결박해 사천왕 앞에 대좌시킨 게 아니고 날개돋친 천사가 나를 안위해 천국 구경을 시켰다네."

문 노인은 사람을 만나면 그들을 붙들고 천국의 광경을 소상하게 술회했다. 천국은 춥도 덥도 않았으며 백화만화가 만개해 있었으며 황금으로 지어진 궁궐은 눈부시게 찬란했으며 궁궐 앞을 흐르는 청강은 백화동산을 휘감고 흘렀더라고 했다. 더구나 놀라운 사실은 그 청강의 물을 한 번 마시고 나면 영원히 장생불사하는 생명수가 주야장천 넘쳐나고 있어 영원히 배부르고 목마르지 아니함이 선주에 비길 바가 아니라고 했다. 문 노인은 자신이 그 청강의 물을 주먹으로 움켜서 마셔보았다고 했다. 그랬더니 여지껏 천근만근 무거웠던 몸이 정신이 번쩍 들었으며 두 눈이 홰등잔처럼 환해졌으며 몸이 깃털처럼 가벼워져 둥둥 떠다니면서 천국 구경을 구석구석 다녔으되 조금도 피곤치 않았다고 했다. 문 노인은 천국이 좋았었다는 사실을 입으로만 외운 것이 아니었다. 사재를 털어 부림마을 어귀에 초가삼간을 사들여 그곳을 성소로 봉헌했다. 그리고 문 노인은 이 부림교회의 초대장로가 되었으며 그 이후로 성전을 새로 건축하기까지 그의 여생을 물심양면으로 모두 바쳤다.

그러나 복음은 번창하지 못했다.

워낙이 주위 환경이 열악해 먹고사는 일에 급급한 터였으므로 마을 사람들은 한가하게 예배당에 나가 앉아서 찬송가를 부르며 예배에 참석할 수 없었다. 농번기에는 눈코 뜰 사이 없이 바쁘다손치더라도 농한기에도 일손이 달리기는 마찬가지였다. 마을 사람들은 겨울이라고 어찌 두 손 매어놓고 한가하게 앉아서 예배드릴 수 없다고 여겼다.

부림마을은 관악산을 등지고 벌말을 앞에 끼고 마을이 구미구미 십여 호씩 들어앉았다. 안양벌에서 세차게 불어닥치는 수푸루지 바람은 장꾼들의 언 볼 따귀를 매섭게 후려치기로 호가 났다. 수푸르지 바람은 장정들까지도 어깨를 움츠리게 했고 고개를 직수구리게 했다. 닷새마다 서는 장날이나 열흘만큼씩 서던 쇠장에 가는 장꾼들도 예외는 아니었다. 안양 장날을 목잡아 부림말이나 벌말 사람들은 땔나무 짐이나 아낙들은 적게는 간장병을 머리에 이고 장에 갔다. 힘 좋은 장정은 땔나무 가지를 집더미처럼 전을 쳐서 동을 지었고 그것만으로도 모자라서 지게 위에 작대기를 버티고 나뭇짐을 쟁였다. 지게 위로 한발은 더 높게 치켜 쌓아올린 나뭇동은 수푸르지 바람을 한결 더 탔다. 짚동 같은 아버지 나뭇짐이 방풍막이가 되어서 아버지의 뒤를 쫓아가는 어린 아들이 까치집만 한 나뭇짐을 지고 장에 나가는 모습은 조금도 눈설지 않은 풍경이었다.

아낙들은 중학에 보낸 아들의 연필 값이나 공책 값을 보태려고 장날이 오면 무엇이든지 돈살 것을 찾아내어 들고 장으로 팔러갔다.

정히 돈살 것이 없을 때는 장독을 열고 간장을 정종병에 퍼 담아 이고 이십 리 길을 종종걸음으로 내달았다.

수푸르지 바람은 모질었다. 아낙들은 수건으로 볼을 두툼하게 감싸매고 왕골똬리 위에 데뚝하니 정종병에 퍼 담은 간장 한 병을 이고 두 손을 광목 행주치마 속에 감추고 곡마단처럼 수푸루지 모랭이를 돌아 장으로 팔러 나갔다.

그 누구가 잠시 한때인들 두 손 놓고 넋 놓고 앉아 있을 수 있었겠는가. 더구나 부림마을은 옛 이름과는 달리 벌판에 나앉아서 사시장철 땔나무가 귀했다. 그러므로 땔나무를 하려거든 십 리를 걸어 들어가서 큰 산 나무를 했어야 했다. 아들이 열 살만 넘으면 아버지는 아들에게 으레히 아이에게 걸맞는 작은 지게를 꾸며서 지켜주고 먼 산 나무같에 달고 다녔다. 어찌 또 이 땔나무하는 일뿐이겠는가. 겨울밤이 길다고 하지만 농가의 겨울밤은 결코 길 수 없었다. 가마니를 짜야 하고 새끼를 꼬아야 했다. 가마니를 치고 기계 새끼를 꼬아 면사무소에 납품하면 적은 돈이나마 현금을 손에 쥘 수 있었으니 마을에서 한량이란 손가락질 받는 건달뿐이 노는 사람이 없었다.

예수를 믿읍시다. 예수 믿고 회개하고 천당에 갑시다. 예수님은 죽은 나사로도 살리셨습니다. 예수만 믿으면 능치 못한 것이 없습니다. 예수님은 잔칫날에 물로 포도주를 빚으셨습니다. 예수를 믿고 영생합시다.

"하 참! 매미처럼 야소당에 앉아 노래만 부르면 밥이 생기구 옷이 생기다니, 워디서 도깨비 방망이라도 마을에 들어 왔나. 죽어서 천당도 좋지만은 나 살아서 술담배 끊구 무슨 재미로 세상 산데여. 나는 논 김매다 흙투성이 맨발로 야소당에 나가서 쭈그리고 앉아 있을 짬이 없다네 없어."

대부분의 마을 사람들은 예배당을 이렇게 외면하고 야소꾼이 못되는 이유를 저마다 쳐들었다. 그럼에도 불구하고 문 노인은 지성으로 예수를 섬겼다.

부림교회는 문씨네 일가권속들로 운영되었으며 명맥을 겨우 유지했다. 중앙노회에서 파견한 강도사 한 사람도 제대로 거두기 어려웠다.

1·4후퇴는 많은 실향민을 남쪽에 머무르게 했다. 북쪽에 고향을 등지고 단신으로 남하한 남정들은 대부분 사흘간의 약속으로 가족들과 작별했다. 그러나 전세에 밀려 어쩔 수 없게 대동강을 넘고 임진강을 건너서 삼 일간의 약속은 깨어지고 한강 이남에 남게 되었으며 전선이 다시 북진하기만을 학수고대했다. 그러면서도 그들은 쉬지 않고 신학을 공부했으며 장사를 해서 연명했다.

이 무렵, 부림교회에 강도사 한 사람이 새로 부임했다. 그는 평안북도 선천 사람으로 일제강점기에는 만주 반석이라는 곳에서 정미소 일을 도맡아 했었다고 했다. 해방을 맞아 다시 고향 선천으로 돌아와 이것저것 돈벌이를 궁리하던 차에 난리를 만났다. 맏형이

8·15해방 직전 그곳 선천교회에서 전도사로 일했던 것이 빌미가 되어서 북쪽 사람들에게는 별로 환영받지 못하는 처지였다. 국방군의 평양 입성은 그들 3형제에게 새로운 삶의 전기를 제공해 주었다. 그러나 감시의 눈초리는 선천의 해방을 목전에 두고 선천의 장정들을 모두 압록강 건너로 소개시키라는 당의 지시가 있었다. 정씨 3형제도 트럭에 실려 북으로 이동할 수밖에 없었다.

후에 만형은 목사가 되어 강단에서 설교할 적마다 달리는 트럭에서 3형제가 뛰어내렸던 무용담을 빼놓지 않았다. 살점을 저며내는 혹한 속에서 트럭에 얹혀 어디로 가고 있는지조차 모르고 달려가고 있었을 때, 문득 떠오르는 생각, 그 생각은 다름 아닌 이래 죽으나 저래 죽으나 죽기는 매일반이라는 결론이었다. 정씨 3형제는 앞길이 캄캄한 상황에서 죽기를 각오하고 달리는 트럭에서 뛰어내리기로 결심했다. 여호와는 그들 3형제 편에 있었다. 때마침 그믐밤이었다. 사방은 칠흑 같은 어둠으로 가리워져 있었다. 그러나 달리는 트럭에서 뛰어내려야 하는 용기는 쉽지 않았다. 이윽고 트럭이 험준한 고갯길에 접어들었을 때이다.

"바로 지금이다. 차가 경사를 기어오르느라 속력이 늦춰질 것이다. 고갯마루에 다달았을 즈음해서 뛰어내리자. 이때가 기회일 것이다. 기계도 가장 숨가쁜 시기에 우리는 필사적으로 도망쳐야 한다."

만형이 결단하고 3형제는 무언으로 두 손을 굳게 잡았다. 이윽고 트럭이 고갯마루 턱에 다다르려는 찰라에 3형제는 심청이가 인당수에 몸을 던지듯 고갯길 덤불 속으로 몸을 날렸다. 덤불 속은 안전한 은신처였으며 포근한 깔개 구실까지 해주었다. 그들은 죽지 않고 살아있었다. 그길로 무작정 남쪽으로 남쪽으로 남하하기 시작했다. 남쪽에는 큰누이 한 분이 살고 있었다. 3형제의 무용담은 교인들 귀에 너무 익숙했다. 끊어진 대동강 철교에 매달렸던 일이며 서울 남산에 사는 큰누이 집에 천신만고 끝에 당도해 보니 피난 떠난 빈집이었을 때의 낙심함이며 누이를 찾아 부산까지 남하했던 온갖 무용담은 퍼내도 퍼내도 기근을 모르는 절망 뒤에 겪게 되는 황홀한 승리를 지치지 않고 술회했다. 정 강도사는 3형제 중 둘째였다. 피난 중에 호구지책이 어려웠음에도 불구하고 그는 신학교에 입학했으며 신학교를 졸업하고 첫 번째 부임지가 부림교회였다.

전화가 휩쓸고 지나간 부림마을은 황폐했다. 마을 앞으로 관통한 큰 신작로가 전쟁터를 제공해주었다. 길가 집들은 모조리 폭격에 불타버려 마을 사람들은 실의에 빠져서 절망했다.

봄이 왔다.

마을 사람들은 잿더미가 된 집터에 움막을 세우고 재기의 몸부림을 쳤다. 의식주가 마련되지 않은 상황에서 아이들을 중학교에 보낼 수 없었다.

정 강도사는 교회 근처에 있는 한 농가의 일상을 매일 바라보았다.

봄철의 농가는 그야말로 눈코 뜰 사이 없게 바쁜 일과였다. 더구나 아낙들은 더더욱 그러했다. 이른 조반을 차려먹고 들로 나가곤 했는데 들에 나갈 때에도 어린 자식을 업고 걸리고 다녔다. 이제 겨우 걸음마를 익힌 아우를 본 어린애는 어머니의 치마꼬리에 매달려 엎어지면서 들로 따라 나섰다. 아이는 엎어졌다 일어설 때마다 울었다. 어머니는 우는 아이를 달래기보다 등짝을 때리면서 윽박질렀다. 아이는 눈물 콧물이 범벅이 되어서 운다. 보다 못한 어머니는 아이의 눈물을 치맛자락으로 닦아주면서 자신의 손가락으로 우는 아이의 코부리에 대고 말했다.

"흥! 하거라."

어린아이는 어머니의 흥하라는 소리에 흐느끼면서 코를 흥! 하고 풀었다.

"흥! 하거라."

"옳거니."

정 강도사는 머리를 주억거렸다. 이 땅의 어머니들이 우는 아이를 달랠 때마다 '흥! 하거라' 하고 있으니 이 나라는 틀림없이 흥할 것이라는 확신이 섰다. 그 이유는 이 나라 모든 어머니들이 매일처럼 우는 아이를 달래면서 흥하거라는 축복을 하고 있을 것이니 어찌 흥하지 않을 수 있을까 생각했다.

정 강도사는 마을이 발전하고 흥하려면 무엇보다도 자라나는 아이들을 가르쳐야 할 것임을 깊이 깨달았다. 정 강도사는 우선 마을 안에서 교육받은 청년들을 찾아나서서 전도했으며 그들에게 호소했다. 마을 발전을 위하여 배운자가 먼저 솔선수범하는 헌신봉사가 이 부림마을을 부요하게 할 수 있음을 설득시켰다. 그리고 나아가 청년들이 앞장서서 지역사회 발전의 초석이 될 것임을 강조했다.

정 강도사가 마을 청년들을 찾아다녔으므로 그들의 부모들은 강도사를 홀대했다. 내 집을 위해 땔나무 한 짐이나 왕새끼 한 다발이라도 더 생산하는 것이 유익하지 남을 위해 품들여 가며 무상으로 봉사한다는 이론은 허튼소리로 들렸다.

"젠장맞을 것 같으니라구. 어디서 굴러 먹든 뺵다귄지 모를 놈이 남의 동네에 들어와서 애들을 홀려 놓구있담."

어른들은 한결같이 내 집 아들 일 잘하는 놈 꼬여낸다고 이렇게들 헌담을 했다. 정 강도사는 어른들로부터 따돌림을 받았다. 그럼에도 불구하고 그는 쉬지 않고 전도했으며 창조주의 비밀을 설회했다. 마을 청년들이 움직이기 시작했다.

정 강도사는 기독교 단체로부터 구호물자를 지원받아 왔으며 미 군용 천막 하나를 구해와서 교회 앞에 설치했다. 그리고 4H클럽을 결성했다. 인근에 사는 초등학교를 졸업하고 상급학교에 진학하지 못한 학동들에게 중학교 과정의 야학을 무상으로 시작했다.

모든 것이 무상이었다.

교과서에서부터 필기도구에 이르기까지 교회와 청년들이 분담했다. 전선에서는 총소리가 궂은 날씨에는 지척에서처럼 들리던 때였다. 마을은 춘궁기를 맞아 먹을 것이 부족했다. 청년들이 4H클럽에서 열성을 더할수록 집에서는 냉대가 심했다. 그러나 한 번 불붙기 시작한 청년들은 신앙으로 뭉쳐져서 식지 않았다. 무에서 유를 창조해 낼 수 있다는 믿음의 확신은 순교자의 자세로 거듭났다.

정 강도사는 청년들 중에서 제일 믿음이 진실한 두 청년을 선택해서 의형제를 맺었다. 두 청년은 마을에서 부농에 속하는 가정의 맏이였다. 그중 정완이라는 청년은 정씨 가문의 종손이었다. 노조모부가 생존해 있는 대가족의 장손이었다. 정완은 기독교에 심취해서 사당이 있는 뒷동산 무쟀봉 바위굴에 들어가서 백일기도에 들어갔다. 무쟀봉 바위굴은 호랑이가 새끼쳤다는 마을 사람들의 소문이 나있을 만큼 높고 후미진 곳이었다. 가족들의 반대와 비난이 빗발쳤다. 그러나 그러할수록 정완은 적극적으로 야학에 참여했으며 급기야는 집을 나와 천막에서 기거했다.

"미쳤어, 미쳐버렸어, 야소귀신이 혼을 빼버린 게야, 미친놈!"

정완의 할아버지는 직접 대놓고는 말하지 못하고 혼자서 중얼거렸다.

"난리 통에 객사한 거짓귀신이 들씌운 게야, 나 참 알다가도 모를 일이로구먼, 그러나 이 개명천지에 굿을 해서 야소귀신을 쫓아낼수도 없는 일이고 두고 보는 수밖에 도리 없는 노릇이지."

정완의 조모는 집안 대소사를 주무했으므로 두고 보자는 쪽으로 결말이 났다. 정완은 손재주가 남달랐다. 정완은 청년 목수나 다름없었다. 고등학교를 졸업하고 나서 특별히 무선통신에 심취해서 그가 기거하는 골방은 조그만 전기기구 상점 같았다. 그는 골방에 틀어박혀 레시버를 조작했으며 라디오가 없는 산골에서 방송을 청취했다.

정완이 거처를 천막으로 옮긴 후, 그는 천막학교를 자기 집처럼 꾸몄다. 굽도리를 돌을 주워다가 쌓고 천막에 들창을 냈으며 오밀조밀 교실을 꾸몄다. 그러나 무엇보다도 야학에 꼭 필요한 것은 석유 값의 조달이었다. 식량은 어머니가 어른들 몰래 한밤중에 여다주었으나 야학은 호롱불을 밝혀야 가능했으므로 하룻밤에도 엄청나게 소진되는 석유 값은 무일푼으로 감당하기 힘들었다. 정 강도사의 오천 환의 봉급은 혼자 입에 호구지책도 망막한 처지였다. 가진 것이 없는데 절약한들 남는 게 없었다. 안양에서 부림마을까지 시오리를 걸어서 다님은 말할 것도 없었다. 세 의형제가 의논한 끝에 자급자족의 정신을 살려 병아리를 기르기로 했다. 기계로 부화한 병아리를 사다 정성껏 길러 중닭이 됐을 때 수탉은 비육계로 시장에 내다 팔았으며 암평아리는 길러 알을 받았다.

춘궁기를 어렵게 넘겼다.

야학에 오는 남녀 학생들은 멀리 산골에서도 십 리 길을 멀다 않고 찾아왔다. 닭의 사료는 되도록 자급자족해야 했다. 그러므로 두 청년은 시간을 내서 개구리 사냥을 했다. 개구리는 닭의 모이로 최상급이다.

장마가 갠 어느 날이다.

천막 맞은편 공터는 예전에 기와공장 터였다. 기와를 굽느라고 진흙을 파내어 웅덩이가 진 임시 연못에서 개구리가 아우성을 치며 울어댔다. 두 청년은 찌그러진 군화와 구호물자 양복을 입었으나 그 겉모습은 거지와 다름없었다. 한 손에는 개구리를 담을 깡통과 또 한 손에는 개구리를 때려잡을 회초리를 들었다. 영락없는 거지였다. 두 청년은 구정물 속에서 아우성치는 개구리를 쫓다가 잠시 쉬었다.

장마 후의 햇볕이 따갑게 내리 쬐였다.

"참, 좋구나! 정형 여기다 우리 학교 지으면 어떨까?"

"그야 말 것도 없지. 학교 터로 안성맞춤이지."

두 청년은 아무런 마련도 없이 그냥 그 기와 공장 터에 학교를 지으면 참 좋을 것이라고 생각한 것뿐이었다.

그 이후 몇 년 안 되어서 그곳에 교육부가 인가한 중학교가 설립되었다. 4H클럽 야학이 고등공민학교로 고등공민학교가 정식 중학교로 인가받기까지 정 강도사와 청년들의 헌신봉사는 마을 사람들을 감동시켰다.

마을 사람들은 저마다 찬사를 아끼지 않았다. 그들은 말했다.

"거 무슨 일을 하려거든 미쳐버려야 끝을 본다고. 그놈들 예수귀신에 홀려 얼빠졌다고 흉보았더니 그래도 끝내는 어엿한 철밥통을 찾았지 않았는감. 사람이 열 번 된다더니 그놈들이 어엿한 직장을 제 손으로 맹글구선 철밥통을 찰 줄은 누가 짐작인들 했겠는가 말여."

이처럼 마을 사람들의 예수에 관한 지탄은 칭찬으로 바뀌었다.

청년들은 대학에 편입학했으며 정식 교사자격증을 취득했다. 그리고 정완은 교장, 나윤은 교감이 됐다.

그 무렵이었다.

희의 외가는 바로 정완의 생가와 이웃하고 있었으며 과수원을 경영해 부유층에 속했다.

외할아버지는 복숭아나무에 돈 열매가 주렁주렁 달릴 것을 계산하고 농사일은 젖히고 과수원 경영에 깊이 빠져있었다. 어머니의 바로 밑의 여동생 숙이 이모는 교회에 깊이 관여했다. 숙이 이모는 멀리 십여 리를 걸어 안양까지 여자중학교에 다녔다. 부림교회는 청계와 안양 사이 중간지점에 위치해서 숙이 이모는 오고 가는 길에 들리기에 안성맞춤이었다. 교회에 재미 붙인 그녀는 하학 길에 으레히 교회에 들러 지내다가 야학이 끝나는 시간에 귀가하곤 했다. 처음에는 말려도 보고 으름장도 놓았지만 막무가내기로 듣지 않았다. 마침내 외할아버지도 말리기를 단념했다. 숙이 이모는 집에 있는 제일 좋은 과실을 몰래몰래 싸가지고 교회에 나가서 정 강도사를 대접했다. 어렵고 힘든 때였다. 숙은 집에 있는 좋은 것 맛있는 것을 뒤져서 싸들고 강도사와 청년들을 대접하는 일에 열중했다. 한 청년 강도사로부터 비롯된 개혁의 씨앗은 이렇게 소리 없이 부림마을에 떨어졌다. 그리고 그 씨앗은 다행히 옥토에 떨어져 싹이 나고 열매를 맺어 알곡으로 추수하기에 이르렀다. 일화는 무궁무진했다. 무에서 유를 창조해 낼 수 있는 창조주의 비밀은 4월의 라일락을 움트게 하는 잔인한 아픔과 환호를 무성하게 했다. 어찌 이 길이 순탄하였겠을까. 의형제로 맺어진 형제의 의리도 고난과 고통 앞에서는 무력할 때가 많았다.

어떤 날, 두 청년 중에 나윤이라는 청년이 정 강도사를 찾아왔다.

"정 강도사님, 정말 못견디겠습니다. 죄송합니다. 강도사님, 제발 저를 용서해주십시오. 저는 더 이상 버틸 수 없습니다. 집으로 돌아가서 땔나무를 하고 아버지를 도와 농사일을 거들어야겠습니다."

나윤은 눈물을 흘리면서 어려움을 강도사에게 고백했다.

이때 정 강도사는 아무런 대꾸도 하지 않았다. 그는 두말 않고 앞장서서 예배당 안으로 들어갔다. 나윤은 정 강도사의 대답을 기대하고 그의 뒤를 따랐다. 그러나 정 강도사는 아무 말도 하지 않았다. 정 강도사는 말없이 강대상 앞에 꿇어앉아서 기도했다. 예배당 안은 칠흙처럼 어두웠다. 어둠 속에서 정 강도사는 밤이 새도록 기도드렸다. 날이 밝았다. 밤새도록 꿇어 엎드려 기도드리던 정 강도사가 청년에게 말했다.

"내 입술을 보게나, 꽈리처럼 부풀었는 걸."

나윤은 정 강도사의 아랫입술이 정말 꽈리처럼 불어난 것을 목격하고 어제저녁 자신이 한 말을 철회했다. 청년은 예배당을 나와 다시 천막학교로 되돌아 왔다.

야학은 밤이 깊도록 수업을 했다.

멀리 십 리 밖에서 나온 학생들은 한 자라도 더 배우려고 노력했다. 남포의 석유가 소진돼 그을음이 등피를 시커멓게 그을을 때까지 학생들은 질문을 했고 청년 교사들은 백과사전을 뒤져가며 질의에 응답했다. 무엇보다도 수요일에 시행하는 예배와 성경공부는 학생들이 어려움을 이기고 십 리 밖에서 야학으로 향할 수 있는 자력의 역할을 했다.

"차고 넘치리라."

정 강도사의 설교는 학생들에게도 설득력 있게 마음에 부딪쳤다.

우리가 사는 세상은 모자라는 세상입니다. 식량도 물자도 자원도 이대로 가다가는 얼마 못 가서 바닥이 드러날 것입니다. 아는 것이 힘입니다. 우리가 알기 위해서는 배워야 할 것입니다. 오래된 실례를 하나 들겠습니다. 평양에 살고 있는 한 홀어머니가 아들과 단둘이서 살았드랬습니다. 그 어머니가 하나밖에 없는 아들을 미국 유학에 보내게 되었습니다. 미국인 선교사가 장학금을 알선해 줘서 유학을 가게 된 것입니다. 그런데 아들을 미국에 보내고 나서 얼마 있지 않아 난리가 났지요. 그러니 소식을 전해주던 양인 선교사도 본국으로 돌아갔고 아들에게서도 일자 소식이 끊어졌습니다. 홀어머니는 얼마나 걱정이 되고 안타까웠겠습니까. 허구헌 날 눈물로 지샜답니다. 하루는 학수고대하던 편지가 아들에게서 왔습니다. 그러나 어머니는 글을 읽을 줄 몰랐습니다. 아들의 편지를 뜯어놓고 아무리 편지를 뚫어지게 봐야 내용을 알 수 있어야지요. 그래서 편지를 붙잡고 하염없이 울었드랍니다. 운다고 편지가 읽혀지겠어요. 그 홀어머니는 실컷 울었으나 뾰족한 방법이 서지 않아 편지를 들고 거리로 뛰쳐나왔답니다. 길거리에는 많은 사람들이 걸어갔습니다.

그러나 글을 읽을 만한 사람을 찾지 못해 어정거리고 있는데 때마침 말끔하게 잘 차려입은 신사 한 사람이 인력거에서 막 내리드랍니다. 이 어머니는 재빠르게 신사 앞으로 나아가서 말했죠. '죄송합니다. 어려우시더라도 이 편지 좀 읽어주십시오. 하나밖에 없는 외아들이 만리타국 미국에서 써보낸 편지입니다. 글을 몰라 그러니 큰소리로 읽어주시면 그 은혜 잊지 않겠습니다.' 그리고 나서 편지를 신사에게 보였습니다. 신사가 편지를 받아 쥐더니 눈물을 흘리더랍니다. 이 어머니 이건 틀림없이 아들이 죽었다는 내용이구나 지레짐작하고서 신사의 손목을 잡고 함께 울었습니다. 신사와 부인이 슬피우는 것을 지나가던 전도부인이 보았죠. 전도부인이 그들에게 물었습니다. 두 사람은 어떤 사연으로 그토록 슬피우는가고 질문했습니다. 신사가 말했습니다. '다름이 아니오라 제가 지금 이토록 슬픈 것은 편지를 읽어달라는데 글을 모르니 나 자신이 배우지 못함을 한탄하여 울고 있습니다.' 라고 고백했습니다. 지나가던 전도부인이 편지를 읽어주었습니다. 잘 지내고 있다는 안부편지였습니다. 전도부인은 두 사람에게 예수를 전파했습니다. 후에 두 사람은 예수를 잘 믿고 글눈도 뜨고 마음의 눈도 열려 만사형통함이 충만한 행복한 생활을 했습니다. 어떻습니까, 이 이야기는 해방 직후의 평양에서 있었던 일입니다. 그러나 여러분은 지금 마음만 먹으면 얼마든지 자유롭게 우리말 우리글을 배울 수 있고 읽을 수 있으니 지금부터는 한 단계 더 나아가 지식을 습득하여 무지에서 깨어나야 할 때입니다. 얼마 전 일입니다. 안양으로 가는 버스 속에서 제가 들은 이야기입니다.

한 아주머니께서 봄꽃놀이를 간다고 자랑했습니다. 그랬더니 듣고 있던 다른 아주머니께서 금년 정월에 토정비결을 보았더니 큰 다리를 건너지 말라구 했다는군요. 그래서 그 아주머니는 꽃구경을 하러 가려면 창경원이 제격인데 그곳에 가려면 한강 다리를 건너야 하겠으므로 가고 싶으나 갈 수 없다고 말하는 것을 들었습니다. 지금 우리는 20세기 과학의 시대에 살고 있습니다. 토정비결이 여러분의 앞날을 보장해준다고 생각하십니까, 아니죠. 지금 여러분들이 이 자리에 앉게 된 것은 하나님께서 특별하게 여러분을 선택하셨습니다. '차고 넘치리라'고 하나님께서는 우리에게 약속하셨습니다. 우리가 사는 모자라는 세상을 하나님께서 넉넉하게 채워 주실 것입니다. 학생 여러분들은 차고 넘치는 생활을 상상해 보십시오. 진정으로 풍요로운 생활을 하나님께서 우리에게 약속하셨습니다. 그 비밀이 있습니다. 첫 번째로 하나님을 의지해야 넘칩니다. '너는 마음을 다하여 여호와를 의뢰하고 네 명철을 의뢰하지 말라(잠언 3:5)'고 하셨습니다. 두 번째로 범사에 하나님을 인정해야 합니다. '너는 범사에 그를 의지하라. 그리하면 네 길을 지도하시리라' 하셨습니다. 신앙을 다른 말로 표현하면 하나님을 인정하는 것입니다. 하나님은 천지를 창조하셨고 그것을 다스리고 인간을 창조하신 창조주이시며 우리를 죄에서 구원하신 전능자이신 것을 인정하는 것이 신앙입니다. 세 번째로 '스스로 지혜롭게 여기지 말지어다 여호와를 경외하며 악을 떠날지어다' 인간이 범할 수 있는 악 가운데 가장 크고 무서운 악은 하나님을 섬기지 않는 것입니다. 악을 따르는 사람은 하나님을 외면한 사람이고 악을 떠난 사람은 하나님께로 돌아올 수밖에 없는 것입니다. 그러므로 하나님께로 돌아오는 자에게 주시는 하나님의 복이 바로 차고 넘치게 하시겠다는 약속입니다. 이러한 약속에서 만사형통함이 충만한 성경구락부 학생이 되시기를 바랍니다.

밤이 이슥했다.

천막 속의 호롱불 빛은 희미했으나 학생들의 눈동자는 초롱초롱 빛났다. 차고 넘치리라. 얼마나 희망적이냐. 차고 넘치는 생활. 가난에서 벗어날 수 있는 비밀의 열쇠를 성경구락부 학생들은 오늘밤 거머쥐었다. 천막 안은 숨죽인 듯 고요했다. 겨울밤 싸락눈 내리는 소리만이 앙상한 나뭇가지에 부딪쳐 사그락거렸다. 일과가 모두 끝나고 뒷정리를 마무리할 때였다. 청계골에서 십 리나 통학하는 여학생이 책보자기에 싼 것을 풀어 놓았다. 고사떡이었다. 여학생은 부끄럼을 타 수줍고 어색한 손놀림으로 떡쟁반을 청년들 앞에 펼쳤다. 꽤나 시장했던 터였다. 청년 교사들은 게눈 감추듯 단숨에 떡쟁반을 비우고 그 여학생의 귀갓길을 도왔다. 부림말에서 청계골까지는 10리 길이나 됐다. 청계까지 가려면 꽤나 후미진 길목이 여럿이 있었다.

됨박굴 산모랭이는 공동묘지가 있어서 대낮에도 혼자 걷기가 무서웠다. 원순네 개울 건너 용머리께는 으슥한 소가 있어서 대낮에도 안개가 낀 날에는 이무기가 으르렁대는 삼거리를 지나가야 했다. 그리고 그중에서 제일 무서운 길목은 뭐니 뭐니 해도 한잿골 벌판에 외따로 있는 행여둑을 지나갈 때였다. 흐린 날에 대낮에도 통곡소리가 수시로 들린다는 그 행여둑 앞을 지날 때에는 머리카락 끝이 하늘을 치솟는 무서움증이 일어났다. 그러나 중학교에 진학하지 못한 여자아이들이 이 무서운 길목을 셋씩이나 거쳐서 야학에 나왔다. 겨울철 눈 덮인 야밤에는 여우가 길목 모퉁이에서 사람 발짝 소리에 놀라 캥캥 짖으면서 도망치는 두메산골에서 배우겠다는 일념 하나로 줄기차게 야학을 다녔다.

마을 사람들은 모두들 한 목소리로 자식들을 나무라고 비난했다. 남녀칠세 부동석이라고 했는데 이건 다 큰 계집애들이 남녀 구분 없이 부동해서 글을 배운다는 야학이 못마땅했다. 여자가 제 이름 석자 쓸 줄 알고 읽을 줄 알면 그만 족하지 시집가서 애 낳고 살림살이하는 데는 뭐니 뭐니 해도 집안에서 보고 배우는 것이 최고의 부덕이라고 여겼다. 그것도 야밤중에 돌아다니다니 그러다 일 저지르면 어찌한단 말인감. 야소귀신이 여늬 귀신 다 잡아먹는다더니 계집년들이 간뎅이 크게 올빼미처럼 밤공부가 다 뭐 말라 죽을 것이냐고 힐난했다. 그러나 금족령을 내리고 집안에 가둬놓는다고 위협해도 소용없었다.

떡 그릇을 단숨에 비워버린 청년 교사 정완이 여학생을 배웅했다. 그새 밖은 함박눈이 소리 없이 쌓였다. 발목이 푹푹 빠지게 쌓인 눈길을 정완이 앞장서자 다른 청년 교사 두 명도 합세했다.

"순아, 넌 내 발자국만 따라오거라"

정완은 아무도 걷지 않은 하얀 눈길 위를 성큼성큼 걸었다.

순이 먼저 간 정완의 발자국을 따라 걸었다. 뒤에서 나윤이 순이를 옹위하면서 걸었다. 그리고 그 뒤로 또 한 청년이 뒤따랐다. 발자국을 디딜 때마다 발밑에서 숫눈 부서지는 소리가 뽀드득 뽀드득 소리가 났다. 한잿골 큰 개울 징검다리를 건너서 원순네 들판을 가로질러 행여둑을 지나 용머리를 돌아 됨박굴 공동묘지를 지날 때였다. 공동묘지 옆에서 누런 황구만 한 것이 '캥'소리를 내지르면서 산속으로 튀었다. 앞장서 가던 정완이 멈칫했다.

"여우다!"

"어메! 무서워라."

순이가 앞장서 가던 정완의 소맷자락에 매달렸다. 뒤쫓아오던 나윤이 소리 질렀다.

"뚜우, 뚜우우."

나윤의 외침은 쌓인 눈더미 속에 흡수되어버렸다. 나뭇가지 위에 소복이 쌓여있던 눈송이가 뚜우 뚜우 하는 소리의 진동에 놀라 소리 없이 부서졌다. 그들은 눈사람처럼 머리며 어깨며 눈이 수북하게 쌓여 있었다.

"두려워 말라 내가 사망의 음침한 골짜기에 다닐지라도 해를 두려워 아니함은 주께서 나를 안위하심이니라."

정완이 성경 구절을 암송하면서 다시 걸음을 옮겼다. 순을 집문 앞까지 바래다주고 다시 천막으로 돌아 왔을 때 새벽 1시가 조금 지난 뒤였다. 천막 안은 난로불도 모두 꺼지고 칠흑처럼 어두웠다. 그러나 춥지 않았다. 눈 속을 왕복 십 리를 걸어왔으므로 오히려 몸이 후끈거렸다. 그리고 정신이 말똥말똥 맑아졌으며 눈앞이 환하게 불 밝힌 것처럼 빛이 보였다. 정완은 침낭 속에 파고 누웠다.

그의 눈앞에는 조금 전에 먹었던 떡 쟁반이 눈앞에서 어른거렸으며 마음이 따뜻해졌다. 잊을 수 없는 추억이었다.

그해 봄이 왔다.

"믿음, 소망, 사랑, 그중에 으뜸은 사랑입니다. 사랑은 곧 희망입니다. 우리 성림성경구락부는 4H클럽 정신으로 뭉쳤습니다. 믿음, 소망, 사랑을 협동정신으로 실천해야 할 것입니다."

정 강도사는 설교했다.

"무엇보다도 사랑의 실천으로 급선무가 인덕원 사거리에 흐르는 냇물 위에 다리를 놓아야 겠습니다."

야학이 끝나서 학생들이 귀가할 때 개울 건너기가 여간 조심스러운게 아닐 터였다. 정 강도사는 모든 학생들이 개울을 건너갈 때까지 언덕 위에서 호롱불을 높이 들고 지켰다. 구락부에서 호롱 불빛이 1km 이상 떨어진 곳까지 밝혀줄지 만무했다. 그러나 학생들이 먼 빛으로나마 불빛을 의지하고 캄캄한 밤길을 두려움 없이 걸어가도록 배려함이었다. 정 강도사는 학생들이 냇물을 무사히 건널 때까지 호롱불을 높이 쳐들고 서 있었다. 그리고 냇물을 건넜을 때를 맞추어 신호를 보냈다.

"냇물을 잘 건넜습니까!"

이렇게 정 강도사가 외치면 건너편에서 학생들이 목청을 합해서 대답했다.

"예, 강도사님 그만 들어가십시오!"

학생들은 호롱불이 천막 안으로 사라질 때까지 뒤돌아 보았다.

여름이 왔다.

예외없이 장마가 들면 냇물은 벌창하기 마련이다. 장정 네댓 사람이 겨우 굴려다 놓아둔 징검다리도 홍수가 한 번 휩쓸고 나면 온데간데 없어졌다.

"다리를 놓자! 외나무 다리라도 놓도록 하자!"

성림구락부 학생들이 제안을 했고 곧 공사에 착수하기로 결의했다. 제일 먼저 하오개에 사는 남학생들이 다리 놓을 때 쓰일 목재는 자기네들이 담당하겠다고 자진해서 나섰다. 그들은 관교산 국유림에 밀대처럼 곧게 뻗은 왜송을 벌취해서 자기 집 두엄자리에 풀을 덮어 숨겨두었다. 장마가 개고 날씨는 연일 쩔쩔 끓었다. 냇물도 줄었다. 장마 뒤에 냇물은 맑고 반짝반짝 빛났다. 목이 마를 때, 징검다리 위에 웅크리고 앉아서 두 손으로 냇물을 움켜 먹어도 달고 시원한 시냇물이었다.

공사가 시작되었다.

관교산에서 벌취한 나무를 학생들이 두 사람씩 조를 지어 어깨에 울러매고 시냇가에 부렸다. 재목은 있으되 공법이 문제였다. 교각을 삽과 곡괭이만으로 냇물 하상에 일으켜 세우기란 생각처럼 용이한 일이 아니었다. 다섯 명씩 조를 짜서 흐르는 냇물 위에 교각을 세울 구덩이를 팠으나 공사는 지지부진했다. 구덩이를 파기가 무섭게 물살이 밀려와서 파놓은 곳을 이내 자갈과 모래가 쓸려 들어와서 도로 메워버렸다. 하상은 파도 파도 진척이 없었다. 학생들은 진땀을 흘리면서 연신 냇물에 얼굴을 적셨다. 찌는 듯한 여름 폭양은 학생들의 어깨쭉지며 목덜미며 이마 위에 흐르는 구슬땀을 말리면서 살갗을 새까맣게 태웠다. 두 눈만 반짝이는 검둥이들이 냇가에서 진종일 구슬땀을 흘렸다.

학생들과 청년 교사들은 온종일 비지땀을 흘리면서 교각 하나도 바로 세우지 못한 채 안간힘만 쏟고 있었다.

이때 정 강도사가 공사장에 들렀다. 학생들이 이구동성으로 아우성쳤다.

"강도사님! 도와주십시오."

이 광경을 바라본 정 강도사가 묘안을 제시했다.

"여러분들! 지금 여러분들이 시도하고 있는 방법으로는 결코 다리를 놓을 수 없을 것입니다. 그러나 낙담하지 마십시오. 방법이 있습니다."

청년 교사들과 학생들이 일제히 일손을 멈추고 정 강도사의 다음 말을 기다렸다.

5

"지금까지 시행하던 방법을 멈추시오. 그리고 학생 제군들은 자리를 바꾸어 먼저 교각을 세울 나무들을 재단하십시오. 연필을 깎듯이 나무 밑동을 깎으란 말입니다. 나무가 하상에 깊숙하게 묻혀야 창수가 져도 다리가 결단나지 않을 것입니다."

청년 교사 중 정완은 별명이 목수였다.

그는 목수 일을 배우지 않았어도 목재를 다루는 솜씨가 대목 못지 않았다. 정완이 자귀를 들고 나섰다. 학생들은 네댓 명이 나무를 쳐들고 정완 선생이 밑동을 보기 좋게 뾰족한 모양으로 잘 깎도록 도와주었다. 중심에서 한 치의 오차가 없도록 정완은 솜씨 좋게 나무를 깎아놓았다. 정 강도사가 남아있는 학생들에게 다시 지시했다.

"밧줄을 얻어오시오."

마차가 집에 있는 학생이 단숨에 뛰어가서 마차 바를 어깨에 메고 뛰어왔다.

"모두들 설명은 잘 들으시오. 밧줄로 교각을 묶고 묶은 자리를 중심으로 밧줄을 사방 네 가닥으로 늘이시오. 그러니까 동서남북으로 잡아당길 수 있도록 매 놓으시오."

청년 교사와 학생들이 강도사의 지시대로 따랐다. 그리고 지금까지 파놓았던 하상 구덩이에 통나무를 꽂았다. 청년 교사와 장골의 남학생들은 나무 교각이 쓰러지지 않도록 바로 서있을 수 있게 꽉 붙잡았고 나머지 학생들은 한 밧줄에 네댓 명씩 매달려서 가닥을 동서남북으로 잡아당겼다.

"자아! 시작합시다. 영차 영차 구령에 맞추어 밧줄 네 가닥을 당겼다가 놓고 놓았다가 다시 잡아당깁시다."

구령과 함께 나무 교각이 끄덕거리면서 하상으로 파고 들어갔다.

"영차, 영차, 영차."

나무 교각은 오뚜기처럼 끄덕거렸으며 건드렁거리면서 밧줄을 놓았다가 당길 때마다 한 치 한 치 개울 바닥에 깊숙하게 자리 잡았다. 교각은 하나씩 하나씩 3일 동안 걸려서 모두 열두 개가 세워졌다.

교각을 세워놓고 그다음으로 그 위에 다시 통나무로 다리의 몸체를 얹고 칡을 떠다가 이음새를 단단하게 묶었다.

다리가 완성되기까지는 십여 일이 걸렸다. 마지막으로 외나무다리 위에 흙을 져다 다질 때에는 부림마을 사람들이 모두 나와서 기쁨의 함성을 질렀다.

"거 야수귀신도 쓸만한 구석이 있구먼, 청년학생들이 자진해서 협동하여 마을에 다리를 놓았으니 갸륵한 일이로다. 이 다리가 망가지기 전에 튼튼한 양회다리가 이 자리에 놓일 때를 학수고대하겠네."

어른들의 찬사와 박수갈채가 성경구락부 학생들의 힘을 솟게 했다. 이 일 이후로 마을 어른들의 지원이 후해졌다. 천막학교 성경구락부가 고등공민학교로 승격하고 정식 중학교로 인가받기까지 10년이 걸렸다. 천막을 벗겨버리고 개구리 잡던 기와 공장 터에 새학교 건물이 들어서기까지 10년이 걸린 것이다. 10년 동안 무에서 유를 창출해 낼 수 있었던 역사는 장대했고 사람의 인력을 뛰어넘게 한 신화가 있었다.

"그 힘들고 어려운 때 네 숙이 이모가 강도사님을 극진하게 섬겼다."

어머니가 희에게 말했다. 그리고 어머니는 떨리는 목소리로 다음 말을 이었다.

"그때 나는 어쨌는 줄 아니? 네 이모를 핍박했다. 저 계집애 예수에 미쳐서 집안의 좋은 것 모두 가져다가 교회에 바친다구. 물론 식구들 중 아무도 네 이모 편은 없었다."

희가 어머니를 빤하게 쳐다봤다.

"후에 D시에서 일류 고등학교로 성경구락부가 발전했구 부림교회가 크게 부흥해서 일천 명을 수용하는 교회 건물을 신축했다. 그리고 그때의 강도사님은 교장과 교회의 장로직을 겸임하면서 그분이 돌아가실 때까지 한해도 건축을 거른적이 없었단다. 그리고……"

어머니는 하던 말을 멈추고 또 울먹거렸다.

"그분은 후에도 네 이모에게 묻곤 했단다. 네 큰언니 잘 살고 있느냐고 말이다. 네 이모가 나를 그 고등학교에 추천했을 때 정 교장선생님은 즉석에서 이렇게 말했다. 내가 예전에 어려운 때에 먹은 복숭아 값을 이제야 갚게 됐구나. 네 언니를 특채로 채용할 터이니 이력서를 가지고 나를 찾아오라고 전해라구 했다누나."

"엄마는 하여튼 옛날이나 지금이나 못 말려!"

희가 어머니의 결점을 꾸짖듯이 말했다.

고향에서는 조용하고 끈끈한 변화가 일어나고 있을 때, 희의 어머니는 서울에 유학하고 있었다.

정전협정이 체결되던 그해 여름은 비가 많이 왔다. 거의 매일같이 장대비가 줄기차게 쏟아졌다. 어머니는 늘 말했다. 내가 여학교에 다니던 때만 해도 나일론이란 거의 구경조차 할 수 없었다고 말했다. 옥양목으로 지어 입은 하복은 궂은 날씨로 인해 두 벌을 놓고 맞빨아 입는다고 해도 갈아입기 바빴다. 흰 옥양목 교복은 매번 삶아 빨아서 풀해 다려 입었다. 날씨가 매일 궂은 관계로 젖은 풀을 해서 미처 건조되지 않은 하복을 무쇠로 된 숯불다리미로 다려 입기란 많은 품이 들었다. 더구나 허구헌 날 정전반대 시위에 가담

해야 하였기에 공들여 빨아 입은 옷은 하루뿐이 견디지 못했다.

"우리는 매일같이 동원되었다. 학교가 서울시청 근처에 있었던 관계로 추리닝 차림으로 운동장에 모이라는 학교 지시가 떨어지면 우리는 기계처럼 움직였다. 말이 추리닝이지 흰 광목을 바래서 만든 통바지였다. 운동복 차림에 흰 머리띠를 질끈 동여매고 각 학급마다 사열횡대로 스크럼을 짜고 교문을 뛰쳐나왔다. 그리고 덕수궁 돌담을 끼고 시청광장으로 달려나가곤 했지. 정전반대 결사반대를 외치면서 말이다."

희는 어머니의 말을 듣는 둥 마는 둥 먼 산만 바라보았다.

"얘야, 듣냐? 내 말은 진실이다. 그때 우리들은 데모가 뭔지 몰랐다. 그저 상부에서 동원하라는 명령에 따라서 학생들이 움직였다. 시청 앞 광장으로 달려나가 보면 어느새 넓은 광장 안은 서울시내 중고등학생들도 백결치고 있었다. 정전결사반대 플래카드를 높이 높이 쳐들고 학도호국단 대대장은 어깨 위에 울러매는 확성기를 들고 앞장서서 정전반대 구호를 외쳤다. 그리고 좌열횡대로 스크럼을 짜고 세종로 네거리를 거쳐 효자동으로 치달았다. 미국대사가 머물고 있는 내자아파트로 달려갔다. 정전반대 결사반대를 외치면서 말이다."

그해 여름은 연일 먹구름장이 짙게 내려앉아 대낮에도 어두컴컴했다. 흡사 해방되던 그 이듬해 개기일식 때와 같이 한낮에도 땅거미가 진 것처럼 어둡고 침침했다. 운동복 차림의 우리들은 교련 사열식으로 키가 큰 학생들이 항상 선두에 섰다. 그러므로 다리가 긴 선두주자가 앞줄에서 한 발짝씩 뛰면 뒤에 따라가는 키 작은 학생들은 따라잡기 힘에 겨웠다. 선두주자가 두 발자국 뛸 때, 뒤에서는 세 발자국씩 잰 걸음으로 발자국을 떼어놓아야 앞뒤의 보조가 맞았다. 나는 항상 뒤에 쳐져서 숨가쁘게 주행해야만 했다.

그때는 정전이 되면 정말 나라가 망하는 것이라 여겨졌다. 매일같이 동원되어 북진통일이 아니면 죽음을 달라고 외쳤으므로 정전은 말 그대로 곧 죽음을 의미하는 것으로 받아들여졌다. 전쟁을 경험한 우리들은 아직도 전방에서 들려오는 포소리를 들으면서 전쟁의 전율을 실감할 때였다.

잿빛 먹구름장은 용케도 우리가 동원되었을 때를 맞추어 장대비를 쏟아놓았다. 두말할 것도 없이 물속에 빠진 생쥐 꼴이 된 우리들은 전날 밤 진풀을 해서 빨아 다려 입은 옥양목 흰 교복 상의를 망친 것은 물론 하고 옷이 상하로 알몸에 찰싹 달라붙어서 붉은 살이 훤하게 내비쳤다. 장대비 속을 헤치면서 내자 아파트까지 죽을둥 살둥 구호를 외치면서 달려갔을 때, 이미 내자아파트 입구에는 바리게이트와 임시 철조망까지 두 겹으로 둘러쳐져 있었다.

"북진통일 정전반대 결사반대."

"북진통일이 아니면 죽음을 달라!"

구호에 맞서 미군 헌병들은 총 끝에 창살을 꽂고 휘두르면서 우리에게 욕을 했다.

"갓뎀, 갓뎀."

욕을 연발했다. 억울하고 분하다. 전열에서 당하는 모욕은 치욕적이다. 더구나 여학생들은 물독에 빠진 생쥐 꼴로 울부짖었으니 미군 헌병들은 시위대를 마치 버러지 구경하듯 껌을 질겅질겅 씹으면서 여학생들을 조롱하듯 흘겨보았다.

마침내 울분을 참지 못했던 여학생이 자발적으로 대열에서 튀어

나왔다. 그리고 미군 헌병과 맞섰다.

"우리는 정전을 결사반대한다. 비키시오. 하지 장군을 만나 우리들의 진정한 의사를 전달하겠소."

하수민이 울부짖었다.

하수민은 키가 늘씬하게 컸으므로 높봉이란 별명이 붙은 2학년 여학생이었다. 갑자기 이상한 일이 벌어졌다. 그 이상한 일은 다름 아닌 카메라 플래시의 세례였다. 내외신 기자들이 한순간에 하수민을 겨냥해서 플래시를 터트렸다. 하수민의 전진을 저지하자 그녀를 울분을 참지 못하고 무명지를 깨물어 뜯어, 들고 서있던 플래카드를 젖은 땅 위에 깔고 혈서를 썼다.

"정전결사반대!"

시위대에 참가했던 남녀 학생들이 하수민을 보고 서로 앞을 다투어 뛰어나가 혈서를 썼다.

"북진통일이 아니면 죽음을 달라!"

혈서를 쓰는 학생, 분함을 견디지 못해 기절하는 여학생들도 있었다.

이상한 일이 또 벌어졌다.

장대비가 어느새 말끔하게 개이고 먹구름장을 열고 오후의 한여름 태양이 눈부신 광채를 물먹은 시가지에 부드럽게 떨어뜨렸다. 헌병은 아직도 껌을 질겅질겅 조롱하듯 씹으면서 개처럼 서성거렸다.

그 다음날이었다.

학우들은 코리아헤럴드 일면 상단에 대문짝만 하게 실린 하수민의 울부짖는 사진을 놓고 아우성을 쳤다. 우리들의 적은 내자아파트에 쳐진 노랑색 바리게이트와 철조망과 그리고 총 끝에 매달린 창날을 휘두르는 미군 헌병이었다. 그러나 그토록 아우성을 쳤음에도 불구하고 정전협정은 마침내 체결되고 말았다. 우리들은 여름 동안 비 맞은 교복을 빨아 입느라 정신없었다.

교정은 다시 안정을 되찾았으며 우리들은 긴 여름방학 동안을 집에서 쉬게 되었다.

그때 이후로 하수민은 애국열사로 이름 지어졌다. 하수민의 선봉적 역할은 정전협정을 반대하는 애국학도들의 결의를 혈서로써 도출해 낼 수 있었다. 그 누구가 혈서를 쓰도록 조장한 것도 부추긴 것도 아니었다. 그때 우리들은 연이어 매일 동원되다시피 시위대에 참가하게 되었다. 날씨마저도 사태를 급진적으로 몰아갔다. 처음에는 동원에 미온적이었으나 시위에 거듭 참가함으로써 장대비를 무릅쓰고 시청에서 미국 대사가 묵고 있는 내자아파트까지 행진하는 과정에서 결의는 차츰 고조되었다. 미온적이며 구호에 그쳤던 북진통일이 아니면 차라리 죽음을 달라고 써 붙이고 거듭 외침은 골수에 음각의 깊이를 더해갔다. 그리고 시위대를 저지하는 힘과 장애물에 대해서는 피가 솟구치는 울분까지 끓어오르게 했다.

세월이 한참 지난 후에도 그때 하수민을 비롯해서 성옥이 창순이도 혈서를 썼었다는 기억은 우리들 기억 속에서 지워지지 않았다. 우리들은 그 애들을 만났을 때마다 혈서를 생각했다. 그래서 우리들은 의례적으로 한마디씩 그때 일을 떠올리고 신기하게 생각했다.

"얘야, 성옥아, 우린 참 놀랐다. 너처럼 얌전한 아이가 갑자기 단상으로 뛰어올라가서 혈서를 쓰다니, 정말 예상 밖의 일이라고 깜짝 놀랐다. 어디에 그처럼 독한 결단이 들어 있었니?"

"얘야, 너에게 그처럼 뜨거운 애국심이 있었는 줄 정말 몰랐다. 얘, 너같이 얌전한 아이가 어떻게 그처럼 대담할 수 있니?"

친구들이 모두 다 한마디씩 할 때면 수민이나 성옥은 정색을 하고 화난 목소리로 말했다.

"얘들아, 이젠 제발 잊어버려, 그 일을 뭘 그토록 오래도록 기억하고 있니, 잊어버려줘, 이젠 정말 그 소리 듣기두 지긋지긋하다."

"얘두 참 이상하다. 그 소리가 왜 듣기 싫다는 거니. 너를 아끼고 칭찬해주고 싶어서 하는 소린데 우린 구경꾼이였었지. 혈서를 쓸 만큼 애국심이 없었으니까 존경스러워서 하는 소리다."

"그러니까 내가 점점 더 면구스럽구 부끄러워진다 얘. 나도 모르겠어, 내가 왜 그처럼 대담했었는지는. 그냥 못참겠었어, 울분을. 나도 모르게 뛰어나간 거였어."

"얘두 참 그건 거짓말이다. 다른 애들은 모두들 소리만 지르구 있었는데 너는 행동으로 옮겼잖냐."

"몰라, 몰라. 이젠 더 이상 그때 이야기는 하지 말아줘. 이건 진심이야."

성옥이 소리 질렀다.

그 이후로 우리들은 성옥이나 수민이 앞에서는 단서에 관하여 말하지 않았다. 그러나 그 애가 합석하지 않은 자리에서는 그 애들의 안부를 묻고 나면 으레껏 혈서 쓴 성옥이를 이야기하곤 했다.

우리들은 정전결사반대 시위 이후로도 종종 서울운동장에서 시민궐기대회에 동원되었다. 그때마다 의례적으로 식중 행사 중에서 혈서를 쓰는 것이 대회 순서에서 빠지지 않았다. 청년학도들은 정의의 용사로서 끓는 피를 혈서를 씀으로써 맹세했다. 무명지를 물어뜯어 붉은 피를 흘려 호국의 결의를 단서로 다짐했다.

단서는 이렇게 여고생 하수민으로부터 자발적 애국심의 발로로 표현되었다. 그 이후, 세월은 많은 것들을 본래의 시작과는 다르게 가지를 뻗혔다. 혈서는 자신의 이빨로 무명지를 물어뜯는 번거로움을 버리는 데까지 발전했다. 혈서를 쓰겠다는 영웅들의 숫자가 증가했다. 이 많은 영웅들이 혈서를 쓰는 시간을 단축해야 하겠으므로 속전속결의 방법이 등장했다. 그것은 다름아닌 혈서를 쓰겠다는 사람을 위하여 무명지를 면도날로 자르는 일을 그 누군가가 따로 담당하기에 이르렀다. 혈서마저도 대량생산체제에 돌입하면서 사람들의 애국심마저도 의심해보는 세상으로 진심은 희석되었다.

1950년대 관 주도하에 동원되었던 시위는 60년대로 접어들면서 본령을 찾았다. 또 시위는 시민들의 자유의사표시의 자연스러운 도구로 인식되었고 발전을 거듭했다. 4·19의거는 학생들의 부정선거에 대항한 정의로운 의거였다.

어머니는 딸 희에게 그때 일들을 또 말해주었다.

"희야, 그때도 얼마나 무서워서 떨었는줄 아냐. 나는 내 눈으로 똑똑히 목격했다. 그날이 4월 19일이었다. 나는 그때 D시에 중학교 교사로 있었는데 말이다. 서울이 소란스럽다고 해서 정말 신문지상에 보도된 것처럼 혼란스러운지 알아보려고 퇴근 후 서울로 들어왔다. 나는 내 친구 수민이나 성옥이처럼 애국심과 정의감에 이끌린 것도 아니고 그렇다고 현실에 아주 무관심한 것도 아니었다. 그러나 세상이 어떻게 돌아가고 있다는 것만은 내 눈으로 확실하게 보고 싶었다. 보고 느끼고 생각하고 그리고 나누고 싶었다. 나는 상경해서 왕십리에 있는 서 교수님 댁을 찾아가기로 마음먹었다. 그때까지만 해도 전화가 보급되지 않아서 교수님 댁에도 아직 전화를 보유하지 못했다. 그러니 무작정 불쑥 찾아갈 수밖에 없었다. 상왕십리에 있는 M교수님 댁을 가려면은 경마장 못미처 전차를 내려 영미 다리를 건너 언덕 위로 한참 올라가야 했다. 그 당시 영미 다리에는 다리 난간을 의지해서 숫한 행상들이 들끓었다. 시커먼 개천물과 영미교는 서민들의 삶의 터전이나 다름없었다. 중앙시장으로 가는 길목이라서 솜사탕 장수와 바람개비를 짚동에 꼽아놓고 어린아이까지 호객하는 아우성이 항상 시끌벅적했다. 내가 영미 다리를 막 통과하려는데 통금 사이렌이 요란하게 울렸다. 그때만 해도 D시에는 신문이 하루 늦게 도착했다. 계엄령이 선포될 것이라는 뉴스는 보았지만 실시된 것은 알지 못했다. 4월의 오후 7시는 아직 영미교 밑을 환하게 비추던 그런 무렵이었다. 통금 사이렌이 울리자 호객을 하던 아우성은 일제히 멎었고 장사치들은 좌판을 거두고 허둥지둥 다리를 떠날 차비를 했다. 한마디로 나는 무서웠다. 다시 난리를 만난 듯 정신이 아찔했다. 나는 단걸음으로 뛰었다. 그리고 언덕배기에 있는 M교수님 댁 대문을 두드렸다. 한참만에야 일하는 아이가 나왔다."

희는 재미도 없고 어머니의 체험담에 지루하다는 듯이 등을 돌리고 먼 산만 바라보았다. 그렇다고 어머니는 하던 이야기를 멈추지 않았다.

"웬일이냐? 이 난시에."

"그냥 오고 싶어서 왔어요."

"그냥이라니, 이 난시에 집을 나서다니 정신이 나간 게로구나."

M교수는 어이없다는 얼굴로 한참 동안 나를 쳐다보았다.

평소에도 자주 들리던 M교수님 댁이다. 그때마다 교수님은 자고가라고 붙들었고 그간의 지낸 이야기를 잘 묻고 대답해주었었다. 그러나 그날만큼은 자고 가라는 말은커녕 앉으라는 말조차 없었다. 나는 내심 자고 갈 것을 희망했는데 뜻밖의 냉대는 나를 당혹하게 했다. 당혹할 뿐만 아니라 야속한 생각이 들었다. 나는 무안했다. 그래서 나도 모르는 사이에 돌아가보겠다고 말해버렸다.

"가보겠습니다. 안녕히 계십시오."

"조심하거라."

M교수님은 앉은 채로 나를 배웅했다.

해는 아직 한 발이나 남아있었다.

백주의 통행금지 사이렌은 온 세상의 활동을 멈추게 했다. 영미다리는 텅텅 비었다. 나는 그 텅 빈 개미 새끼 한 마리도 얼씬하지 않는 다리를 건널 수 없었다. 나는 다리 건너기를 단념하고 청계천을 끼고 종로 쪽으로 걸어갔다. 동대문에서 걸어서 한강 다리를 건너야 한다고 생각하니까 아득했다. 전차가 끊어진 지는 이미 오래되었다. 청계천변은 미처 철수하지 못한 장사치들이 좌판을 주섬주섬 거두는 축들이 상당히 있었다. 나는 되도록 빠른 걸음으로 종로3가까지 걸었다. 아직 땅거미 전이라서 귀가를 서두르는 시민들이 종종걸음으로 사잇길을 이용해 분주하게 이동했다. 나는 갑자기 광야에 홀로 버려진 길 잃은 나그네가 되어 향방을 잡지 못했다. 누가 야속하고 원망스럽다는 생각도 이미 나지 않았다. 그렇다고 빨리 집으로 돌아가야 한다는 생각은 더욱 하지 않았다.

나의 발걸음은 자연스럽게 옥천여관이 있는 골목을 찾았다. 옥천여관은 아직 어둡지 않았음에도 불구하고 외등을 밝혀놓고 대문을 활짝 열어놓았다.

내가 수부를 지나 안채로 들어서자 사촌 언니는 깜짝 놀라면서 어서 들어오라고 반갑게 맞아주었다. 나는 M교수님에게로부터 퇴박을 맞은 뒤라서 사촌 언니의 환대가 어색했다.

"언니 미안해요. 통금이 7시인 줄 몰랐어요."

"얘, 위험하다. 자고 내일 아침에 가거라. 집에는 말해두고 나왔지?"

"예, 시골에서는 아무것도 모르고 있어요. 그저 서울이 혼란스럽다고 하면 그저 그런가 보다 하지 실질적으로 어느만큼 상황이 급박하게 돌아가고 있는지 전혀 상상도 못해요."

"야 장사도 안 된대, 사람들이 길거리에 나다니지 않으니까 자연 손님도 떨어질 수밖에."

"빨리 안정이 돼야 할 텐데 걱정이다."

사촌 언니는 수부에서 손님을 받으라는 소리를 듣고 그곳으로 갔다. 수부에는 노할머니가 꼿꼿하게 앉아서 유리문 밖으로 출입자를 감시하고 있었다. 노인은 청상으로 오로지 옥천여관에 목을 매고 팔십 평생을 살아왔다. 난리 중에도 수부를 지켰다. 조금 후에 사촌 언니가 돌아왔다. 오늘 저녁은 통금에 걸린 사람들이 집에 미처 못 들어가서 여관 잠을 잔단다.

사촌 언니는 혼잣소리로 말했다. 그리고 부엌으로 들어가서 외상을 봐가지고 사환에게 7호실에 갔다 드리라고 했다.

"시골은 조용하지."

"일손이 달려요. 파종하느라고."

사촌 언니와 간단한 대화가 오고 갔다.

"네 어머니가 살아계시면 얼마나 좋았겠니."

"……"

나는 대답하지 않았다.

어머니가 세상을 떠난 지가 이제 겨우 3년을 바라보지만 아이들은 물론 가족들 중 아무도 어머니를 애도하는 사람은 없다. 모두들 상황에 민감하게 적응했으며 불편한 일이 많았음에도 불구하고 아무도 어머니가 살아계셨더라면 좋았을 것이라는 생각을 아예 하지 않았다. 이미 죽은 사람은 잊어버렸고 먼 곳의 명상 따위는 하지 않았다. 살아있는 사람들은 살아있는 사람들 나름대로의 새로운 삶을 개척하고 익히느라 저마다 골몰한 때문일 것이다. 그러니 정치가 어떻게 돌아간다거나 학생들이 부정선거를 규탄하고 나섰다 해서 그것은 한낱 달갈로 바위를 치기에 그친다고 여길 뿐이었다. 마을의 유지가 이기붕을 부통령으로 찍되 혼자서 포장 속에 들어가서 도장을 찍을 것이 아니라 한 사람이 두 사람 손을 맞잡고 포장 속에 들어가서 이기붕을 찍도록 종용하라는 지시에도 순순히 따라했을 뿐이었다. 그러나 나는 그렇게는 할 수 없었다. 나는 단독으로 포장 속에 들어갔으며 포장 속을 감시한다고 해도 이기붕이 아닌 다른 사람 이름 밑에 동그라미를 쳤다. 누구 편을 들어서

가 아니라 소중한 한 표를 정당하게 던져야겠다는 생각만은 흔들리지 않았다. 삼인조 부정선거는 급기야 부정선거 무효를 외치는 학생들의 시위로 확산되었다. 사태가 급박해지자 이기붕 일가는 부통령에 당선한 1면 톱기사의 잉크가 마르기 전에 쫓기는 신세가 되고 말았다. 신문과 라디오 방송은 한 목소리로 이기붕과 박마리아 일가족의 행방을 찾고자 아우성쳤다. 사태는 통금이 울린 밤중에도 급박하게 돌아갔다. 그날 밤 옥천여관 객실12개는 모두 다 손님이 찼다. 사촌 언니는 바쁘게 밥상을 차렸다.

다음날 아침 사촌 언니가 나를 붙들었다.

"이따가 낮에 사람들이 풀리거든 돌아가거라. 지금은 전차도 두절되고 밖이 무섭다."

나는 사촌 언니의 말에 순순히 따랐다.

그리고 어제 M교수님으로부터 박대를 받은 일을 곰곰이 생각해 보았다. 그리고 앞으로 언동에 자제해야 할 것이라고 굳게 다짐했다.

사촌 형부는 오늘따라 일찍 일어나서 점포 앞을 말끔하게 비질했다. 조루로 수돗물을 길어다가 좌우로 핵핵 뿌리면서 우선 먼지를 가라앉혔다. 조루의 물줄기는 보도블록 위에 호를 그리면서 물결무늬를 그려나갔다. 지나가는 행인들이 물줄기가 발등에 떨어질까 봐 깨끔을 뛰어 물줄기를 피해 갔다.

4월의 아침은 더없이 상쾌했다.

이 상쾌한 아침 공기를 가르면서 전차가 엇갈리면서 질주했다.

동대문 쪽에서 서대문으로 서대문 쪽에서 동대문을 향해 속력을 늦추지 않았다.

"김 주사, 오늘따라 웬일이슈. 아침 일찍부터 부지런을 떨우."

"어쩐지 마수걸이도 못할 것 같은 예감이 든다우. 그래도 상점 문은 열어야 하지 않겠우."

사촌 형부는 옆집 와이셔츠 상점 주인 박씨 아저씨의 말을 되받았다. 그러나 그는 내심 오늘 하루가 불안하고 초조했다. 어젯밤 통금에 걸려 옥천여관에서 하룻밤 묵은 손님은 새벽 통금해제 사이렌이 나자마자 일제히 약속한 듯 옥천여관을 떠났다. 노할머니는 혹시나 잠만자고 새벽에 달아나는 손님이 있을까봐 수부에서 꼿꼿이 앉아 지켰다.

팔십 노인의 집지킴은 처절할 만큼 단호했다. 인공치하에서도 수부를 떠난 적이 없었다. 가족들을 모두 다 피난시키고 혼자서 옥천여관을 지켰다. 내 죽으면 수부의 방구들을 파 보아라. 폭격이 지붕을 내려친다 해도 나는 이 집을 떠나지 않을 것이다. 내 팔십 평생 삼십에 혼자되고서 여관업에 밥줄을 달고 이날이적 살아왔으니 내 집 가지고 나그네에게 잠재워주고 손님 받은 게 무슨 큰 죄가 되겠느냐. 허가 내고 세금 낼 것 다 바치고 하는 사업인데 세상이 바뀌었다고 한들 나그네 없는 세상이 있겠느냐. 겨울 피난 때 온 종로통이 불바다가 됐을 때도 노인은 앉은 자리에서 일어나지 않았다. 피난 나갔던 사촌 언니네 일가족이 환도했을 때 노인은 목숨 보존은 물론하고 적지 않은 목돈까지 내어놓으면서 사촌 형부에게 내밀었다.

"자아, 이젠 난리통에 목숨을 부지했으니까 부지한 목숨 아무쪼록 벌어먹고 살아야 하지 않겠느냐. 바깥채 점방 한 칸 내어줄 테니 장사를 궁리해 보도록 해라."

사촌 언니네 일가족은 삼 형제가 모두 상귀(남양만) 친정으로 피난을 떠났다. 이십여 식구가 놀고먹고 서너 달을 파먹자니 가져온 돈도 한계가 있었다. 사촌 언니는 들고 온 옷가지며 가재도구를 양식과 맞바꿔 먹었으나 그 짓도 못할 노릇이었다. 피난생활은 지루하고 고생스러웠다. 더구나 옥천여관에 노인 한 분만 달랑 떨어뜨려놓고 나왔으므로 죄책감과 염려는 간을 조리게 했다. 마지막까지 지니고 있던 선물은 은수저 열 벌이었다. 이제 이놈만 팔아먹으면 더 이상 버틸 가망이 없었다. 전선이 오산에서 멈추고 발안장터가 최전방이었을 때 가족 중 맏시누이가 용감하게 나섰다.

"오빠, 우리가 이렇게 두 손 놓고 앉아서 굶어죽을 게 아니라 제가 어디 서울에 한 번 다녀와 보겠습니다. 소문에 의하면 부녀자들은 서울에 가족이 있다고 생떼를 쓰면 전선을 통과하게 하고 도강도 허용한다니 한 번 시도해 볼게요."

맏시누이는 영악스러운 노처녀였다. 더구나 노할머니하고는 각별한 사이였으므로 형제들 중 누구도 그녀의 고집을 꺾을 수 없었다.

"죽어도 간다니까 어쩌겠수. 그러나 조심해서 다녀오우."

사촌 언니도 시누이의 고집을 꺾지 못하고 그녀의 행장을 거들어주고 동구 밖까지 배웅했다.

그녀는 검정색 몸뻬이와 허름한 점퍼를 걸치고 배낭을 울러메었으며 머리에는 수건을 둘러썼다. 그녀는 발안장터에서 한국인 통역을 붙잡고 통사정을 했다.

"서울 종로3가에 살고 있습니다. 팔십 노모가 우환 중에 계시나 먹을 것이 없어 식량을 구하러 나왔는데 돌아가게 해 주십시오. 집

나온 지 한 달이 넘었습니다. 그동안에라도 노모가 세상을 혼자서 떠났을지도 모릅니다. 사정을 봐주십시오."

그녀는 울면서 조근조근 호소했다. 그녀는 사지로 떠나보낸 남은 가족들은 노심초사해서 밤잠을 못잤으며 먹지도 못했다. 그러나 그녀는 일주일만에 옷보퉁이를 지고 돌아왔다.

"노할머니께서 무사하셨어요. 다행히 집도 폭격에 부서지지 않았고 노할머니가 집을 지키고 있어서 피해도 없더라구요."

"똑똑하고 독한 여자야. 네가 어찌 그토록 무서운 사지를 갔다 왔단 말이냐."

사촌 형부는 누이동생에게 승복하고 말았다.

은수저는 수명이 길었다. 팔아먹을까 말까 하는 숱한 고비를 넘기고 결국 환도할 때 이불 보따리 속에 깊숙하게 숨겨가지고 돌아왔다.

"뭐니 뭐니 해도 사람이 살아가는데 제일로 소중한 것이 밥을 퍼먹는 숟갈인지라 숟가락을 잃거나 없애버림은 곧 밥그릇을 잃어버림이나 매일반이니 사람들이 수저를 소중하게 간직해야 하느니라."

노할머니의 평소 훈시는 난리 중에 효시가 되어서 은수저 열 벌을 없애지 않고 소중하게 지닐 수 있었다.

"자아, 이제 세상도 차츰 평온해질 것이니 네 스스로 밥벌어 먹을 차비를 찾거라."

사촌 형부는 노할머니로부터 받은 자금으로 무슨 사업을 할 것인가 물색했다. 그때 착안한 사업이 염료업이었다. 난리 이후에 한창 불붙기 시작한 물감장수는 안성맞춤이 됐다. 쏟아져 들어오는 군

수용품을 그대로 민간인이 착용한다는 것은 위법이었으며 금지된 터였다. 장교들만이 입었던 카키색 사지쓰봉은 염색을 해서 입으면 감쪽같은 민간이 신사복 바지가 됐다. 사람들은 너도나도 사지쓰봉을 선호했다. 한 번만 다리미질을 잘 해두면 밤에 잘 때 요밑에 구기지 않게 깔고 자면 몇 날 몇 일 다리미발이 빳빳하게 섰던 사지쓰봉 사람들은 전쟁통에 후줄근해진 자신의 매무새를 추스르느라고 단 한 벌의 사지 쓰봉을 구입하느라고 동분서주했다.

군복 염색은 5~60년대 서민들의 지정복이 됐다. 군복 한 벌 염색해 입으면 사시장철 노동복도 되고 외출복도 되었다. 어디 그뿐이었겠는가. 집집마다 군용 담요 한 장 가지고 있지 않은 집이 없었다. 모포는 가정의 필수품이 됐다. 여자들은 국방색 모포를 물들여 오버코트나 반코트를 지워 입기도 하고 나이 많은 여성들은 담요 몸뻬이가 유일한 방한복 구실을 했다. 옥양목 침대 시트 한 벌이면 장정들의 바지저고리 한 벌이 넉넉했으니 군수품은 농촌에까지 보급되어서 유용하게 쓰였다.

사촌 형부가 경영하는 물감 상점은 목이 좋아 물건이 불티나게 잘 팔렸다. 그도 그럴 것이 종로3가는 동대문시장과 남대문시장에서 그리 멀지 않았다. 상인들은 종로3가 전차 정거장 마루 맡에 위치한 옥천상회를 자주 찾아왔다.

사촌 형부는 상점 앞에 물을 뿌려가며 꼼꼼하게 비질했다. 문전이 훤해야 복이 온다는 말은 오래전부터 익히 귀에 못이 박히도록 들어왔던 터였다.

"그만 부지런 떨게."

와이셔츠 상점 박씨가 또 말했다.

"여보게 빈지를 닫아 놓으면 성이 풀리겠수. 물건이야 팔리거나 말거나 가게 문은 열어놓고 봐야 할 것 아뉴."

사촌 형부는 안채를 흘깃 넘겨다보면서 대답했다. 하긴 노할머니는 인공 중에도 여관 문을 닫지 않았다.

10시가 좀 지나자 거리는 다시 술렁거렸다. 간헐적으로 시위대가 부정선거 타도를 외치면서 서대문 쪽으로 몰려갔다. 곧이어 거리를 달리던 전차가 멈추었다. 세종로 쪽에서 허이허이 걸어서 동대문 쪽으로 오는 행인들 입에서 사태의 심각성이 드러났다.

"지금 서대문 통은 난리가 났습네다. 시위대가 이기붕내 집을 쳐들어가구 야단이 났대요."

"부통령 사저에 감히 누가 쳐들어 갑니까."

"누구는 누굽니까 시위대이지요. 지금 그 집에 들어가서 살림살이를 모두 다 끄집어 내고 야단이 났답니다."

"그래서요. 부통령도 끌어냈답니까."

"왠걸요 이 난세에 집에 붙어있었겠습니까. 벌써 도망쳤지요. 식모만 있더랍니다."

"아하!"

박씨가 놀라운 표정으로 눈을 동그렇게 떴다.

"아 근데 말입니다, 그 집에 냉장고가 있었는데 아 글쎄 냉장고 속에서 포도가 나왔답니다. 지금이 어느 때입니까? 포도꽃도 안 달릴 때 익은 포도가 냉장고 속에 들어있었다니 요지경 속에 살았지요. 우리들이야 상상도 못하죠."

"그러문 뭣합니까. 그 사람 속병이 있어 밥 한 공기도 못 먹는다는데 그까짓 포도를 먹으면 뭣합니까. 되레 밥 한 사발 달게 먹는 우리네가 훨씬 살맛이 나지 않겠습니까."

"하긴 그렇군요."

사촌 형부와 박씨는 지나가는 행인을 붙들고 그가 하는 서대문 쪽 소식을 듣고 찧고 까불었다.

시위대의 함성이 점점 가깝게 들렸다.

"난리는 벌어지고 있구나."

나는 한길을 바라보면서 생각했다.

6

소문은 서대문 쪽에서 종로 쪽으로 연이어 날아왔다. 사람들은 시위대보다 앞질러서 그들이 목적하고 전진하는 향방을 미리 알아차리고 앞장서서 종로 통으로 밀려왔다.

'부정선거 타도한다'는 시위대의 외침은 차츰 분명한 언어로 전달되었다. 군중들이 시위대보다 앞질러서 떼를 지어 보도 위로 밀려왔다.

"시위대들이 이기붕네 집에서 냉장고를 끌어내어 그놈을 끌고 지금 이리로 오고 있다네."

"냉장고가 뭔데요."

"이 사람 그것도 몰라, 집안에 놔두는 석빙고 말이야."

"얼음창고? 어매나 그런 것두 있었나?"

"이 사람 소식이 깡통이군."

"근데 순경들이 막지 못했다나?"

"한두 사람이라야 막아보지. 속수무책이었다네."

"하 참! 세상이 뒤바뀌겠군!"

와이셔츠 상점 주인 박씨는 벌써 가게 빈지를 닫았다. 그리고 점방 앞에서 뒷짐을 지고 서서 구경꾼들과 주거니 받거니 했다.

"핫 참!"

사촌 형부도 화신 쪽을 연상 바라보면서 옥천상회 빈지를 닫았다. 시간이 지체될수록 군중들이 길거리에 들끓는 것이 아무래도 심상치 않았다.

함성소리가 점점 더 가까이 들려왔다.

"시위대가 종로네거리를 통과했다네."

"왜 시위대가 이리로 진출하는걸까."

"파고다공원으로 들어가려나 보우. 그곳에서 부정선거 규탄대회를 열거라는구먼."

"파고다공원!"

"그야 제격이지. 그런데 이 엄청난 서울 장안 사람들이 파고다공원으로 다 들어갈 수 있을까."

"아냐. 서울운동장으로 갈 것같네."

함성소리가 바로 지척까지 다가왔다.

"부정선거를 규탄한다! 규탄한다!"

"이기붕은 책임지고 물러가라! 물러가라!"

어느새 가도는 시민들로 꽉 메웠다.

아직 아침 시간이었다. 거리로 쏟아져 나온 시민들은 고개를 종로 쪽으로 빼고 발걸음은 동대문을 향해 뒷걸음질 쳤다.

시위대는 종로 네거리에서 두 줄기로 갈라졌다. 한편은 남산으로 전진했고, 또 한 가닥은 화신백화점을 거쳐 일부는 파고다공원으로 들어갔다. 그리고 공원 안에 세워놓은 이승만 대통령의 동상을 끌어냈다. 그리고 동상 모가지를 새끼줄로 얽어서 시위대 앞에서 끌었다. 행진이 진행되는 대로 가도에서 구경하던 시민들이 자꾸만 합세했다. 시위행렬은 시간이 지나감에 따라 시민들이 합세하여 전찻길을 꽉 메워버렸다. 그리고 구경만 하던 시민들은 시위대를 쫓아가면서 가도 위에 서서 박수갈채와 환호성을 퍼부었다.

4월의 아침은 이제 방금 녹색 옷을 갈아입었으며, 그 풋풋한 그림자를 군중들의 어깨 위에 떨어뜨렸다. 시민들은 두꺼운 옷을 벗어던지고 흰 홑옷으로 갈아입었고, 팔뚝을 높이 들어 흔들었으며, 시위대를 향하여 손뼉을 쳤다. 시위대는 가도의 군중들을 합세해 가면서 단성사를 지나서 종로4가 쪽으로 계속 전진했다.

함성이 잇따라 종로4가 쪽에서 터져나왔다.

"웬일이야."

"심상치 않은데."

군중들은 까치발을 띠고 종로4가 쪽으로 목을 늘이면서 말했다.

함성은 고조되었다.

시위대의 전진이 종로4가에서 차단되었다는 소식이 날아왔다. 좀 있자 귀청을 찢는 사이렌을 울리면서 소방살수차가 역진해서 달려왔다. 시민들은 이 갑작스런 살수차의 등장을 보고 입을 벌렸다.

"저건 또 뭐야."

"뭐긴 뭐야. 보면 모를까. 붉은 물감을 풀어 시위 군중에게 표적을 남기려고 살수하는 거지 뭔가."

"아니 개싸움을 말리려거든 물바가지를 퍼붓는단 소리는 들었어도 웬 멀쩡한 사람에게 물감 물을 끼얹다니."

"자네. 벽창호구먼. 아 오늘 날씨가 더워 홑옷으로 갈아입고들 나왔으니 물맞힌 사람들은 영락없이 빨강 물 표시가 됐겠으니 잡아다 가두기 마침하지 않겠는감."

"하. 그도 그렇겠군. 그런데 나 오늘 붉은 물감 판적 없는데."

사촌 형부가 정색을 하고 말했다.

"아따 이 사람 정말 답답하군. 워디 물감장수가 서울 장안에 임자뿐이요."

와이셔츠 상점 주인이 언성을 높여 말했다.

"맞는 말이군."

사촌 형부터는 점방 빈지가 단단하게 닫혔는가 다시 확인했다. 지금까지 질서정연하던 시위행진이 소방차의 등장으로 갑자기 격렬해졌다. 거리의 사람들이 긴장했다. 곧 긴급사태가 발생할 것만 같은 소요의 열기가 4월의 기온을 상승시켰다. 사람들은 홑옷 차림인데도 불구하고 열기 때문에 팔소매를 걷어붙였으며 상기된 얼굴로 분주하게 움직였다.

함성소리가 요란했는가 했는데 총소리가 4가 쪽에서 울렸다. 총소리는 처음에는 탕탕탕 간헐적으로 들렸으나 곧이어 연속적으로 터졌다.

"저런! 우라질 놈들! 무고한 시민들에게 총질을 하는 게 아녀!"

와이셔츠 점방 주인 박씨가 종로4가 쪽을 흘겨보면서 몸을 사렸다.

총소리는 한참 동안 연속으로 터졌다. 팽창한 4월의 대기는 방탄막을 덮어씌운 듯 총성을 억제했다. 대기는 조밀한 철조 그물망을 덮어씌운 것처럼 총구를 막고 발포를 견제하듯 총소리는 힘겹고 무겁게 시가지를 느리게 흔들었다.

'타타타—ㅇ. 타타타타앙.'

총소리는 계속해서 느리고 둔탁하게 울렸다.

"아이구머니나. 애꿎은 생목숨 앗아가는구나. 무고한 학생에게 총을 쏴!"

여기저기서 군중들은 격양된 어조로 항의했다.

총성이 잠시 멎으면 또다시 와와하는 시위 군중들의 함성이 점점 더 고조됐다.

"어디서 나는 총소리지!"

"시위대가 종로경찰서를 습격했다는데."

"이 사람 습격이 아니야. 말조심하게."

"거기는 왜 갔을까."

"이 사람아, 시위 군중을 잡아 가뒀으니까 동지들을 무고하게 감옥에 보낼 수 없잖아."

"아아, 그렇구먼!"

거리는 완전하게 격양된 시위대와 군중들의 함성으로 들끓었다.

조금 전에 붉은 물감 물을 살포하면서 파고다공원 쪽으로 질주하던 소방차가 방향을 돌렸다. 소방차는 학생이 운전했고, 살수차에 매달린 시위 학생들이 태극기를 휘두르면서 종로4가 쪽으로 치달았다. 곧이어 시위대를 가득 태운 경찰차와 트럭이 질주했다.

"3·15 부정선거를 규탄한다! 규탄한다!"

"처단하라! 처단하라! 부정선거 원흉 이기붕을 처단하라!"

군중들은 만세를 목 터지게 부르고 구호를 외쳤다. 그 속에서 한 시민의 울분에 찬 목소리가 들렸다.

"학생들이 죽었다요. 선량한 어린 학생들에게 총을 쐈다요. 부상 학생을 당가로 실러가는 의과대학생에게도 발포를 했다오. 아아, 이럴 수가 이럴 수가."

의과대학생들은 흰 가운을 입은 채로 강의실에서 달려나와 부상 학생들을 병원으로 옮겼다. 의과대학생들은 흰 가운에 꽃잎처럼 피를 받으면서 그들은 부상학생들을 구호했다. 총구는 무차별 난사됐다. 의과대학생도 쓰러졌다.

거리는 시가전을 방불케 했다.

그날 점심때가 기울어서야 거리는 진정되었다. 나는 걸어서 노량진까지 나왔다. 서울역에서 노량진까지 전차를 탔어도 했겠지만 타고 싶지 않았다. 나는 마냥 걸었다 오늘 아침나절 일어났던 일들을 꼼꼼하게 되새기면서 하염없는 눈물이 흘렀다. 슬프다. 우리는 왜 이래야 하나. 도적같이 찾아온 해방이라고 했지만 36년 만에 결박에서 풀려났다. 아홉 살 때 맞은 해방은 산골에서도 기뻤다. 물자가 흔해지고 자유스럽게 내 나라 말을 할 수 있게 됐고, 나라의 주인이 된 기쁨은 사람들 개개인의 몫이었다. 아홉 살 난 나에게도 해방은 절실하게 다가왔다. 우선 학교에 나가서 공부할 때 선생님이 조선말로 글을 가르쳐주는데 신바람이 났다. 잘 알아들을 수 없는 일본 말로 공부하는 것보다 우리말로 배우고 생각할 수 있으니 이해하기가 훨씬 쉽고 재미있었다. 그리고 또 엄동설한만 빼고 농기구나 연장을 지참하지 않아서 등교하는 부담이 줄었다. 몸도 가볍고 마음 또한 홀가분했다. 이십여 리나 되는 학교를 걸어서 등교하는 것만으로도 버거웠음에도 불구하고 괭이나 삽자루를 메지 않으면 안 되었다. 아버지는 낫을 들고 등교할 때는 낫의 날을 가는 새끼줄로 촘촘하게 감아서 내게 주곤 했다.

취로사업과 퇴비하기, 병정이나 징용 나간 집 모심어 주기와 벼 베어 주기, 아홉 개의 개울을 건너서 오맥이 큰고개를 넘어서 십여 리 길을 걸어서 학교에 다니기는 그야말로 고역이었다. 그럼에도 불구하고 이렇게 힘겹게 등교한 학교에서는 초등학교 학동들의 노력동원을 갈취했으니 나라 잃은 압제의 사슬은 아홉 살 나의 싹을 문질러 버렸다.

나는 그 무렵 학교에 가지 않았다.

아침 첫새벽 어머니가 새벽밥을 짓고 도시락을 싸주고 했어도 나는 학교 가는 척 큰대문을 나와 헛간에서 몸을 숨겼다. 책보를 짚더미 위에 던져버리고 그곳에 숨어서 아버지가 들에 나갈 때까지 헛간에서 기다렸다.

"학교에 가서 일을 못한다고 선생님에게 꾸지람을 들을 바에는 아예 가지 말자. 아버지한테 들켜서 혼이 나도 오히려 그편이 낫지 뭐."

나는 배짱 좋게 학교 다니지 않기를 스스로 결행했다. 그러나 이와 같은 나의 속임수는 얼마가지 못했다. 곧 식구들에게 발각이 났고 드디어 아버지까지도 알게 되었지만 나는 막무가내로 학교에 가기 싫다고 버텼다.

"학교에 가면 뭘 해. 맨날 풀만 베어 오라고 혼내는데 나는 낫질을 하지 못해. 손만 베구. 선생님한테 책임량을 못한다구 야단만 맞구. 싫어, 난 학교가 싫어."

나는 끝끝내 학교 가지 않기를 고집했다.

그해 여름 해방은 아홉 살 먹은 나에게 새로운 삶의 길을 열어 주었다. 학교에서는 그야말로 자유로운 분위기 속에서 우리글, 우리말로 공부할 수 있었다. 해방이 아니었더라면 나는 무학으로 시골의 촌부로 일생을 살았을 것이다. 해방과 더불어 나는 학교에 열심히 다닐 수 있었고, 공부에도 취미가 생겨 상급학교에 진학했다. 그러나 다시 6·25라는 전쟁을 경험하게 됐다. 열네 살에 경험한 전쟁은 나에게 죽음이라는 공포를 안겨주었다. 사람이 태어나면 성장해서 결혼해서 일가를 이루고 자식을 낳아 길러 다시 출가시킨다. 그리고 수명을 다하면 죽는다는 공식만 알았던 나에게 전쟁은 곧 참혹한 죽음으로 다가왔다. 누구든지 지금 곧 죽을 것이라는 사실은 굉장한 공포심으로 나를 전율케 했다. 내가 죽을 수 있다는 현실도 두려움의 대상이 되었지만 그보다도 나의 아버지, 나의 어머니 내 가족을 잃을 수 있다는 현실은 참으로 견딜 수 없는 공포심을 악양시켰다. 전쟁의 파괴와 질고는 나의 사춘기를 병들게 했다.

나의 부모, 나의 형제가 건재했다 할지라도 나의 이웃, 나의 친척들의 파멸과 고통은 인간성을 마모시켰고, 갈등과 이기심을 부추겼다. 전쟁이 끝나자 사람들은 이렇게 말했다.

"거 난리가 나 봐야 사람들 인심을 알아본다구."

사실이 그러했다. 무엇이 옳고 그르며 사람이 사람답게 사는 길이란 어떠한 것이여야 한다는 이야기로 숫한 이웃들의 사례를 보고, 듣고 스스로 판단할 수 있는 눈을 뜨게 했다.

전쟁은 파멸과 질고와 처절함 속에서도 어느 돌 틈새에 숨어 핀 풀꽃과 같은 신기함을 보여주기도 했다. 신화는 도처에 있었다. 마을에 피난 온 사람들은 모두 다 격이 없었으며 평등한 시민이었다. 피난민들은 모두 다 자신의 신분을 노출하지 않으려고 애쓰고 있었으므로 그들이 어떠한 신분을 가진 사람일지라도 겉으로 드러나지 않았다. 난리를 만난 피난민들은 모두 다 집 없는 하루살이에 불과했다. 그럼에도 불구하고 인심이 고운 집안 사람들은 피난민들을 극진하게 보호해주었으므로 전쟁이 끝나 그들이 환도 후에도 생명의 은인으로 관계가 유지되었다.

전쟁을 겪고 난 후, 사람들은 너 나 할 것 없이 사람에게 무엇보다 소중한 것이 무엇인 것쯤은 모두 다 알게 되었다. 그것은 무엇과도 바꿀 수 없는 것이 소중한 목숨이었다.

이처럼 소중한 목숨을 꽃잎처럼 떨궈버리게 된 4·19. 서울에서의 총성은 언론을 통해 전국 각지 방방곡곡으로 울려 퍼졌다. 4월에 포도를 먹으면서 호의호식했다던 권력의 원흉이 드디어 처참한 죽음으로 신문지상에 보도되었다. 그동안 숫한 의문을 불러일으켰던 이기붕의 그간의 행방은 경무대 별채에서 아들 강석이 겨냥한 총탄에 맞아 일가족 4명이 비명사했다는 보도가 마침내 사람들의 눈을 놀라게 했다. 사람들은 그들이 경무대 별채에 은신해 있었다는 사실은 꿈에도 생각해보지 않은 사건이었다. 이강석은 이승만 대통령의 수양아들이었다.

그날 종로4가에서 난 총성은 사람들 가슴속 깊숙하게 탄흔으로 오랫동안 살아남아 있었다. 급박하게 세상은 변화하면서 질주했다. 변화는 서울에서만 국한된 것이 아니었다. 그날, 그러니까 4월 19일 이후 내가 근무하고 있는 면소재지 작은 중학교에서 혁명의 바람이 천천히 불기 시작했다.

풍년을 예고하는 소쩍새가 앞산, 뒷산에서 번갈아가며 울어댔다. 보리 풍년은 이미 앉은 방석과 같았다. 문원벌은 진녹색 보리밭이 이삭을 불쑥 내밀면서 활기차게 올라왔다. 나는 청계에서 문원리까지 10여 리 길을 걸어서 학교에 출근했다. 열두 고개 산을 넘어서 다니는 산길은 옛적 나의 아버지가 초등학교에 다니던 통학로이기도 해서 나는 걷는다는 것에 별로 부담이 없었다. 문원벌 보리밭을 지나 새술막을 거쳐 학교에 출근길은 언제나 변함이 없었다. 관악산 초입, 통신대 안테나가 높이 솟아있고, 그 앞으로 널편한 황토색 운동장이 보리밭 너머에서 남실거렸다. 운동장에는 이른 아침부터 축구공을 차는 남학생들의 검정색 교복이 항상 넘실거렸는데 그날은 조용했다.

"내가 너무 일찍 출근했나?"

나는 손목시계가 없었으므로 하늘을 보며 해를 가름해 보았다. 그러나 그날따라 하늘은 낮게 가라앉아 회색빛으로 있었으므로 시간을 가늠하기가 더욱 어려웠다.

"내가 너무 늦었는감."

나는 학생들이 운동장에 없었으므로 마음이 조급하고 불안했다. 발걸음을 재촉했다. 운동장은 여전히 텅 비어 있었다. 뿐만 아니라 교사도 괴괴했다. 분명히 평일이었다. 나는 숨죽였으며 발짝 소리를 내지 않았고 사뿐하게 걸어가서 교무실 문을 열었다. 교무실안은 숙연했다. 확실히 무슨 일이 일어나고 있었다. 교장선생님과 김경식 교무주임과 최식 선생은 벌써 출근해서 자리에 앉아 있었다. 내가 들어서자 송 교장선생님이 나를 아는 체했다.

"지금 오오."

"예, 좀 늦은 것 같습니다."

나는 직원회 중인 줄 알고 늦었음을 사과했다.

"지금 막 바로 오는 길이요?"

"그런데요. 왜 무슨 일이 있습니까. 교장선생님."

"아아. 그럼 아직 아무것도 모르고 있었단 말이요."

"무슨 말씀을 하시는지 잘 모르겠는데요. 무슨 일이 있었습니까. 교장선생님."

나는 재차 반문했다.

"담임선생님이 아무것도 모르고 있었다니……"

송 교장선생님은 말끝을 흐리면서 창문 밖으로 시선을 돌렸다. 나는 답답했다. 그래서 무안함을 무릅쓰고 최 선생에게로 가까이 가서 무슨 일이냐고 조용하게 물었다. 최 선생이 나에게 잠깐 밖으로 나가서 이야기하자고 말했다. 나는 최 선생이 이끄는 대로 교무실을 나와 복도에서 마주섰다.

"무슨 일입니까. 얼른 말해보세요."

"문제가 일어났습니다. 2학년 1반 남학생들이 등교거부를 주동했습니다."

"이유가 뭐였지요."

2학년 1반 학생들은 바로 내가 맡은 담임반 학생들이었다.

"아, 고놈들이 과천 다리 밑에 숨어서 등교하는 학생들을 모조리 붙들어 모았다는군요."

"그래요?"

"그놈들이 학교는 등교거부를 하구, 면장님한테 찾아가서 면담을 요청했답니다."

"아, 아."

알만했다. 우리 반 아이들이 가끔씩 불평하는 소리를 들어서 나는 알고 있었다.

"그래서 어떻게 됐습니까?"

"일단 제가 면사무소까지 가서 학생들을 귀가 조치시켰습니다. 우선 농번기 가정학습을 조기에 실시해야 될 것 같습니다."

"그렇다면 저는 어떻게 해야 됩니까."

나는 겁에 질려서 최 교사에게 매달리듯 말했다.

"가만히 기다려 보십시오. 교장선생님께서 사친회를 소집해 놨으니까 어떻게 결말이 될지 지켜봅시다."

"……"

나는 할말이 없었다.

나는 마음이 착잡했다. 왜 하필 내가 맡은 학급 애들이 나에게 일언반구의 언질도 주지 않고 독단으로 행동했을까. 주동자는 누구이며 언제부터 아이들이 그와 같이 행동하기로 결의했을까. 나의 의구심은 꼬리를 물고 일어났다. 우리 반 아이들은 나에게 심심치 않게 불평을 말했다.

"선생님. 우리 학교는 참 이상해요. 왜 월동비는 꼬박꼬박 받아내고 난로는 안 피워 주느냔 말이에요."

"그건 아직 석탄 배달이 늦어지기 때문이야. 추운데 우리가 냉방에서 공부할 수는 없잖니. 그러니까 귀찮더라도 학교 올 때, 장작개비를 두 개씩만 책가방 속에 넣어가지고 오면 우린 따듯하게 공부할 수 있잖니?"

"그건 그래요. 그러면 왜 석탄값을 받느냔 말이에요. 아예 월동비를 내지 말라고 하고 아이들 더러 땔나무를 가져오라면 될 텐데요."

"그거야, 매일처럼 나무를 나를 수는 없지 않겠니. 긴긴 겨울 동안."

"글쎄다. 그건 교과서가 출판사에서 다 떨어져서 그랬다는구나. 책값을 곧 돌려 줄 거야."

"또 있어요. 체육복 값도 냈는데 체육복도 안 나눠줬어요."

"……"

아이들은 불평불만을 열거했다.

담당한 학급 남학생들이 등교거부의 주동자였다니까 나로서는 할 말이 없었다. 내게 떨어질 책임을 내가 져야 할 것이라고 나는 마음속으로 결심했다.

침울한 가운데 오전 시간이 흘러갔다.

김경식 교무주임은 연달아 담배를 태웠다. 점심때가 겨워서 사친회장 이영식 씨와 명목만의 재단 이사장 추명석 씨가 허이허이 학교로 올라왔다. 그들은 모두 지역 출신이었다. 그들은 아이들 편에 받은 출두통지서를 주머니 속에서 꺼내보이면서 송 교장에게 문책했다.

최 교사와 나는 밖으로 밀려나왔다.

교무실 문은 굳게 닫혔으며 유리문 틈새로 간간히 흘러나오는 사친회장 이영식 씨의 카랑카랑한 음성이 사태의 심각성을 암시했다.

"우리는 어떻게 해야 되죠."

나는 답답함을 참을 수 없어 최 교사에게 또 물었다. 최 교사는 나보다 세 살 연하였으나 나이보다 믿음직스럽고 심지가 깊었다.

"가만히 사태를 관망해봅시다. 선생님은 정말 아무런 낌새도 알아차리지 못했습니까."

최 선생은 이해할 수 없다는 듯이 나를 또 정면으로 응시했다.

"그럼은요. 정말 뜻밖이었다구요. 그래 누가 주동인물이었습니까?"

나는 정색을 하고 최 교사에게 말했다.

"창수란 놈이 학교 오는 아이들을 일일이 과천 다리 밑으로 끌어모았다는데 좀 이상한 점이 없지 않아요?"

"김창수가요. 하긴 그 애가 반에서 주먹이 제일 세거든요. 그러나 그 애 독단으로는 일을 저지르지는 못했을 거예요. 배후에서 누군가 꼬드긴 사람이 있을 것 같은데요."

"거야 이제 차차 드러나겠지만, 어쨌거나 학생들이 과천면사무소까지 몰려가서 면장님 면담을 요청했고, 면장님을 뵙고 학교 비리와 저희들의 고충을 알린 것은 학교의 수치입니다. 그놈들, 참! 맹랑한 놈들이야."

나는 아무 말도 하지 않았다. 아니 나는 아무 말도 할 수 없었다. 내 마음속에 캥기는 일이 있다면 나는 조례, 종례시간을 이용해서 내가 목격한 4·19의 한 장면, 한 장면을 아이들에게 이야기해주곤 했던 일 뿐이었다.

밖은 하늘이 들리고 아지랑이가 보리밭 머리에서 남실거렸으나 실내는 한기를 느낄 만큼 어둡고 스산했다.

송 교장은 사친회장과 이사장을 대동하고 읍내로 내려갔다. 김경식 교무주임의 말대로라면 아마 면장님을 만나서 자초지종을 알리고 사과차 갔을 것이라고 말했다.

김경식 교무주임은 하룻밤 사이에 흰머리가 더 돋아난 것처럼 보였다. 부스스한 얼굴에 흰 머리카락이 쭈뼛쭈뼛 일어섰고, 입언저리에는 마른버짐이 뿌옇게 소금적처럼 번져 쳐다보기조차 민망스러웠다. 김경식 교무주임은 평소와 다를 바 없이 최 교사와 나를 붙들어놓고 하소연했다.

"이건 영 처음 약속하곤 틀리지 않아. 누가 월급한푼 제때 못 받으면서 이 벽지에서 견딜 수 있겠소. 집이야 거저들게 했대도 어디 집만 쓰면 살 수 있겠소. 땔나무도 사서 때야 하고, 전기불마저 없는 벽지니 석유 불도 켜야 살겠고, 물 말고는 만사백사 모두 돈 들어야 살 곳인데 어느 누가 나 쌀 한 말 보태준 일 있소. 지금은 고생스러워도 좀 있다 자리 잡히면 교감을 시켜주겠대서 내 돈까지 학교 재단에 털어 넣고 왔는데 이 꼴이라오."

김경식 교무주임은 살기까지 등등했다.

"어려우시겠습니다. 저희도 여의치 못해 마음뿐이었습니다. 교무주임 선생님은 어엿한 가장이시니 얼마나 힘드시겠습니까. 죄송스럽기 그지 없습니다."

최 교사가 위로의 말을 잊지 않았다. 나도 평소에 느꼈던 심정을 털어놓았다.

"그런데요. 저 역시 학교 사정을 알고 보니까 답답했어요. 엊그제 목격했는데요. 글쎄 교장선생님 사모님이 아침에 읍내에 내려가서 국수를 사서 들고 오는 것을 봤거든요. 제가 되려 민망해서 혼이 났습니다."

"그게 다 송 교장이 잘못 처사한 때문이라오. 이건 아이들 공납금을 서무부에서 취급해야지 교장이 직접 낚아채뜨리니 이게 어디 학교입니까."

나는 유리창 밖으로 연신 보리밭을 건너다보았다. 보리밭은 푸른 이삭을 휘두르면서 굼실거렸다. 알이 여물려면 한참 더 기다려야 했다. 농촌의 보릿고개는 지내기가 험난했다. 풋바심을 하려 해도 이삭에 누른 방울이 질 때까지는 아직 멀고 멀었다. 이 어려운 보릿고개에 아이들을 중학교에 보내놓고 농가에서 등록금을 마련하기란 대책이 서지 않는 때였다. 뭐니 뭐니 해도 보리타작이 끝나고 초식이 펴지기 전까지는 아이들이 결석하지 않고 학교에 나와주는 것만으로도 다행스러웠다. 전교생이라야 일, 이, 삼 학년 통틀어서 백 명 남짓한 학교였다. 최 교사와 나는 형편이 돌아가면 오히려 학생들 학용품이라도 보태주고 싶었던 처지였다. 이러한 판국에 이기붕은 4월에 포도를 냉장고에 저장해 놓고 먹고살았다는 신문 보도는 별유천지 같은 이야기였다.

농촌의 아이들은 보릿고개에 제대로 먹지 못해 누렇게 부앙이들고 새들새들 여위었다. 다음날로 학부형 회의를 소집했다. 그리고 이번 사건의 책임소재를 따지다 보니까 결국 가난구제는 나랏님도 할 수 없다는 학교의 재정난을 표면에 노출한 폭이 됐다. 이 어려움을 타개할 묘안은 오직 돈이었다. 그러나 학부모 역시 모두 다들 근근히 보릿고개를 연명해가는 처지라서 해결책은 아득하기만 했다.

사친회는 말만 무성한 회의로 끝이 났다. 결국 학생들은 어려운 가운데에도 불구하고 학교에 보내는 것은 사람을 만들자고 가르치기 위함인데 이건 뭣하자는 노릇이겠는가. 아이놈들이 어른들 허물을 까뒤집으려고 면장님을 찾아가 고자질을 했다니 이건 자다가도 까무라칠 일인 것이라고 저마다 한마디씩 했다. 이럴 바에야 아예 집에서 꼴짐이나 깎고 땔나무나 하도록 시키는 것이 오히려 집안에 이로울 것이라며 학생들의 등교를 거부하는 축도 상당수가 됐다. 결국 설전의 설전을 거듭한 끝에 이번 일은 모두 다 학부모들이 자식을 학교에만 내보냈을 뿐이지 학교의 사정을 도외시한 불찰이었음을 통감했다. 그리하여 학생들을 선동했다는 빌미를 잡고 김경식 교무주임을 돈을 마련해주고 내보내기로 일단락을 지었다.

5일간의 가정학습이 끝나고 학생들이 다시 등교했다. 열대여섯 살의 아이들은 그동안 집에서 농사일을 거드느라 더더욱 깜장콩처럼 얼굴이 새까맣게 타서 학교에 왔다. 2학년 1반 남학생들은 천진난만 했다. 엊그제 등교를 거부하고 떼지어 면사무소로 가서 면장님 면담 요청을 결행했을 때와는 달리 5일 동안의 가정학습기간은 아이들을 다시 산골 소년으로 되돌아가게 했다. 얼굴은 햇볕에 새까맣게 그을렸고, 눈동자만이 반짝반짝 빛나는 검둥이들이 됐다. 손뿌리는 험하게 거칠어졌고, 연필을 잡은 손아귀가 뻣뻣하게 굳어졌다. 그 애들의 악지센 손아귀에 잡힌 연필 놀림이 굼뜨고 어색해졌다. 그러나 아이들의 동심만은 여전했다. 남학생들은 교실 마룻바닥에서 드잡이를 하면서 여학생 책상 위를 함부로 밟고 올라서서 난장을 쳤다.

"애들아, 그동안 잘 지냈니?"

교실 안은 언제나 신선한 생동감으로 넘치고 있어 나는 목소리가 자연스럽게 높은 음으로 울렸다.

"그럼은요. 죽도록 일만 했어요."

개구쟁이 일환이가 대답했다.

"반갑다. 애들아……"

나는 이어서 무슨 말을 또 해야만 할 것 같았으나 말을 멈췄다.

"선생님, 안짤렸어요. 우리들은 걱정했는걸요."

"뭘?"

나는 얼떨떨해서 반문했다.

"에이, 다 알고 계시면서 딴청을 부리세요."

이번에는 창수가 손등으로 목을 치는 시늉을 했다.

"고민 많이 했단다."

나는 목을 감싸쥐면서 실토했다.

"걱정마세요. 우리들이 있잖아요. 선생님이 짤린다면 우리들이 발벗고 나서서 구명운동을 할 거예요."

"자아, 이제 그만 하자. 어쨌거나 우린 슬픈 시대에 살고 있다. 우리들은 한배를 탄 사람들이거든. 그러나 단체행동이 만능이 아니라는 것을 명심해야 한다. 알겠냐?"

"그럼은요. 우리들은 옳지 않은 것에 대한 항거를 표현했을 뿐인데요 뭘 그러세요. 선생님이 그러셨잖아요. 불의를 보고 가만히 있는 것도 똑같이 잘못하는 일이라고요."

"그러나 너희들은 왜 담임선생님인 나한테 상의없이 독단으로 행동했니. 그 점은 크게 잘못된 것이다."

"알았어요. 다음부터 조심할게요. 집에서도 아버지한테 혼났어요."

"다음부터는 조심하기 바란다."

"네에."

아이들은 목소리를 합쳐 힘차게 대답했다.

나는 아이들과 가벼운 대화로 조례를 마쳤다. 그러나 막상 교무실로 되돌아오는 나의 발걸음은 무거웠다.

교무실 분위기는 침통했다. 김경식 교무주임은 출근하지 않았으며 송 교장은 여느 날과 달리 말쑥한 차림으로 자리에 앉아 있었다. 냉랭한 분위기가 살갗을 오그라들게 했으며 냉랭함이 춥지 않아도 오싹하는 소름을 돋치게 했다. 나는 교재를 꺼내 놓았다. 교재를 펼쳤지만 활자가 눈에 들어오지 않았다. 조용했다. 숨소리조차 크게 들릴 만큼 교무실 분위기는 숙연하기까지 했다.

문소리가 났다.

교무실 출입문은 미닫이로 돼 있어서 들어오는 사람에 따라 문소리는 거칠든지 아니면 살갑게 소리냈다.

문소리는 조금 거칠게 드르륵 끄는 소리를 냈다. 김경식 교무주임이 들어섰다. 그의 흰색 와이셔츠가 형광색을 드러내고 있어서 창백한 얼굴은 방안 사람들을 겁먹게 했다.

"안녕하십니까?"

교무주임이 빳빳한 자세로 서서 교무실의 침묵을 깨뜨렸다.

"네에. 안녕하셨습니까?"

최 교사가 아침인사를 했다.

"네. 네."

김경식 교무주임은 감색 넥타이를 어루만지면서 목에 힘을 주면서 자리에 앉았다. 잠시 어색한 분위기가 또 흘렀다. 송 교장과 김 주임의 정장 차림의 대결은 두 사람의 권위를 상징하는 것처럼 보였다. 두 사람 모두 빳빳한 와이셔츠 칼라가 목에 힘을 받쳐주었다. 침묵이 좀 더 오래 계속되었다. 누군가가 이 긴장된 분위기를 견디지 못해 깨뜨리고야 말 것 같은 위기감이 감돌 때였다.

송 교장이 목소리를 낮추어서 최 교사에게 지시했다.

"직원회를 합시다."

"예."

나는 재빨리 직원회의록을 펼쳤다. 그리고 일지란에 연도와 날짜와 시간을 기입했다.

1960년 4월 28일 수요일 09시.

나는 밖을 내다보았다. 날씨는 화창했다. 나는 날씨란에 '맑음'을 기재했다.

"오늘 임시교직원회를 열고자 한 것은 다름이 아니라 그간에 일어났던 학원 소요사태를 이사회와 사친회를 거쳐 일단락 짓게 되어 결과 보고 말씀을 드리고자 합니다."

나는 송 교장의 결과 보고를 간략하게 일지에 요약정리해서 기록했다. 내용은 간결했다. 김경식 교무주임이 개인 사정으로 4월 28

일 자로 사임하게 되어 학교로서는 대단한 손실이지만 보내드릴 수밖에 없는 사정을 애석하게 여긴다는 송 교장의 발표를 기록했다. 이어서 김경식 교무주임의 이임 인사 또한 간결했다. 본의 아니게 물의를 일으켜 죄송하게 됐다. 막상 떠난다고 생각하니 썩 마음이 좋지 않다. 그러나 새로운 출발을 한다는 계기로 삼을 것이며 그간 여러모로 신세진 것 감사하게 생각한다. 나는 펜을 멈추고 두 사람을 쳐다봤다.

김경식 교무주임의 목소리가 떨리고 있을 때 송 교장의 입귀가 조금 일그러졌다.

"최 선생님. 학생들을 2학년 교실에 모이도록 하십시오. 학생들에게도 이임 인사를 해야 할 것이니까."

송 교장이 위엄있게 말했다.

2학년 1반 교실에 모인 전교생은 1, 2, 3학년 합해 일백 명 남짓했다. 두 자리에 세 사람씩 끼어서 앉도록 지시했다. 학생들은 두 눈을 동그랗게 뜨고 중대발표가 있을 것이라는 것을 예감했다. 학생들에게 중대발표는 다름 아닌 책값이나 체육복 값에 대한 답변일 것이라는 기대감이었다. 그러나 학생들은 이내 알아차렸다. 김경식 교무주임의 이임 인사를 하기 위함이었다는 사실을 알고 나자 낭패감이 대단했다. 학생들은 들쑥날쑥한 선생님들의 거취에 대해서는 이미 길들여져 있었으므로 오든지 가든지 관심 밖의 일이었다.

김경식 교무주임의 사임인사는 길었다. 그는 이 학교에 오게 된 동기와 이곳에 3년 동안 머물러 있으면서 겪은 사소한 사건들을 감회 깊게 나열했다. 그의 이임 인사는 송 교장의 훈화에 버금가는 연설을 장황하게 늘어놓았다.
송 교장이 자꾸 시계를 보았다.
아침해는 벌써 중천에 높이 떠서 한낮으로 치닫고 있었다. 나는 황토색 운동장 안에 가득찬 햇빛을 바라보면서 4월 19일 옥천상회 앞에서 겪었던 일들을 떠올렸다. 그날의 함성과 깃발은 지금 내가 서있는 자리에서도 아우성치고 휘날렸다. 지금 나는 구경꾼이 아닌 부정의 장본인으로 새까만 눈동자들 앞에 서있었다.

김경식 교무주임이 떠나간 지 얼마 후였다. 그가 떠나 간 그 길로 누군가가 리어카에 짐을 싣고 올라오는 것이 보였다. 교무실 유리창 너머로 하얀 바지에 흰 남방셔츠를 깔끔하게 차려입은 낯선 청년을 보았다. 최 교사와 나는 똑같이 함께 말했다.
"누군가 새로 부임해 오고 있습니다."
"또 새 사람이 오는가 봐요."
"그런 것 같습니다."
"벌써 이삿짐을 싣고 오고 있어요."
낯선 청년은 리어카를 학교운동장 안에 대놓고 학생들에게 손짓했다.
"뭘까?"
최 교사가 의문을 던졌다.
"아, 풍금이네요."
나는 최 교사를 의미있게 바라보면서 대답했다.
학생들이 우르르 달려들어 풍금을 교무실 안으로 끌어들였다.
"자, 인사들 해요. 새로 부임하는 박영선 선생이요. 이쪽은 최근

선생님, 그리고 이쪽은 이효정 선생님."

송 교장은 넥타이를 고쳐잡으면서 위엄있게 박 선생을 소개했다.

선생님들끼리 인사를 주고받는 동안 남녀 학생들은 교무실 유리창에 닥지닥지 붙어 교무실 안을 구경했다.

"야! 풍금이다!"

아이들의 아우성에 묻혀 교정은 다시 활기가 넘쳤다.

7

그 무렵, 그러니까 내가 근무하던 E중학교에서의 소요가 있었던 이후 달라진 것은 크게 없었다. 조금 변한 것이 있다면 그것은 선생님들끼리 서로 눈치를 보고 있었다. 말 한마디 한마디 할 때도 조심스럽게 상대방을 살피면서 소곤소곤 말했다. 소곤거림은 결코 유쾌하지 못했다. 더더욱 참기 힘든 일은 최 교사와의 사이도 서먹해진 점이었다. 최 교사와는 동향인으로 어느 누구보다도 학교에 애착을 가지고 근무해 왔다. 그러나 이번 소요 이후에 그와 나는 사이가 뜨악해지고 듬성듬성해진 이유는 어디에 있을까. 알다가도 모를 일이었다. 새 선생님이 들어와서 한 학기를 겨우 버티다가 나가면 또 새로운 사람이 오고, 그때 그 박 선생님도 일 년을 버티다가 풍금을 되싣고 돌아갔다. 그럼에도 불구하고 교단의 밭을 갈아보겠다고 상록수의 꿈을 안고 찾아오는 도시의 젊은 선생님들이 끊이지 않았다. 사정이 어느 날 갑자기 좋아지거나 바뀔 수는 없었다.

송 교장선생님은 오히려 조금씩 기가 살아났다. 그것은 하시라도 그가 선생님들을 해고시킬 수 있다는 인사권을 쥐고 있음을 과시하는 데서 비롯되었다. 그렇다고 학교가 더 좋아질 리는 만무했다. 서로 눈치보고 움추려든 상황 속에서 냉담의 골이 더 깊어만 갔다.

한 고장에서 십여 리 간격을 두고 출범한 두 개의 중학교. 그러니까 야학을 천막학교로 시작한 성림구락부와 정규 중학교로 어렵사리 인가받아서 시작한 E중학교는 시간이 지나갈수록 발전의 차이가 현저하게 드러났다. 한쪽은 꽁꽁 뭉쳐서 '하면 된다'는 신념으로 일로 매진함에 비하여 다른 한편은 냉담과 우격다짐만으로는 경쟁의 대상이 될 수 없었다. 관리자 중심의 사학. 지난번 소요로 인해 학교 재정이 속빈강정이었음을 만천하에 드러내놓은 것은 결코 득이 될 수 없었다. 명색을 갖춘 이사진이나 사친회장단들은 빈 자루를 놓고 엎치락 뒤치락하는 쌈박질에 관여하기를 귀찮아 했다. 송 교장 말대로라면 돈 많은 후견인이 하루 빨리 나서서 학교 발전기금을 듬뿍 기부해주길 바라고 있었다.

지역사회 기관장들은 이와 같은 처지의 송 교장을 동정은 했지만 결코 존경하지 않았다. 그 첫 번째 이유가 그가 노부를 말년에 고생시키고 있음을 자명하게 알고 있었던 터여서 더욱 그러했다. 교육자는 4월에 포도를 먹는 권력자가 될 수 없었다. 그러니 농촌에서 농사짓지 않고 늙은 아버지를 비롯해서 일곱 명의 자녀를 둔 그가 대가족의 생계를 꾸려가기란 여의치 못하다는 것은 말 안 해도 알만 했기 때문이다. 더구나 그의 아버지는 일찍부터 개명한 측량사였다. 송 교장은 돈 잘 버는 아버지 덕택으로 일류대학 영문과를 졸업했다. 그러나 그는 시대를 탓하면서 해방 전까지 서울에서 일정한 직업없이 전전긍긍하다가 6·25전쟁 후에 향리에 눌러앉았다. 그는 그의 아버지가 노후대책으로 유념해놓고 식량이나 대먹겠다고 장만해둔 문전옥답과 가대를 몽땅 팔아 중학교를 설립한다고 나섰다. 송 교장의 꿈은 야무졌다. E읍은 유서깊은 E초등학교가 있었다. E읍은 동남으로 광주경계 이십 리 안팎, 서북으로 시흥경계 이십 리 안팎 경계선안에 위치한 유서 깊은 고을이었다. 개화기에 개교한 E초등학교는 광주경계 이십 리 사방 안팎에 사는 광주군 수지에서도 걸어서 통학하는 학생도 있었다. 교통이 불편한 의왕시흥 말죽거리에서 학생들은 이삼리길을 마다않고 먼 길을 통학했다. E중학교의 설립은 E초등학교를 졸업하는 학생들이 멀리 서울이나 안양으로 걸어서 통학하는 고충을 덜어 주고 지역사회 발전에도 동참하려는 의도에서 출발했다. 그는 E초등학교와 맞먹는 유서 깊은 중학교 설립이 꿈이었다. 그 무렵 E읍에서 발판을 굳혀 국회의원에 출마한 모 의원이 지역발전의 본보기로 신축해준 교실 3개와 교무실 1개의 교사는 규격을 갖춘 모양새가 번듯한 학교였다. 그러나 그는 국회의원에 당선되지 못했다. 그의 낙선은 E중학교 발전에도 타격이었으며 큰 불행이었다. 또한 E읍에서의 E중학교 입지조건은 기대해볼 만한 것이 되지 못했다. 가장 큰 걸림돌 중의 하나가 신입생 모집이 어려웠던 점이었다. 사방이 큰 산으로 둘러싸여 있는 분지이기도 했거니와 E읍의 인구를 통틀어보아도 이백여 가구에 불과했다. 인근 십여 리 안팎을 휘둘러보아도 E초등학교 하나 뿐이었다. E초등학교를 졸업하는 자원은 고작 백여명에 불과했다. 그 애들이 100% 모두 진학을 한다고 해도 두 클라

스가 부족했다. 그러나 졸업생 절반 이상이 중학교에 진학하지 않았다. 몇 명 되지도 않은 학생들의 등록금만으로는 선생님들 인건비만도 태부족이었다. 학교는 있으나 학생이 없음은 더할 나위 없이 한심한 노릇이었다. 송 교장의 아버지는 문전옥답을 없앤 노심초사가 결국 노망으로 이어졌다. 허구헌 날 며느리가 밥을 굶긴다고 동네방네 떠들고 다녔다. 보릿고개에 그의 아버지의 넋두리는 향리 사람들의 혀를 차게 했다.

"에구구, 딱두 해라. 밭뙈기 팔아서 무논을 살 때는 이밥 먹자고 하는 짓인데 아들을 대학교까지 가르쳐 놔두 늙은 부모 공양은커녕 밥을 굶기다니 에구구 망칙하고 고약스러워라."

고향 사람들의 힐난의 목소리가 자자했다.

"신식 공부시켜 봤자 맬짱 헛수고라네. 더구나 딸자식 공부시켜 봤자 별 수 없네. 새물 먹어 건방지고 힘든 일을 하기 싫여야고, 그런 공부시켜 선반 위에 놓으려고 하나. 없는 돈에 학교를 보내 뭣에 쓸려고."

마을 사람들의 이와 같은 비판의 소리도 없지 않았다. 무엇보다도 수신제가를 으뜸으로 쳤던 유교적 가치는 송 교장이 꿈꾸고 있는 지역사회 발전이란 명분을 희석시키는 구실을 했다. 그러나 고향은 개개인의 모든 것을 다 포용했다. 다 알고 지내는 것, 알고도 모르는 척 눈감아주는 미덕, 그래서 신뢰할 수 있고 정이 가는 평온함, 평화로움, 이 평화로움이 품고있는 비애는 개개인의 몫이었다.

보리밭 너머의 아지랑이, 푸른 하늘을 수놓으면서 노래하는 종달새, 바람결대로 굼실거리는 밀밭의 일렁거림, 배추장다리 밭에서 나풀거리는 노랑 나비떼, 그리고 밭두렁에 허옇게 번진 찔레꽃, 목동의 피리소리, 이 고즈넉하고 평화로움 이면에는 보릿고개라는 적빈의 소금적이 앉고 있었다.

아낙들은 빈 쌀독을 헛손질해서라도 조석으로 밥상을 차렸다. 농촌의 아낙들은 정오의 따가운 햇볕을 정수리에 이고 채마밭에 앉아서 야들야들한 상추를 뜯어서 푸짐하게 점심상에 올렸다. 식구들은 일손을 잠시 놓고 사립문 안으로 들어선다. 아낙이 차려놓은 점심상은 푸성귀만 수북하다. 밥은 되도록 적게 놓고 상추쌈을 소담하게 싸서 어귀차게 우겨 먹는다. 아낙들은 또 논두렁에 연하게 자란 쑥을 뜯어서 끼니를 때우거나 늘려 먹었다. 쑥부쟁이를 쪄놓고 개떡을 빚고 무릇을 캐서 쑥과 둥글레나 송기를 넣어서 달게 고았다.

점심 설겆이가 끝난 후, 아낙들은 앞산 뒷산에서 짬짬이 산나물을 뜯고 약초도 캤다. 연한 밀대를 꺾으면 즉석에서 어귀적어귀적 씹었고 잔다귀 더덕을 캐면 겉껍질 벗겨내고 질겅질겅 씹었다.

아낙들은 곧 힘을 얻는다. 잰걸음으로 산속을 바람처럼 훑어 산채 바구니를 가득 채운다. 아낙들은 목이 마르면 소나무 어린 가지를 꺾어서 송기를 빨아먹었다. 아낙들은 숲속 비단 풀밭에 주저앉아 소나무 껍질의 단물을 삼키면서 산바람에 이마를 적신 땀방울을 말린다. 릴리리 가락이 저절로 흥얼댄다.

한낮의 숲속은 청정한 산소를 품어내고 있어 요람 속처럼 안온하다. 상수리나무 높은 가지 위에서 금빛 꾀꼬리가 날개를 퍼득인다.

아낙들은 산아래 마을을 내려다본다. 마을은 게딱지 같은 초가지붕이 아지랑이 속에 가물거리고 있다. 들녘이 훈풍에 일렁인다. 보리 이삭은 방금 누른방울이 지려고 황록색으로 때깔을 바꿨다. 보릿고개가 제아무리 길다고 해도 한철에 불과했다. 계절은 물같이 흐르고 햇볕은 땅의 소산을 기르고 열매를 맺게 해준다. 졸라맨 허리띠도 보리 뿌리가 땅속에서 끊어진다는 망종이 지나면 느슨해지고 소금적도 씻기게 마련이다.

농부들은 어깻죽지에 기름땀을 지우면서 그들의 아이들에게 훈계했다.

"어여, 핵교에 가거라. 망아지는 제주도로 보내고 사람의 새끼는 서울로 보내라고 혔어. 너희는 이댐에 땡볕에서 이 고생을 하덜 말어!"

학동들은 이때다 싶어 내던져 둔 책가방을 울러매고 집을 나선다. 압박과 설움에서 해방된 만족을 외치면서 학교길로 접어든다. 학동들은 못짐나르기와 꼴짐지기, 온상에 물주기에서 벗어나 활갯짓을 하면서 십여 리 길을 마다하지 않고 통학했다.

1960년 그 무렵이다.

"아는 것이 힘이다."

"더 노우레지 이즈 파워."

송 교장선생님은 아침조회시간 때마다 전교생을 황토색 운동장에 세워놓고 훈계했다. 허구헌 날 푸성귀만 먹은 학생들은 오뉴월의 강한 햇볕 속에서 현기증을 참아내느라 가까스로 버텼다.

"아는 것이 힘이다."

"더 노우레지 이즈 파워."

송 교장선생님은 왕년의 일류 대학 영문과 출신의 실력을 과시했다. 그는 조회시간마다 '더 노우레지 이즈 파워'를 반복해서 말했다.

"알겠느냐 아는 것이 힘이라는 것을 말이다. 그러므로 사람은 배워야 한다."

학생들은 가물가물 잠겨오는 졸음을 참아내느라 자신의 넓적다리를 꼬집어 가면서 교장선생님의 훈화가 끝나기를 학수고대했다.

훈화는 좀처럼 끝날 기미가 보이지 않았다. 드디어 현기증을 못 참아낸 여학생 하나가 비실비실 쓰러질 때 즈음해서 조회는 끝이 난다.

그때 나는 생각했다.

학생들과 함께 운동장에 서서 황토빛 현기증을 감내하면서 교장선생님의 훈화를 공허한 메아리라고 일축했다. 그것은 나에게 아는 것이 힘이 될 수 없었기 때문이다. 알고 있기 때문에 머리가 복잡하고 마음이 어지러웠다. 침울한 나날이었다. 모든 것이 나의 뜻대로 이루어지는 것이 없었다. 암담했다. 나는 아이들 앞에 서서 학생들을 가르칠 명분을 상실했다.

나는 아이들 앞에 서서 앵무새처럼 말했다.

"정직해야 한다. 성실 근면해야 한다. 배워야 산다. 열심히 공부하거라."

내가 아이들 앞에서 이렇게 외치면 이 말들은 곧 메아리로 나에게 되돌아 왔다.

너 자신은 얼마나 정직하냐, 얼마나 성실 근면하냐. 진정 아는 것이 너에게 힘이 되고 있는가. 너는 지금 마지못해 호구지책으로 지금 이 자리에 버티고 서 있지 않느냐. 너 자신에게 물어봐라. 네가 꿈꾸고 있었던 너는 지금의 너가 아니였지 않느냐. 학생들의 새까만 눈동자는 나에게 이와 같은 반문으로 끊임없이 도전의 화살을 던졌다.

무엇을 할 것인가. 아니 내가 할 수 있는 일은 무엇인가. 나는 어떻게 살 것인가. 아니 그보다 나는 무엇을 할 수 있을까에 매달렸다. 암울하고 괴로운 하루하루였다. 농가에서 필요한 것은 입만 살아있는 지식인이 아니라 튼실한 노동력이었다. 노동력 없는 농가는 스물스물 허물어졌다. 농가에서 머슴을 부리던 시대는 벌써 아니었다. 농가에서 노동력은 곧 생산이었으며 소출이었다. 두 차례의 난리를 겪고 난 후, 한때는 가세를 서로 시세우던 옥이네와도 냉정한 이웃으로 변모했다.

옥이네 집은 그녀가 스무 살 적령기를 놓치지 않고 출가하면서 집안이 기울기 시작했다. 물론 그때는 노할머니 노할아버지가 모두 생존해 있었다. 그럼에도 불구하고 머슴을 부리지 않고 농사를 짓기란 거의 불가능했다. 옥이 아버지도 책상물림이라 잠뱅이 바람으로 무논에 한번 들어서지 않은 농사꾼이었다. 옥이 아버지는 마을의 유지였다. 해방 전에는 면서기를 좀 다니다가 그만두었고, 해방이 되자 옥이 아버지는 뚜렷하게 하는 일이 없었어도 매우 바빴다. 그 이유는 선거 때마다 주거지인 B군의 선거참모 역할을 해왔던 터였다. 국회의원에 출마한 선량들은 여야할 것 없이 옥이 아버지를 손잡으려고 서로 다툴 만큼 그의 신뢰도는 두터웠다. 마을 사람들은 옥이 아버지가 선거참모 노릇을 도맡아서 하니까 틀림없이 상당한 선거비용을 받았을 것이라고 추측하고 있었다. 그러나 마을 사람들의 그와 같은 추측은 언제나 추측에 불과했다. 마을 사람들은 선거 전부터 선거가 끝난 뒤에까지라도 옥이 아버지가 한

번쯤은 술대접을 크게 할 것으로 기대했다. 그러나 그들의 기대와 추측은 번번이 빗나가고 있었다. 옥이 아버지는 용의주도했으며 결코 마을에서도 술 취해 비틀거리는 꼴을 마을 사람들 앞에서 보이지 않았다. 마을 사람들은 옥이 아버지의 고매한 인품은 인정했으나 항상 그 이면에는 섭섭함이 도사리고 있었다. 마을 사람들은 지나가는 소리로 말하곤 했다.

"거 궂은물에 고기가 든다고 사람이란 너무 해맑아도 복을 감하는 벱이여, 대추나무 가시로 마빡을 찔러도 피 한 방울 나오지 않는 사람인 게여."

마을 사람들은 틀림없이 옥이 아버지는 한밑천 톡톡하게 챙겨두었을 것이라 여겼다. 그럼에도 불구하고 마을 사람들은 그의 성품이 워낙 단정하고 깔끔한 편이어서 감히 그에게서 술대접 받을 엄두를 내지 않았다. 마을 사람들은 옥이 아버지를 존경했으며 어려워했다. 그러한 옥이네 집에 비해 우리집은 매우 상대적이었다. 옥이 아버지가 마을 사람들의 추앙을 받고 지내던 반면에 나의 아버지는 탕자와 같은 존재로 인정받았다. 나의 할머니의 말을 인용하면 '네 애비 주위에는 사람들이 구름떼같이 모여도 사람 같은 놈 하나도 없느니라, 거 두섭이, 봉안이, 칠세이 같은 놈들 모두 다 네 애비 곁에 거머리처럼 달라붙어 돈을 빨아먹는 것 투성이란 말이다. 어찌 친구를 사귀어도 하나같이 사람 된 놈을 가까이 하지 못하는지, 그나저나 그리해도 주위에 아무도 없는 것보다 낫느니라. 네 애비 술 취해 인사불성 돼서 길거리에 쓰러진들 어느 형제가 있어 업어 들이겠느냐. 그래도 제 놈들이 물긋장이 나도록 빨아먹었으니 설마한들 화급한 때 안 돌보겠느냐. 그저 명줄 하나만이라도 길라고 일러라.' 할머니의 푸념은 맥을 잃고 혼자서 주문처럼 외웠다.

내 친구 옥이가 갓 스무 살에 평택에 모 초등학교 교사에게 시집을 갔다. 난리 후라 옥이네 집도 가세가 어렵기는 마찬가지였다. 그전처럼 멧갓을 벌취해서 재목이나 장작더미를 팔아 돈 사는 세상도 아니었다. 이미 도시에는 땔나무의 소용이 닿지 않았다. 연탄으로 땔감이 대치되었으니 멧갓은 수입원이 될 수 없었다. 산은 한낱 농가의 자급자족의 일면을 충족시켜주는 수단에 불과했다. 산의 소출은 미미했다. 기껏해야 땔나무를 긁어서 때고 가을 한철 밤나무를 털어서 가용에 보태 쓰는 것이 고작이었다. 그렇다고 과실이 해마다 돈 살 만큼 풍년을 안겨주는 것도 아니었다. 과실나무는 천연 그대로 세워두고 수확만 했으므로 해걸름으로 한해 밤이 잘 달리면 그다음 해에는 열리지 않았다. 과일이 풍년 드는 해에는 온 식구들이 옷을 안안팎으로 새로 장만해서 그다음 다음 해에까지 아껴서 입곤 했다.

옥이가 시집가던 그해 가을은 과일이 흉년 들었다. 옥이네 집 앞뒤뜰에 즐비하게 늘어선 감나무도 열매가 듬성듬성 달렸다. 옥이의 잔칫날은 가을걷이가 끝난 음력 시월 상달에 치러졌다. 늦은 가을에 잔칫날을 잡은 가장 큰 이유 중의 하나가 혼례비 마련이 여의치 못했기 때문이었다. 옥이가 열 살 되기 이전부터 그 애 할머니가 박물장수를 집에 들잠을 재우면서 혼수품을 유념해 두었다고 해도 치마저고리 껍데기 몇 감과 자잘구레한 살림살이에 불과했다.

정작 목돈이 들어갈 장롱이며 큰 살림살이를 장만하자면 한해 농사를 몽땅 털어 넣어야 할 처지였다. 이불솜은 애저녁에 자작해서 목화솜을 마련해 두었다 치더라도 농이며 신랑 관례벗김이며 수월치 않게 들어가는 비용을 농가에서 감당하기란 힘에 버거웠다.

소는 농가의 보배였다. 황소 한 필만 외양간에 매어 먹이면 반농사는 지어놓은 폭이 됐다. 소 한 필과 센일꾼 한 사람이면 보통 일꾼 열 몫은 감당했다. 황소는 논밭을 갈아주고 수레를 끌어 곡식단을 운반하는 일을 도맡아 했다. 일꾼과 황소가 손발이 잘 맞으면 고된 농사일도 한결 수월했다. 이러한 보배를 내다 팔기로 작정한 데는 대단한 결단이 필요했다. 그럼에도 불구하고 옥이 할아버지는 그 애 아버지에게 엄명했다.

"딸자식이 과년하면 혼사를 치러줌이 인륜지대사이어늘 이제 시절이 각박해졌으니 일꾼 없이 쇠먹이기도 힘에 버겁구나, 내년 농사일 걱정말구 소를 내다 팔아 혼사를 치루거라."

다음날 두 부자는 황소를 앞세우고 수원 쇠시장으로 갔다.

옥이네 집 외양간이 비게 되자 마을 사람들은 수근대기 시작했다.

"정 주사댁 돈이 그렇게 궁해졌는감, 어지간해서 그댁 노인장께서 소를 팔아 손녀딸 시집보낼 생각을 했을거여."

"그럼, 그럼. 그런데 말유, 옛말에 있지 않았는감, 소 팔아 시집가면 못 산다는 말 말유."

"엑기, 이 사람아, 싱거운 소리 작작 좀 하게. 요즈음 세상에 고래적 케케묵은 소릴 그만들 하게나. 소 판 돈에 쇠털이 묻어다닌답니까."

"아니여, 허튼소리가 아니구먼요, 사돈집하고 털가진 즘생 오고 가고 앓는다는 말은 거짓으로 꾸며대는 말이 아니여, 내 이 두 눈으로 똑똑히 보고 이 귀로 들어서 안다니께."

"뭣을 듣봤단 말인가."

마을에서 그중 말발이 센 최 서방이 박 서방을 보고 종주먹을 댔다.

"아따 이 사람아. 성질도 고약하기도 하이. 거 왜 송 서방네 말유, 그 집 큰딸이 억척스러워서 산나물 뜯어 팔아 모은 돈으로 송아지 사매놨지 않았겠수. 그 집 딸이 시집갈 때 제가 사멕인 송아지라구. 중 소를 팔아서 시집간 일 벌써 잊었구먼. 송 서방 딸 지금 친정살이 하면서 배운 게 도둑질이라구 오늘도 바랑지고 청계산으로 나물 뜯으러 나서는 것 내 눈으로 봤수다."

"얼쑤, 모를 일이구료, 남의 일에 감 놔라 배 놔라 할 게 아니구먼, 그나저나 그 정 주사 선거운동해주구 돈 먹었다는 소문은 맬짱 헛소문이었구료. 돈 먹었으면 소 팔아 딸 시집보내겠수."

마을 사람들은 이렇게 하기 좋은 소리로 남의 집 잔칫날을 놓고 여러 말을 했다.

나의 할머니도 나의 동갑내기 친구 옥이의 결혼식 날이 잡히자 걱정반 탄식반의 소리를 했다.

"내 소싯적 살림살제는 아들딸 칠 남매 낳아 길러 공부시키고 남혼여가 자식 여윌 때 빗진 적 없느니라. 사람이 이 세상에 태어나서 배필을 만나 자식을 낳아 질러 짝을 채워주는 일은 부모가 할 사람 노릇인데 느는 공부는 많이 했다만 나이는 차가는데 심히 보기 딱하구나."

나는 거두절미 할머니의 말을 막았다.

"할머니는 무슨 그런 소릴 다 하우. 그런 법은 다 이전의 풍속이고 지금은 시집을 안 가고 처녀로 늙는 사람이 얼마나 있다구요. 노처녀로 늙는 사람들은 다들 사회에서 훌륭한 일을 하느라 시집가서 애낳아 기를 시간이 없는 거라우."

"모르는 소리 말거라. 그저 답답하고 황망할 뿐이로구나. 어느 부모가 서둘러 너 예 갖추어 시집보내기는 요원한 일이니 네 자작으로 어지간한 놈 나서거든 주저 말고 시집가거라. 예로부터 전해오는 말이 있느니라. 시집갈 때 바리바리 싸가지고 온 사람은 못 살아도 빈 몸으로 빗접 허리춤에 감추고 시집온 사람은 잘 살더라고 했다. 너는 배운 게 훌륭한데 황산벌에 내놔도 끄떡 없이 잘 살겠느니라."

할머니의 훈계는 처절했다.

나는 결혼에 관하여 깊이 생각한 바 없었다. 결혼이란 나에게 낭창한 환상이었다. 나에게 도래할 결혼생활이란 그저 막연한 기다림이었다. 내가 살아갈 집, 곧 나의 집을 꿈꾸고는 있었다. 나의 집에 관한 영상은 서양영화에서 주인공들이 누리는 화려함을 배제할 수 없었다. 나의 집은 저택은 아니더라도 정원이 있는 아담한 양옥이었다. 4월에도 포도를 먹을 수 있을 만큼 부유하지는 못해도 최소한의 문화생활을 누릴 수 있는 공간을 꿈꾸고 있었다. 담장 너머로 덩굴장미가 피 토하듯 붉은 꽃송이를 쏟아놓는 아름다운 집, 라일락 나무가 초록색 지붕을 가리우고 4월의 훈풍이 보랏빛의 향기를 뜰 안 가득하게 뿜어내고 있을 때, 응접실에서는 어린 꼬마가 피아노로 '꿈의 언덕'을 연습곡으로 치면 그때 담장 밑을 거닐던 행인이 부러운 듯 담장을 넘겨다볼 거라는 환상의 집. 나는 이와 같은 나의 집에 관한 그림만을 간직했을 뿐 꿈을 어떻게 이뤄낼 것이라는 과정은 전혀 생각해보지도 않고 있었다. 그저 막연한 나의 이와 같은 꿈은 나를 찾아오는 것이지 내가 결코 이루려고 노력해야 한다는 생각은 안중에 없었다. 막연한 기대감은 그저 적막하고 허망한 기다림만 남아 있었다. 현실은 현실이었다. 나의 이웃 나의 소꿉친구 옥이가 소를 팔아 혼수를 장만해서 시집을 간다고 했을 때 나는 서글펐다. 그때 이미 우리집에는 외양간은 물론 비어 있었다. 아버지는 새로운 계모를 맞아 도시로 나가 따로 살고 있었다. 아버지는 일 년에 두세 번씩 전답을 팔아갔으며 이제는 집안에 서 있는 향나무와 묵은 은행나무까지도 없애는 처지였다.

나에게 아는 것은 아무런 힘이 되지 못했다. 살아날 길은 튼실한 노동력이나 일자리가 아니면 이 허물어져가는 농가를 일으켜 세워줄 후견인이었다.

어느 늦은 봄날 허름한 나무장수가 우리집을 찾아왔다.

낯선 남자 서너 명이 일각문 밖에서 집안을 넘보고 있었다. 할머니가 엊저녁 꿈자리가 뒤숭숭하더니 금시 꿈땜을 하는 것이라고 두 주먹을 불끈 쥐었다.

"내 어젯밤 꿈에 네 할애비를 보았다. 생시에도 눈살을 펴는 꼴을 못 보았는데 꿈속에서도 여전하더라니. 양미간을 잔뜩 웅크리고 에잇 고얀 것들을 소리치면서 안방 문을 썩 열더라니, 아이구 저 늙은이가 웬일이냐고 하고 깜짝 놀라 잠을 깨어보았더니 꿈이더구나. 아무래도 또 심상치 않은 일이 생길 거라고 염려했더니 아침부터 웬 낯선객이 들이닥치는지."

마침 일요일이라서 나는 학교에 출근하지 않았다. 세 명의 농구화 차림의 남자들은 집 언저리를 빙빙 돌았다. 이상하다. 분명한 용무가 있어서 찾아왔음직한데 그들은 선뜻 찾아온 용건을 말하지 않았다. 이때 둘째 동생 숙이가 일각문으로 숨을 헐떡거리며 들어섰다. 그리고 그 애는 까무라치는 소리로 말했다.

"할머니 큰일 났어요. 밖에 찾아온 사람들이 우리집을 사려고 둘러보고 있어요. 아버지가 우리가 살고 있는 집을 팔려고 사람을 보냈대요."

"방정맞은 소리 작작하거라 사위스럽다. 설마한들 네 애비가 제아무리 눈이 뒤집혔을 갑시라도 팔십 노모가 어린 손주들하고 기거하는 집을 팔리는 없다. 물론 그래서도 안 되느니라."

할머니가 두 주먹을 쥐고 밖으로 쫓아 나갔다. 그리고 그 남정네들에게 물었다.

"웬일루 찾아들 오신 게요. 용무가 있으면 속히 아뢸일이지 괜스리 남의 집안을 무슨 쪼간으로 기웃거리는 게요."

"아, 마님 안녕합쇼. 송구스럽습니다요. 다름이 아니오라 댁의 자제분께서 향나무를 팔겠다구 했습죠. 어떤 건가 둘러보던 참이었습니다."

"아니, 나무라니 웬 향나무란 말이요."

할머니가 다그쳤다. 그들은 잠시 우물쭈물 했다. 한 사람이 머리를 긁적거리면서 말했다.

"마님, 집안에 서 있는 저 측백나무 두 그루 비싼 값을 드릴 테니 파실 의향이 없으십니까."

"아니 측백나무라니 바로 저 바위 앞에 서 있는 저놈을 팔라는 말이요."

"황송하오나 그렇습니다. 마님, 제가 뭣 좀 볼 줄 아는 지관이옵니다. 헌데 제가 잠시 이 댁을 둘러보니까 집터가 좀 잘못 앉았습니다. 그런데 그보다 더한 화근덩어리가 있사온데 그게 바로 저기 있는 저 바위란 말입니다."

"무슨 쓰잘데없는 소릴 하오. 내 스무 살에 이 고장에 처음와서 집터를 잡았을 때 저 바위를 첫눈에 귀물로 여겼습니다. 집터가 잘못 앉다니 모르는 소리요. 난리 중에도 총알 한 방 안 떨어지고 고스란히 내 목숨 보존해준 집인데 무슨 소리를 하는 게요. 내 중공군하구 한 달 열흘을 한솥밥을 먹고 목숨 부지했수다. 이국 백성 짱꼴라들도 늙은이라고 가엾이 여겨 저희들 밥풀 때 내 밥도 꼬박꼬박 챙겼다오. 그런데 하물며 이 밝은 천지 평화시대에 산전수전 다 겪고 버텨온 이 집터가 좋으네 그르네 하지 마소. 그리고 저 바위로 말할 것 같으면."

할머니의 사단은 구슬처럼 꿰어져서 청산유수로 그칠 줄 몰랐다.

"저 바위로 말할 것 같으면, 내 스무 살 한창 나이에 이 고장에 처음 와서 보니 무쟁봉 산자락 밑에 오막살이 삼간이 한 채 있었는데 저 바위가 삽작 밖에 있습디다. 내 담박 복바위라 마음먹고 떡시루쪄놓고 고사를 지냈지요. 그리고 나서 배다리께 헌 기와집 한 채를 사다 이곳에 개축하고 저 바위를 집안에 들여놨소이다. 그 후 봄 가을로 고사를 지낼 때, 첫박새 떡시루째 저 바위 앞에 수시로 상바쳐 드리군 했다우, 그뿐인줄 아슈. 무슨 작물이든지 첫 소출은 저 바위를 성주 삼아 섬기군 했는데 내 살림이 한창 불같이 일어날 때는 사람들이 해마다 저 바위가 자란다고 했습네다."

"헛 참, 그런데 저 측백나무는 어이된 것입니갑쇼."

그들은 흥미있게 할머니 말을 경청했다.

"집을 다 짓고 난 그해 가을, 첫 번째 농사를 지어 저 바위 앞에 고사떡 시루를 받쳤다우. 정한수 한 그릇 사기대접에 정갈하게 떠서 시루 위에 얹고서 말이유. 그리고 나서 터를 잡아 울타리를 쳤는데 내가 저 바위가 욕심나서 울 안으로 들이고 돌각담을 쌓으라 일렀다우. 보시구료, 저쪽 뒷 사랑채 뒤란에 있는 바위들도 모조리 주둥이를 집안으로 둘러대고 있질 않소. 그 이듬해 봄이었다우, 내 경성 갔다 돌아오는 길에 동직이 머리에 있는 묘목시장에 들러 향나무 묘목 열 그루를 사다가 심겄는데 나무도 생각이 있어 자기 소임을 잘 알구 자란다우. 지금 저 일각문 밖에는 체면을 가리게 여덟 그루를 촘촘하게 심그고, 집안에 바위 앞에 쌍으로 심었더니, 집안에 것 두 그루는 높이 치솟고 일각문께것은 체면에 알맞게 앙바툼하게 크질 않았겠수. 그러니까 저 향나무로 말할 것 같으면 그 수령이 50년이 가깝소이다."

할머니는 바위와 향나무의 내력을 일사천리로 술회했다.

"아 그렇겠군요. 오십 년이라. 하, 나무도 반백년이면 저만큼 자라. 그러니까 우리가 고개를 활짝 뒤로 젖혀야 상상봉을 볼 수 있게끔 큽니다요."

나무장수 중 한 사람이 향나무 밑에서 서너 간 물러선 자리에서 고개를 뒤로 젖혀 나무를 바라보았다. 두 그루의 향나무는 미끈하게 잘 자랐다. 측백나무는 여러모로 유익한 수종이다. 특별히 키 큰 측백나무는 상혈과 하혈의 특효약이라서 인동 사람들이 약재로 얻어갔다. 나뭇가지가 위로 치켜붙은 잎을 꺾어다 달여서 먹으면

각혈이 멈추고 나뭇가지가 아래로 처진 것을 달여 먹으면 하혈이 멈춘다고들 알고 있었다. 언제부터인가 꽃나무장수가 부쩍 기승을 부리고 농 가 뒤란에 있는 꽃나무와 화초를 넘보기 시작했다. 농가에는 집집마다 나름대로 뒤뜰이나 장독대 옆, 우물가 마당 끝에 꽃밭을 일구고 꽃나무를 심어 꽃을 보았다. 대문과 마주한 안채에 체면을 가리느라고 향나무 한 그루는 으레 심었고, 목단과 작약, 많으면 수국과 홍매화도 두었다. 옥이네 집은 작은 사랑 앞에 상당히 넓은 화초밭을 꾸며놓았다. 돌을 두 자 높이로 쌓아 올려 대를 돋아놓고 사철나무를 비롯해서 다른 집에는 없는 월계수와 장미나무도 가꿨다. 일 년 열두 달 섣달에도 핀다는 월계꽃은 꽃잎이 수북한 연분홍꽃이 볼만했다. 진달래꽃의 홑꽃잎만 봐오던 어렸을 때 나는 월계꽃의 꽃잎이 살짝 뒤집혀 피어있는 게 신기할 뿐이었다. 그러나 꽃나무장수는 옥이네 집 월계수보다는 우리집 큰 사랑 앞에 있는 백목련나무를 더 탐냈다. 큰 사랑채 앞뜰에 서 있는 백목련은 해방되던 해 봄에 아버지가 수원의 농촌진흥청에서 사다 심은 두 그루의 회초리만한 묘목이었었다. 처음 묘목을 사 왔을 때는 보잘것없었다. 그러던 것이 해를 거듭할수록 왕성하게 자라서 제법 나무꼴이 배길만 했을 때였다. 일꾼이 잠시 쟁기질을 쉬려고 소를 하필 목련나무 밑동에 매었던 것이 실수였다. 실하지만 연한 백목련 밑동은 황소의 뜸베질에 못견뎌서 그만 결단이 나고 말았다. 나중에 그 사실을 안 아버지는 일꾼을 심하게 나무랬다. 두 그루 중 한 그루만이 겨우 살아남았다. 백목련은 좀 더 넉넉한 자리를 차지하고 나자 해를 거듭할수록 왕성하게 자라면서 해마다 꽃송아리가 더해 갔다. 나뭇가지가 한 칸 넓이만큼 벌어지자 목련은 수백

송아리의 꽃망울을 초봄에 일제히 터뜨렸다. 하얀 외씨버선 모양 꽃이 만발하면 꽃보기도 장관이려니와 또한 그 꽃향기가 그윽하기 그지없었다. 여늬 꽃들은 미처 꽃망울조차 터뜨릴 기미를 보이지 않았을 때 흰 목화송이 같은 목련꽃 구름은 향기 또한 가관이었다. 목련 향기는 멀리 떨어져 있는 아랫동네에까지 퍼져서 처음에는 사람들이 그 향기가 어디서부터 연유된 것인지 미처 깨닫지 못했다. 아랫마을 사람들은 머리를 갸웃거렸다. 이상한 일이로구나. 난리 끝인데 어디서 풍기는 향기일까. 아랫마을 사람들은 저마다 콧구멍을 벌름거리면서 향내의 향방을 찾아 상스러움을 예감했다.

"필시 전에 없던 향내가 풍겨오는 것은 좋은 일이 있을 징조야. 무지개가 뜨려면 아직도 멀었는데 이 이른 봄에 선녀가 무얼 타고 하늘에서 하강했을까."

마을 사람들은 저마다 이 상스러운 향내를 맡으면서 금년에는 풍년이 들 전조라느니 마을에 큰 경사가 있을 것 같다느니 희망에 부풀었다. 아닌 게 아니라 목련꽃이 흐드러지게 핀 그해에는 농사가 풍년이 들었다. 마을 사람들은 한참 후에 그 향기의 향방을 찾아냈다. 그리하여 마을 사람들은 저마다 백목련을 탐내게 되었으며 어떻게 해서든지 꽃나무를 얻어가려고 애썼다. 그러나 백목련은 가지찍기로는 파종할 수 없는 수종이었다. 결국 백목련에 관한 소문은 나무장수들의 귀에 들어가게 되었고 춘궁기에 백목련나무는 쌀한 가마 값에 팔려 서울의 유명한 호텔 앞마당으로 자리를 옮겨가게 됐다. 그때부터 꽃나무 장수가 농가에 부쩍 자주 들락거렸다. 해묵은 목단을 캐어 가고 나무장수들의 극성은 시골집 구석구석에 박혀있는 옥잠화며 백합을 뿌리째 캐어갔다.

"임금님 망건 사러 가는 돈도 집어 쓰는 네 애비가 이젠 뜰 안에 서있는 나무까지 손을 대는구나."

할머니는 탄식했다.

"그런데 댁들은 대관절 남의 집 울 안에 서 있는 측백나무를 사다 무엇에 쓰려구 하우. 향나무로 전봇대를 세울 것도 아니겠고 어디 그 용도부터 알아봅시다."

할머니는 노인답지 않게 나무장수에게 닦달을 했다.

"예. 그저 저희들은 이 댁 주인장께서 가서 보고 오라고 해서 왔습니다만!"

나무장수 중 한 사내가 하던 말을 멈추었다.

"어서 말해보오."

할머니가 다그쳤다.

"다름이 아니오라 서울에 큰 부자가 나서 새 집을 엄청 잘 짓고 있는뎁쇼. 그 집 안방에 상기둥을 세우려고 향나무를 물색 중입니다요. 거 일본 사람들의 잘 지어진 집에는 으레껏 안방에 향나무 기둥을 세워두고 사시장철 향기가 방안에 그윽하게 풍기도록 한다고 했습니다요."

"그래요. 여보시오. 젊은 양반들. 정말 주인은 내요. 이 나무는 내 손으로 심거서 나와 함께 반백년이 되었수다. 그러니 일언지폐지하고 나무를 베어가려거든 내게도 쌀 한 가마 값을 떨어뜨려놓고 가는 게 인지상정이 아니겠소."

할머니가 단호하게 말했다.

"그거야 여부가 있겠습니까요. 그런데 말입니다. 마님. 제가 좀 전에 말씀드렸지 않습니까. 제가 뭣 좀 볼 줄 아는 지관이라고 했습죠. 이 댁 대주의 풍파는 바로 저 나무에서 연유된 것입니다. 마님 생각해 보십시오. 저 바위로 말할 것 같으면……"

나무장수가 바위의 푸른 이끼를 더듬으면서 큰소리로 말했다.

"저 바위로 말할 것 같으면 저 바위는 형상이 배입니다. 배가 갈려면은 물론 물이 있어야 겠지요. 본래는 집안에 바위를 들이는 집이 흔하지 않습니다. 그런데……"

"여보시오. 저 검정 바위는 내가 일부러 집안에 들여놓은 게 아니라 본시부터 그러니까 내가 이사 오기 전부터 저 자리에 있었던 게요."

"글쎄나 말입니다. 마님 배는 물 위에 떠서가야 제격이 아닙니까."

"그래서요."

"저 배바위 앞에 서 있는 두 그루의 측백나무는 배 위의 돛배 형상입니다."

"그래서요."

"그러니 저 돛대 구실을 하는 측백나무가 저렇게 높이 솟아있으니 바람인들 얼마나 거세게 맞겠습니까. 그래서 이 집의 대주가 풍파를 못 면하게 되는 것이고 또한 물 없는 육지에 떠있는 배가 돛대만 높았지 어떻게 항진할 수 있겠습니까. 그러니까 저 바위는 물 없는 육지에서 좌초당한 배라는 말씀을 드리고 싶습니다요."

"……"

할머니는 아무런 대꾸도 않고 입술을 부들부들 떨었다.

"그리고 또 저 바위로 말할 것 같으면 뱃머리가 일각문 쪽을 향하고 있습니다. 그러니 대주가 집 밖으로 나돌게 되고 재물이 수시로 빠져나갈 수밖에 없습니다."

"그러면 돛대를 잘라버리면 대주가 좀 마음을 잡겠습니까."

할머니는 경련을 멈추고 어느새 나무장수 말에 솔깃해져서 반문했다.

"방법이 있다면 저 배바위의 앞뒤를 바꾸어서 돌려놨으면 좋을 것 같기도 합니다만."

"예끼 이 양반아 무슨 수로 저 집채만 한 바위를 돌려놓는단 말이오. 그저 지나가는 말로 흘려들었으니 향나무 값이나 제대로 치루시오."

할머니는 더 이상 말대꾸를 하지 않고 자리를 피했다. 그리고 혼잣말로 중얼거렸다.

"하긴 저 측백나무가 지붕을 넘지 않았을 때가 한창때이었으리라."

8

집안이 장마 속에 토담 무너지듯 스물스물 허물어져 가는 속에서 몸을 지탱하는 것도 매우 곤욕스러웠다. 농가에서는 오로지 부지런한 일손이 더더욱 요긴한 때였다.

옥이네 집 역시 소를 없앤 후부터 집안이 차츰 기울었다. 옥이 할아버지가 살림살이를 쥐고 흔들었을 때에는 머슴도 두고 농사를 지어 어렵잖게 지낼 수 있었다. 옥이 할아버지는 결코 양식에 손을 대지 않았다. 가을에 타작해서 볏섬을 묶어서 광 속에 들뜨리고 나서 일꾼 사경을 갚고 나면 예외 없이 광문 열쇠를 허리춤에 굳게 차고 지냈다. 양식이 떨어질만 하면 광문을 열고 볏섬을 마차에 싣고 개울 건너 한잿골 정미소로 가서 도정을 해 왔다. 노인이 일꾼을 시켜 손수 쌀가마를 대청에 있는 뒤주에 쏟아부어주면서 두 달 양식이다. 석 달 양식이니 많이 정해주었으므로 손이 자주 들르거나 방학이 껴서 딸네 집 식구라도 한동안 묵어가게 되면 영락 없이 양식을 정해준 날짜까지 대먹지 못했다. 그때만도 노인의 호통은 무서웠다. 사람 사는 집에 어찌 손님이 아니들고 양식만 있다고 살 수 있겠는가. 사소한 일용잡화며 가용쓸 일이 허다헐진데 돈 구경은 오로지 과일나무에 목매다는 도리밖에 없었다. 그러므로 노인의 재산늘리기 방법은 오로지 소에 두었다. 노인은 어떠한 일이 있어도 결코 외양간을 비워두지 않았다. 농사철이 끝난 오뉴월이 되면 들일을 마치고 소를 내다 팔았다. 그래서 얼마간의 돈을 떨어뜨리고 먼저 것보다 작고 못한 놈으로 사다 긴긴 겨울 동안 정성을 들여 소를 먹였다. 비루먹은 소라도 긴긴 겨울 동안 놀고 잘 먹기만 하면 이내 쇠털이 반지르르하게 윤기가 돌면서 소 볼기짝에 제법 투덕투덕 살이 오른다. 그리하여 이듬해 봄철이 들이닥치면 부리기에 별로 힘 안 드는 황소로 자랐다. 한철 부리고 나서 또 내다 팔아 돈 좀 떨구고 다시 전만 못한 소를 사들이고. 이렇게 해를 거듭하면서 떼놓은 돈은 제법 뭉칫돈으로 불어나서 대사를 치러도 빚지는 일 없이 돈가뭄이 들지 않았다.

옥이네 집 머슴은 해마다 센 일이 서투른 황소를 길들이는데 애를 먹었다. 이상스럽게 옥이네 집 황소는 사납고 사람을 잘 받았다. 마을 사람들은 옥이네 소를 품내다가 부려먹긴 했어도 매우 힘들었고 곤혹스럽기까지 했다. 마을 사람들은 옥이네 집 황소가 사나운 까닭은 다름아닌 그 집 외양간 터가 드세기 때문이라고 내놓고 말했다. 한번은 그 애네 집 황소가 나이 많은 머슴 유 서방을 들이받아 갈비뼈가 부러진 적도 있었다. 유 서방은 무논에서 써레질을 하다가 소한테 받혔으므로 한창 농사철이었음에도 불구하고 치자떡을 갈비뼈에 붙이고 골방 속에서 누워지냈다. 마을 사람들은 일손이 달리는 것도 물론이려니와 쟁기질을 할 줄 아는 센 일꾼도 달렸으므로 누구든지 옥이네 황소를 달래 일을 부려먹으려고 무진 애를 썼다.

그해에 옥이네 집 황소는 좀 유별났다. 멀쩡하게 쟁기를 메고 논밭을 갈다가도 한번 멈춰섰다 하면 요지부동이었다. 소를 부리던 일꾼이 고삐를 낚아채도 막무가내로 말뚝처럼 버텼다.

"이 우라질 년의 소가 무엇 때문에 이 고집을 부리는거지. 이렷, 이렷!"

"헛참! 어뎌 어뎌 쯧쯧!"

일꾼이 화가 나서 혀를 차면서 고삐로 쇠등짝을 후려쳤다. 그러나 황소는 두 눈을 껌벅거리면서 부리망을 채운 채 색임질만을 하고 부지하세월로 서 있었다. 일꾼은 하는 수 없이 하던 일을 그만두고 멍에를 쇠잔등에서 벗겨버리고 소를 논두렁 위로 내몰았다.

"헛 참! 별년의 소도 다 보겠군!"

"허, 이 사람아. 자네 말조심하게나. 별년의 소라니, 그 욕이 누구한테 돌아간다는 것쯤은 알고나 하는 소리인가."

"이놈의 소에게 하는 욕이지 뭔가."

"놈의 소라니. 쇠 임자를 왜 들먹이나?"

"허 그렇다든가? 그럼 내 정정함세. 황소고집이라더니 꺾어볼 도리가 없군."

마을 사람들은 일터에서 저마다 한마디씩 했다.

황소고집은 대단했다.

결국 쟁기를 무논에 꽂아놓고 황소는 빈 몸으로 어슬렁 어슬렁 움직였다. 황소는 개울 벌판에 매어졌다. 일꾼들이 동네 암소라도 끌어다가 하다만 쟁기질을 해야 쓰겠다고 우겼다. 모퉁이 송씨네 두엄자리에 매어 둔 어린 암소를 끌어다가 대신 멍에를 지웠다. 송씨네 집 암소는 처음해보는 쟁기질이었음에도 불구하고 유순하게 일을 배웠으며 곰실곰실 쟁기질을 곧잘 했다.

"허, 걱정할 것 없게 되었네. 임자네 암소도 꽤 부릴만 하이. 다음번 품앗이 때 우리집 원순네 논 애벌갈이 맞춰 놓겠네."

쟁기머리를 거머쥐고 일하던 이 서방이 말했다.

"근데 말유, 황소고집이라더니 소도 꾀를 부리니 내 처음 당하는 일일세. 그거 혹시 말유 그 집 외양간이 덧난게 아닌감."

"엑끼, 이 사람아. 덧나긴 뭣이 덧난단 말인가. 이번 정 주사네 소 사러 갈 때 양지 편 잠방이 녀석이 따라갔다더니 소를 잘못 보고 고른거야. 그나저나 유 서방 목숨 부지한 것만두 천만다행인지 아슈. 하! 그놈의 소가 유 서방을 떠받고 내쳐 쫓아가서 그 못생긴 황소뿔로 짓이기려 들었다지 뭔가. 그 적에 사람이 없었으면 큰일 치룰 뻔했다이."

"참, 고약한 일이구먼!"

"아암, 고약하다 말다."

일꾼들의 말수는 소에 관한 것들이었다. 뭐니 뭐니 해도 농가에서 소의 구실은 일꾼 열 몫은 감당했다. 어디 그뿐이었겠는가. 농가에서 황소 한 필만 외양간에 매어두면 더할 나위 없이 뿌듯한 동산의 표증이 됐다. 그럼에도 불구하고 소는 생명을 가진 동산이었으므로 소를 보살피는 일은 대단히 까다로웠다. 때맞추어 쇠죽을 쑤어서 먹여야 했고 외양간에 두엄을 넣어주고 또 오물로 더러워진 두엄을 쳐내야 하고 소를 들이매고 내매는 일 등등. 황소 한 마리를 건사하기 위해선 사람 하나가 꼭 매달릴 수밖에 없었다. 어쩌다 집안에 남정네들이 모두 다 들에 나가고 집이 비었을 때, 황소가 고삐를 풀었다든가 혹은 잊고 외양간에서 소를 내다 매지 않았을 때, 농촌의 아낙들은 심히 당황했다. 특히 아침나절에는 날씨가 좋아 소를 들판에 내다 매어놓았는데 갑자기 소나기 삼 형제라도 내리 퍼붓거나 하면 아낙들은 발을 동동 굴러야 했다. 소도 사람과 매한가지여서 노지에서 비를 흠뻑 맞도록 내버려 두는 일은 대단한 걱정거리였다. 때로는 소 중에서도 영물이 있어 소나기가 퍼부으면 고삐를 끊고 놓여서 제집 외양간을 찾아드는 일도 더러 있었다. 그러나 소가 놓이는 날은 마을이 발칵 뒤집히도록 소란스러웠다. 그 이유는 황소끼리 싸움이 붙거나 아니면 암소와 만나게 되면 영각 소리를 지르면서 사람들이 감히 어찌 손써볼 수 없는 사태가 벌어지고 사람도 상할 수 있으리라고 염려했기 때문이다.

송 서방네 암소는 그런대로 성품이 온순했다. 황소 곁에는 아녀자들이 언감생심 근접할 수 없었다. 황소는 여자의 무색옷을 구분해서 그랬음인지 아녀자가 곁으로 다가서면 그 큰 황소 눈을 껌벅거리면서 뜸베질을 했다. 그리고 말뚝 주위를 빙글빙글 돌면서 돌

격태세를 취하는 것이었다. 그러나 송씨네 암소는 아녀자들이 고삐를 쥐어도 고분고분 잘 따라주었다.

송씨네 암소가 처음 쟁기질을 하던 그날 해걸음이었다. 유 서방은 꼼짝없이 들어앉아 있었다. 동네 일꾼들은 암소 길들이느라고 정신이 팔려 옥이네 황소에 대해서 까맣게 잊고 있었다. 일꾼들이 일손을 마치고 송 서방이 소를 끌고 모퉁이 향나무께를 돌아설 때였다. 원순네 벌판에 내다 매어놓은 옥이네 집 황소를 미처 꺼들일 생각을 잊고 있었던 게 잘못이었다. 옥이네 집 황소는 땅거미가 어둑어둑해지자 어떻게 고삐를 끊었는지 놓이고 말았다. 양지편 쪽에서 사람들이 악을 썼다.

"소가 놓였다구. 어여들 황소를 외양간에 들이매고 대문을 닫아 걸으시오."

"어렵소, 무슨 소리여."

일꾼들이 반문했다.

"소가 놓였다구!"

"앗차, 맞어. 그년의 소 아까 원순네 들판에 내다 매놓지 않았는감."

"이크! 일 났구먼. 그나저나 성미 고약한 그놈의 황소일진댄 큰일 났구먼."

논일을 마치고 귀가하려던 일꾼들이 저마다 한 소리씩 질렀다.

"송 서방, 뭘 우물쭈물하고 있나. 서두르게! 쟁기를 벗어놓고 어여 암소를 납작고개로 몰고 뛰게나. 공연히 황소 눈에 맞닥뜨렸다가 임자네 암소 아직 어린데 작살이 날 걸세."

"서두르게 빨리! 그리고 참 동네 아녀자들은 몽조리 대문을 걸어

잠그구 들어앉아 있으라구 외치게!"

소몰이에 노련한 이 서방이 눈에 핏발을 세우면서 지시했다.

일꾼들은 삽시간에 납작고개 너머로 몸을 피했다. 모퉁이에서 옥이네 집으로 향한 향나무 길을 훤하게 트여 두었다. 그리고 아랫마을 장정들이 몽둥이를 휘두르면서 황소가 곁길로 빠져나가지 못하도록 뒤편에서 몰았다.

날이 저물었다.

유 서방은 꼼짝없이 들어앉았다. 모내기철에 농촌은 산이 온통 밤꽃으로 뒤덮일 때다. 진녹색 밤나무잎 상수리마다 지팡이만큼씩 길쭉한 하얀 밤꽃은 정액 냄새를 풍기면서 밤의 공기를 뒤흔들어 놓았다. 하지가 가까운 때여서 초목들은 하루의 일조량을 마음껏 누리다가 해가 떨어질 때면 어둠은 순식간에 시야를 장막처럼 컴컴하게 가려버린다. 숲속은 태고의 침묵 속으로 침잠해 버리는 그러한 찰라였다. 할머니가 대문 빗장을 굳게 걸어 잠그고 안채로 들어서면서 내동생 숙에게 말했다.

"일각문도 단단히 잠궜겠지."

"그럼은요, 할머니."

"남의 집 소가 내 집 대문 안으로 들어오면 아주 불길한게다."

할머니는 석유 등잔에 불을 더디 달이라면서 재앙이 곧 들이닥칠 것처럼 침통하게 목소리를 떨었다.

"내가 다시 살피고 올게요."

나는 그때 바깥 사정에 관해서 호기심으로 가득찼다. 정말 황소가 고삐를 끄르면 어떻게 되는 일인가 알고 싶었다. 어른들은 말하곤 했다. 황소 고삐가 놓이면 큰일 난다. 뭐니 뭐니 해도 황소끼리 싸움이 붙으면 그건 아무도 못말린다. 그리고 황소가 놓여 암소에게 덤벼드는 날에는…… 나는 기억하고 있었다. 초등학교 때였다. 해방 후 아버지는 한때 소를 두 필씩 먹인 적이 있었다. 암소는 집안 외양간에 들이고 황소는 헛간 옆 두엄자리 옆에 어리가릴 쳐놓고 먹였다. 하루아침에 일어나 보니 밖에 매어놓았던 황소가 돌각담을 헐고 담장 안으로 뛰어들어와서 외양간 앞에 와서 암소와 나란히 누워 새김질을 하고 있었다. 그때 나의 어머니는 외경스럽게 말했다.

"엄니, 아침에 물길러 나가려고 외양간 앞을 지나려니까 글쎄 소 두 필이 나란히 누웠더구문요."

"놔 둬라. 모든 게 다 집터에서 제대로 운용하게 마련이다. 좋은 징조니라."

아닌 게 아니라 그해를 넘기지 않고 암소가 숫송아지 한 마리를 낳았다. 갑자기 소가 세 필씩이나 되자 일꾼 한 사람이 거느리기가 버거워 암소를 내다 팔았다. 아버지는 암소와 송아지를 함께 껴서 팔았는데 그때도 할머니는 경우에 어긋난 처사라고 듣지 않는대서 아버지를 나무랬다.

"네 애비는 흣더워서 탈이야. 왜 어미 따루 송아지 따루 값을 쳐서 받지 않구 껴서 파누. 하나 내버려 두거라. 제 좋을대로 하라구 해라. 그저 몸 성하기만 학수고대한다."

나는 그때 송아지가 어미소를 쫄랑쫄랑 따라다니던 일을 떠올리면서 댓돌을 내려서서 일각문 쪽으로 걸어갔다.

대문 빗장은 단단하게 잠겨있었다. 나는 대문 틈새로 모퉁이 쪽을 바라보았다. 때맞추어 누런 황소가 어둠의 장막 위로 돋움 무늬로 떠올랐다. 누런 황소가 워낭소리를 쩔렁거리면서 옥이네 집 쪽으로 올라오고 있었다. 동네 사람들의 아우성을 뒤에 남긴 채 황소는 네발굽을 가볍게 흔들거리면서 뛰어왔다. 간간히 내지르는 소의 영각 소리는 소름을 끼치게 했다. 나는 안채로 뛰어가서 할머니에게 말했다.

"할머니, 소가 향나무 모퉁이로 올라오고 있어요."

"아암, 그럴게다. 소가 미물 즘승이지만 영물이라서 날이 저물면 제집으로 찾아들 줄 알고 있다."

"그런데 왜 사람들은 난리를 피우는 것이야."

동생 숙이가 공연히 겁을 집어 먹었다는 듯이 볼멘소리로 말했다.

"그러나 알 수 없는 일이다. 만약에 소가 남의 집 외양간에 침입하는 날에는……"

할머니는 만약에 고삐 풀린 소가 우리집 외양간에 드는 날에는 막을 수 없는 재앙을 미리 막아놔야 할 것이라고 못을 박았다.

황소는 순순히 제자리를 찾아서 들어갔다. 옥이 할아버지는 대문을 활짝 열어놓고 큰마당 댓돌 아래 내려서서 황소가 외양간 안으로 들어가도록 유도했다. 황소가 숨을 헐떡거리면서 제집으로 들어가자 노인은 외양간 말장을 가로지르고 쐬기를 굳게 쳐서 소가 밖으로 얼씬도 못하게 가둬버렸다.

이튿날, 날이 밝자 옥이 할아버지는 황소를 잘 다루는 이 서방을 앞세우고 소를 쇠장으로 몰고 갔다.

옥이네 집도 옥이가 출가하기 전후해서 가세가 전만같지 않았다.

옥이 할아버지가 세상을 뜨자 복많다고 자랑하던 옥이 할머니마

저 일 년 안에 또 세상을 버렸다.

세상은 개명해서 이제 의지가지 없는 나이먹은 사람도 남의 집 머슴 따위는 살지 않았다. 일손이 맞는 집들끼리 품앗이를 해가며 농사일을 했다. 그러나 농토가 있어도 농사지을 사람이 없었으므로 옥이네도 안개만 끼어도 논에 몰이 잡힌다는 상답을 도지를 주고 말았다. 처음 몇 해 동안은 일꾼을 품 사서 농사를 지어봤지만 여의치 못했다. 품삯을 주랴 비료값이며 농약값이며 목돈이 쏠쏠하게 들어갔으며 한 푼 벌이 없이 농사에만 매달려 살 수밖에 없는 처지로서는 그도 저도 힘에 버거울 뿐이었다. 더구나 옥이 아버지가 지지하던 정당이 3 · 15 부정선거로 붕괴하고 나니까 옥이 아버지도 바쁜 일이 없어졌다. 옥이 아버지는 밤낚시로 소일했으며 나중에는 소일을 넘어서 낚시광이 되어 백운호수 물가에서 세월을 보냈다.

마을 사람들이 수군거렸다.

화제의 대상은 옥이네 집과 우리집이었다. 왜냐하면 마을에서 머슴을 부린 집은 두 집뿐이었으니까 그랬을 것이다. 두 집의 가장은 동년배였다. 나의 아버지는 옥이 아버지보다 좀 더 일찍 살림을 대물림 받았고 아버지 자신 자작으로 좌지우지한 탕자였다. 그러나 옥이 아버지는 마을에서 존경받을 만한 모범생이었다. 결코 술 취해서 비틀거리는 일이 없었으며 주색잡기에는 물론 근접하지 않았다. 노부모가 돌아가시기 전까지 살림을 모르다가 돌아가신 후에 살림을 물려받았다. 그럼에도 불구하고 허랑방탕하게 낭비하는 일이 없었어도 살림이 현저하게 줄어들었다. 마을 사람들은 말했다. 옥이네 집이 재산이 스물스물 주는 것은 다름이 아니라 옥이 할아버지의 묏자리 탓이라고 했다. 옥이 할아버지 묏자리는 보기에 휑뎅그러니 좋게 보이지만 실은 그 집의 재산이 물동이에 담아놓은 물의 형국이라고 했다. 물동이에 담아놓은 물은 처음에는 찰랑찰랑 가득했다 할지라도 시간이 지나갈수록 동이 속의 물이 주는 것과 같은 이치라고 했다. 옥이네 집도 종국에 가서는 품삯에 몰려 전답을 한 자리씩 팔아넘기게 되었고 결국 도지준 집으로 전답이 넘어가게 되고 옥이 아버지도 몹쓸 병에 걸려 세상을 떠났다.

그 무렵, 무잿봉에 올라가서 백일기도를 드리고 사당을 불살라버리고 종갓집을 폐해버린 옥이 동생 완의 대에 이르러서는 그가 성림구락부 창설자의 공로로 중학교 훈장이 되어 가업을 이었다.

할머니의 복타령은 그 무렵 해서 뜨악했다. 사람이 타고난 복은 한시 한때 한 끼니의 조석에서도 그 유무를 찾아볼 수 있다던 생각은 조금씩 변했다. 사람이 태어날 때 이미 복을 타고 나는 것이라는 생각에는 변함이 없었겠으나 이미 타고난 복이라 할지라도 복이라는 것은 매우 까탈스럽고 사위스러운 것이라서 섣불리 복이 있다 없다 사람이 말할 성질의 것이 아니라고 했다. 또 복이라는 말은 섣불리 입초사에 올려놨다가는 부정을 타서 감하는 것이라고 일축했다. 사람들은 저마다 타고난 복이 있을진데 그 타고난 복을 얼마만큼 잘 간수하고 불리는가에 따라서 운명이 좌우되는 것이라고 굳게 믿고 역설했다.

"타고난 복을 제대로 지니는 것만으로도 큰 다행이거니와 어지간한 사람이 아니고서야 제 타고난 복을 지니기도 어렵거늘 하물며 복을 불리는 사람이 그리 흔치 않은 법이다. 이를테면 말이다, 바람벽에 붙박이로 붙어있는 말코지에 옷을 한량없이 걸어두는 것과 같은 이치이느니라. 말코지는 약한데 옷을 무겁게 걸어놓으면 힘에 부쳐 말코지가 물러나는 것과 같은 말이다."

할머니는 잠시 뜸을 들였다가 다시 복타령을 이어서 말했다.

"이러하니 사람이 결코 입찬 소리를 해서는 못쓰느니라. 복이 있다 없다는 말은 사람이 죽어서 두 손 배 위에 올려놓고 하는 말이다."

할머니의 복타령은 거듭되면서 복 사상을 우리 형제들에게 훈계했다. 할머니의 훈계는 나를 위시해서 내 여동생 숙, 영, 그리고 남동생 석을 두고 제 갈 길을 어여 찾아볼 것이라고 등을 떠다미는 듯 들렸다.

"너희가 어느 때까지 이 썩어가는 서까래 밑에서 굶주리며 살 수는 없는 노릇이다. 나야 이제 죽을 날만을 기다리니 어디를 가서 어떻게 살아볼 마련을 할가보냐. 그러나 너희들은 만장 같은 앞길이 여의하니 내 부모 내 박복을 허물 말고 넓으나 넓은 천지 훌훌 털고 일어서서 살길을 찾아보거라."

할머니는 입술을 떨면서 말했다.

처음에는 야속하고 매몰찬 훈계였다. 그러나 차차 시간이 지나갈수록 희망 없는 생활이 답답하고 짜증스러웠다. 더구나 여동생 숙이 나갔다가 몰고 들어오는 동네 소문은 귀따갑고 얼굴 붉혀지는 소식뿐이었다.

"글쎄 말유, 언니! 송 교장 사모님이 자살하려고 수면제를 먹었다우."

“뭐라구? 그게 무슨 소리니?”

“놀라긴 언니두. 등잔 밑이 어둡다는 말이 꼭 들어맞네. 읍내에 파다하게 소문난 일인데 언니는 여직 몰랐우. 왜 송 교장 아버지가 노망이 난 지 오래됐지 않우. 동네방네 돌아다니면서 며느리가 밥을 굶긴다구 악담을 퍼붓고 댕겨서 송 교장이 노인을 밖으로 못 나오게 문고리를 밖에서 걸어잠궜다지 않우.”

“고약도 해라.”

할머니가 내일처럼 한숨을 쉬면서 말했다.

“글쎄, 사모님이 진지상을 들고 들어가면 달겨들어 며느리의 머리채를 쥐어뜯고 밥상을 엎어버리고 그것도 부족해서 밥주발에 똥을 눠놓는다지 않우.”

“망녕이 들어도 왠 못된 망녕이 들었구나.”

“할머니도 이담에 그러면 어쩐다우, 왜 늙으면 망녕이 드는거지.”

숙이 천연덕스럽게 할머니를 빤하게 올려다보고 거침없이 말했다.

“예끼! 방정맞은 소리 작작하거라. 입성수구성수라고 사람은 말 한마디 한마디도 복된 소리를 해야 쓰느니라. 말이 씨가 된다고 아예 그와 같이 사위스런 말은 차후라도 입밖에 내지 말거라.”

“사람이 말도 못하우.”

숙은 수그러들 기미를 보이지 않았다.

나는 할말을 잃었다.

등잔 밑이 어둡다는 옛말이 그르지 않았다. 언젠가 직원조회가 끝난 후, 통신대 쪽으로 난 유리창문을 내다보다가 우연치 않게 교장선생님 사모님이 국수를 사 들고 오는 것을 목격한 적이 있었다.

"언니, 베랭이 쪽이 본래 말 많은 동네라우. 또 읍내 재생의원 병원 원장님 사모님이 병환이 들었는데 관악산 산신당에 올라가서 굿을 했다는군요. 그러니까 말이 되는 일유. 병원 원장을 남편으로 둔 의사 사모님이 병을 고치려고 굿을 했데니 읍내 사람들이 그래 그 병원을 믿구 찾아갈 마음이 내키겠냐구요."

"뜬소문이겠지."

나는 숙이가 옮기는 소문을 믿지 않았다.

"난 내 이 두 귀로 똑똑히 듣고 와서 고대로 전하는 소리니까 믿거나 말거나 맘대루 하구랴. 나는 교회 목사님이 취직시켜주신댔어요."

"취직이라니 거 듣던 중 반가운 소식이구나."

할머니가 숙의 말이 떨어지자마자 어느새 알아듣고 반색을 했다.

"에구구, 할머니는 그저 돈 버는 이야기라면 두 귀가 번쩍 띄시지. 뭐 언니처럼 공부를 많이 한 것도 아니고 목사님이 공장에 보내주신다고 했어요."

"공장이면 대수냐. 수족 놀려 일하면 행복인게지. 개처럼 벌어서 정승처럼 쓰라는 옛말을 모르더냐."

할머니는 숙을 칭찬했다.

숙이 어깨를 으쓱거리면서 또 말했다.

"돈 벌문 할머니 고기도 사드리고 쌀도 사놓을게요."

나는 아무 말도 하지 않았다.

"물한년 경배도 풀릴 날이 있고 쥐구멍에도 볕들 날이 있다고 했느니라. 금시 발복은 못해도 고생 끝에 낙이 온다고 했으니 참아보자.”

할머니는 나비처럼 날아서 당신의 처소인 건너방으로 들어가더니 문을 안으로 굳게 닫았다.

야릇한 침묵이 집안을 감싸고 있었다.

아무도 말하지 않았다. 동생 숙이도 영이도 여름볕에 그을린 얼굴에서 유난스레 두 눈만이 반짝거렸다. 아무도 어머니가 세상을 떠난 일을 떠올리지 않았다. 아버지가 외지로 나가 있었어도 염려하지 않았다. 우리 형제들은 태어날 때부터 아버지도 어머니도 없이 할머니 밑에 뚝 떨어진 고아들처럼 앞으로 살아갈 일에 대하여 궁리했다. 어떻게 해서든지 남동생 석이 하나만이라도 고등학교를 졸업시켜야 하겠다는 일념으로 뭉쳤다. 영이는 집안에서 살림을 도맡아 했다. 영이는 초등학교를 졸업하고 집에서 놀고 있었다. 영이의 희망은 언젠가 큰언니가 자리를 잡고 돈을 벌게 되면 상급학교에 보내줄 것이라고 굳게 믿고 있었다. 영이는 열네 살밖에 되지 않았지만 꺽실하게 집안일을 잘했다. 아침저녁으로 밥짓고 빨래하고 집안 청소하고 나머지 시간에는 뒷동산에 올라가서 땔나무도 긁어 왔다. 또 짬짬이 마실도 다니면서 동네방네 소문을 몰고 들어왔다.

집안은 궁색한 대로 잘 돌아갔다.

“작은언니! 언제 공장 갈 거유.”

영이가 궁금해서 못 참겠다는 듯이 먼저 침묵을 깨뜨렸다.

“나 다음주 월요일에 목사님하고 함께 가기로 했다. 목사님이 그러셨는데 시설이 썩 좋은 회사라고 하셨어. 털실을 뽑는 모방회사인데 앞으로 너에게도 털 스웨터 떠서 입게 털실도 갖다 줄 수 있다.”

숙이 빼기듯 말했다.

“정말!”

“그렇구 말구.”

“정말 좋겠다.”

영이와 숙이는 희망에 부풀어서 까만 눈을 더욱 반짝거리면서 주거니 받거니 신이 나서 말했다.

그러나 집안에 괴괴하게 흐르는 무거운 공기는 계집애들의 조잘거림 따위에는 흔들리지 않았다. 건너방으로 들어간 할머니는 천귀잠잠 기척이 없었다.

그때도 이맘때였을 것이다.

어머니가 세상을 떠나고 나서 밤마다 찾아드는 적요함으로 떨었던 기억이 문득 되살아 나고 있었다. 나는 한동안 잊고 살았던 그때의 그 무쇠처럼 단단하고 무거운 공기를 감지했다. 뒤꼍 창문을 터놓은 대청마루는 소름이 끼칠 만큼 서늘했다. 뒷동산 잡목 숲을 타고 내려오는 바람은 오뉴월에도 한기가 들 만큼 시원했다. 서늘함과 한때의 적요는 철모를 때의 나에게 울고 싶은 충동을 가끔씩 가져왔다. 뒤꼍 벚나무 가지 위에 부서지는 바람소리는 왜 나에게 두려움을 던져주고 있었는지 그때는 알 수 없었다. 천지가 잠잠하였다가도 갑자기 머리 풀어헤치고 몸을 으스스 떠는 바람소리는 내 유년의 기억 속에 음각된 운명의 손길과도 같은 것이었다.

“이 집터로 말할 것 같으면 예사로운 터가 아니다. 영험한 일은 이 터에서는 쓰잘 것 없는 물건(사람)들은 내쫓았느니라. 생각해보아라.”

나는 할머니가 이런 말을 할 때마다 가슴이 움쭉거렸고 모공이 오그라드는 전율을 느꼈다.

어머니를 장사지내고 산에서 내려오던 날 밤은 정말 무서웠다. 그동안 시끌벅적했던 사람들이 모두 다 뿔뿔이 돌아가고 난 집안은 그야말로 바닷속처럼 괴괴했다. 어머니의 신음소리마저도 삼켜버린 적요는 무겁고 무거웠다. 일찍 날이 어두웠다. 보리타작을 끝내고 초복으로 들어선 날씨는 밤이되자 살찐 녹음만큼이나 가슴을 무겁게 짓눌렀다. 식구들 모두가 일찍 잠자리에 들었다. 며칠 동안 밤을 지새웠음에도 두 눈은 되레 말똥거렸다.

적요 속에 침잠된 밤은 이 세상 사람이 아니거나 집을 이미 떠나간 사람들의 영령들이 한꺼번에 찾아와서 고개를 쳐들고 한 사람씩 나에게 다가오는 느낌이 들었다. 아 그렇지. 내가 처음 맞이한 죽음은 초등학교 3학년 때의 할아버지였다. 할아버지는 키가 크고 얼굴이 길쭉했으며 살색이 희셨다. 할아버지는 오뉴월에도 결코 맨발을 벗지 않으셨다. 할아버지는 선비답게 두 칸 큰 사랑방을 혼자서 차지하고 계셨다. 내 기억 속에 살아있는 할아버지는 항상 혼자였다. 혼자서 큰방을 독차지하고 독상으로 식사하고 혼자서 소일했다. 나의 어머니가 아침, 점심, 저녁 하루 세 때의 진지상을 독상을 차려서 큰 사랑으로 대령했다. 어머니는 농사일 뒷바라지로 정신없는 와중에서 기본으로 하는 상차림이 4상이었다. 할아버지, 할머니, 아버지 그리고 일꾼이 각각 독상을 차지했고, 아이들은 할머니와 아버지 밥상에 둘씩 따라붙었다. 물론 어머니는 언제나 밥상 없이 바닥에서 식사를 했다. 아이들까지도 할아버지와 겸상을 하지 않았다.

혼자서 식사하고 혼자서 잠자고 할아버지의 하루의 일과는 식사하는 일과 화장실 가는 일이 전부였다. 어쩌다 안방에라도 들르는 날에는 할머니의 꾸짖음이 대단했다. 늙은이가 하는 일 없이 공연한 잔소리로 식구들 오장을 건드리는 일이 바람직하지 못하다는 할머니의 지론이었다.

할아버지의 선비생활은 철저하게 고독했다.

혼자서 기거하고 책 읽고 오로지 자연을 벗 삼아 혼자 음영하고 산책했다. 할아버지의 나들이는 고작 일 년에 한 번이었다. 소작인의 타작마당을 둘러보고 그곳에서 마신 농주를 이기지 못해 할아버지는 항상 귀갓길에 바지에 똥을 지렸다. 그런저런 일로 해서 그나마 외출도 해방 후에는 금지되고 말았다.

할아버지의 말 상대는 오로지 나였다.

나는 버릇없이 큰 사랑을 들랑거리면서 문갑 위에 놓인 과일을 넘보고 그것들을 넘실넘실 집어먹곤 했다. 할아버지는 그때마다 호령을 했지만 나는 아무렇지 않게 받아들였다. 내가 큰소리로 떠들거나 흥얼거리면 할아버지는 나를 꾸짖었다.

"고얀 것! 무슨 일로 게걸거리는고, 어서 뚝 그치지 못할까."

"할아버지, 이건 군소리가 아니고 노래예요. 창가요, 창가예요."

나는 할아버지에게 겁 없이 대꾸했다.

"그래도 못 쓰느니라. 어른이 하지 말라면 말아야지. 예끼, 고얀 것!"

그래도 나는 노래를 더 고래고래 소리지르면서 불렀다.

백두산 뻗어 내려 반도 삼천리

무궁화 이 강산에 역사 반만년
대대로 이어 사는 우리 삼천만
복되도다 그의 이름 대한이라네.

할아버지는 더 이상 나의 노래를 막지 않았다.

그 뒤 암소가 송아지를 낳았을 때이다. 그때는 할아버지가 우환 중에 있을 때였다. 할아버지는 사랑방에 누워서 나를 애타게 불렀다.

"큰애야! 송아지 궁둥이에 쇠똥을 닦아줘야 하느니라. 네가 두엄자리에 가서 살펴보구 애비에게 내가 이르더라 하고 시키거라."

"알았어요. 할아버지."

그러나 나는 대답만 했다. 왜 그랬을까. 나는 그때의 무례했음을 생각하게 되면 지금도 부끄럽다. 얼굴이 달아오르고 가슴 복판에서 통증 같은 것이 온몸으로 퍼지는 것 같다. 유년기에 있었던 나의 불찰은 지금 돌이킬 수 없는 아픔으로 잊혀지지 않았다.

할아버지가 세상을 떠나간 후, 큰 사랑은 비워두었다. 뒷동산 위에 세워놓은 수석과 등나무 밑 돌학에 담아놓은 맑은 물이 모두 다 쓰잘데 없는 퇴물이 됐다.

할아버지가 금강산을 다녀와서 모방해 세워놓은 수석은 비바람에 쓰러져 비스듬하게 누워버렸고, 돌학의 물은 이끼가 낀 채로 장구벌레가 헤엄을 쳤다. 어쩌다 일꾼들이 점심 후 등나무 그늘에 앉아서 돌학에다 숫돌을 박아놓고 낫을 갈았다.

할머니가 말했다.

"참, 개발에 주석편자라더니 네 할애비 애완품이 저지경이 되다니 죽은 혼령이라도 살아일어서서 호통을 칠 일이로다."

할머니가 궁시렁거리면서 물을 길어다가 돌학을 말끔하게 부셔놓곤 했다.

"얘 애미야, 이리 오너라."

"절 부르셨어요."

어머니가 큰 사랑 문을 벌컥 여닫는 소리가 들린 것 같다.

"얘 큰애야, 네 애미 어디 갔다더냐. 냉큼 찾아보거라."

할아버지가 나를 또 찾는다.

"엄마요. 사당굴 고추밭에 갔는데요."

"아니다. 난 무잿봉에 누워있다."

나는 환청에 놀라서 벌떡 자리에서 일어났다. 사방은 칠흑같이 어두웠다. 쥐들이 반자위에서 줄달음을 치고 천장 서까래가 부러지는 소리가 났다. 무섭다.

어머니의 죽음은 처절했다.

내 나이 스무 살 때 맞은 어머니의 죽음은 나를 세상 밖 벼랑끝에 세워두었다.

6월의 녹음은 대낮인데도 집안에 검은 그늘을 드리웠다. 어머니가 임종하던 날 아침, 나는 치자빛 양달과 먹물 같은 음지의 구획을 기억한다. 어머니는 이승의 안동포 수의를 입고 그늘진 응달 저 6월의 숲속에 누워 잠자고 있다.

집안 구석구석에서 정령들의 아우성이 떠돌아 다녔다.

"이런 고얀 물건 같으니라구. 집안을 이 지경으로 만들어 놓다니. 그게 다 네 년의 초사다. 이 끌방망이로 머리를 터쳐 죽일 것

아."

할아버지가 바지 고이춤을 왼손으로 붙들고 비척거리면서 대청에 올라서며 탄식한다.

"난 내 명에 죽은 게 아니다. 이 집 내력으로 어쩔 수 없이 팔자 센 사람들 틈바구니에 찡겨서 팔자땜을 해주는 게다. 어쩔거나 어린 자식 쪽박에 밤쥐 담아놓듯 냉겨두고 원통절통해서 난 못 죽는다."

어머니의 비수 같은 절규가 완연하다.

한참 만에 할머니가 건너방에서 대청으로 나왔다. 할머니는 필목을 양손에 쥐고 서서 내 동생 숙이에게 말했다.

"자, 걸쳐보거라. 이 목세루 짜투리로 말할 것 같으면."

할머니는 선체로 검정 필목을 숙이에게 내밀면서 사단을 시작했다.

"이 목세루 짜투리로 말할 것 같으면 네 애비 열여섯 살 때 끊어 뒀던 것이렸다. 네 애비 십 리 길을 걸어서 보통학교에 다닐 때 6년동안 지각 결석 한번 않구 졸업했느니라. 연필 토막 한 자루 들구 서울 제이고보에 철거덕 붙었을 때만 해도 꽤 괜찮았었느니라. 서울 의주통 큰댁에서 청운동까지 곧잘 다니더니만, 어느 날 친구한테 이누 꼬리 잡혀 학교 다니던 것 미고 일본으로 건너가 있던 것 네 큰 애비가 찾아왔지. 집에 와서 하늘만 쳐다보고 있는데 그 때도 네 할애비 어찌나 잔소리가 심했던지, 하루는 네 애비가 큰 괭이를 들고 나가더니 우물등치 앞 채마밭을 퍽퍽 파제껴 가면서 야단법석을 떨었드랬다. 요구인즉 제가 거쳐하는 방으로 벼 열 섬을 쌓아놓으라고 생떼를 썼지 않았으리. 네 할애비 영문도 모르고 물색없이 좋아하더라니. 저 녀석이 농사꾼이 되려고 저토록 땅을 힘차게 파제끼고 있으니 틀림없이 큰 농사꾼이 될 징조라면서 말이다. 나중에 볏섬이 없어졌다고 소란을 피우길래 내 작은 사랑에 갔다 쌓아놓았다고 하니까 성화가 불같았다. 그래도 내 암말 않았다. 나중에 알고 보니 벼 열 섬 방아찧어다가 돈 사더니 서울 간다더라. 그때도 내 여러말 않구 단걸음으로 서울 장안으로 걸어가서 네 애비 입혀 보낼 목세루 두루마기감 떠와서 나머지 짜투리 농지기로 놔뒀던게다. 자아, 보거라. 이만하면 마가웃은 실하게 되겠으며 광이 넓으니 이제 막 유행하는 그 폭 좁은 치마는 넉넉하게 지어 입을 수 있을 게다."

할머니는 검정 목세루 필목을 풀어헤치더니 팔을 늘여 기장을 어림으로 측량했다. 그리고 옥양목 한끝은 적삼 한 감이라면서 또 풀어헤쳐 보였다. 다듬이 발이 빠각빠각하게 올이 선 희다 못해 푸른색이 도는 목면을 눈이 부신 듯 두 눈을 끔쩍거리면서 자랑했다. 필목은 오랫동안 농 밑에서 잠자고 있었던 것이어서 개켜놓은 선이 빳빳하게 살아있었다.

숙이가 눈빛을 반짝거리면서 옷감을 몸에 대보고 좋아했다.

"옆집 옥이 엄마한테 바느질해달라고 졸라야지. 할머니 공장에 가서 돈 많이 벌어 고기 많이 사드릴게요."

"오냐, 오냐. 이 필목은 길한 물건이다. 네 애비가 목세루 두루마기 입고 직업학교에 가서 맴 잡았느니라."

숙이는 옷감을 대강 접어서 끌어안고 금시 발복한 것처럼 일각문을 쪼르르 빠져나갔다.

도시인이 농부가 흘리는 땀의 참의미를 모르듯이 눈물의 빵을 먹어보지 않고 기름밥의 참뜻을 이해할 수 없었다. 눈물의 빵은 시간의 의미를 가르쳐주었다. 도시에서는 해가 뜨고 지고 했을 뿐 계절이 없었다.

9

희야는 먼 산을 응시했다.

희야의 눈은 아직도 사과탄의 독기가 가시지 않아 충혈돼 있었다. 희야는 옷섶의 앞자락을 연신 배배꼬면서 자신의 불만을 곱씹었다. 흰 바탕에 푸른색 가는 줄무늬의 상의는 희야의 손놀림에 시달려 꼬깃꼬깃 구겨졌다. 폴리에스테르 상의는 앞섶이 손때로 꾀죄죄하게 때묻고 풀이 죽어 볼품없게 됐다.

"앤, 왜 애꿎은 옷을 못살게구냐."

어머니가 희야의 손등을 가볍게 두드리면서 꾸짖었다.

"제발 날 그냥 내버려둬!"

"애는 내가 널 내버려 뒀지 잡아먹기라도 하겠다는 줄 아냐."

"아앙…… 지겨워."

"지겹긴 나도 마찬가지다."

희야는 잠시 간극을 두고 짜증을 가라앉히려는 듯이 말이 없었다. 어머니와 희야는 결코 화동할 수 없는 골이 깊이 패여있었다.

어느 한 편도 양보하거나 이해하려 들지 않았다. 어머니와 희야는 서로들 화급한 마음을 진정시키려고 호흡을 깊이 들이마셨다. 희야는 어깨를 힘껏 올렸다가 다시 떨어뜨렸다. 내장에 담겨있던 뜨거운 피가 심장을 거쳐 허파를 휘둘러 전신으로 피돌기를 하느라고 뜨거운 호흡이 콧부리를 욱신거리게 했다. 분출하는 뜨거운 피가 용솟음치듯 그녀의 혈관을 또다시 팽창시키면서 그녀의 귓가에는 아폴로광장의 함성이 쟁쟁했다. 그때의 함성과 결의는 희야를 방금이라도 일으켜 세울 만큼 강렬한 힘으로 그녀를 잡아끌었다.

"신의를 잊어서는 안 돼. 안 돼."

희야는 서클 멤버들의 얼굴 얼굴 하나 하나가 떠오르면서 두 주먹에 힘이 불끈 쥐어졌다.

희야는 용수철이 튕기듯 갑자기 자리를 털고 일어섰다. 그리고 뒤돌아보지 않고 뛰기 시작했다. 책가방을 앞가슴에 끌어안고 마을 어구를 빠져나와서 산업도로 위를 있는 힘을 다해 뛰었다. 이 돌발적인 사태에 놀란 그녀의 어머니도 함께 뛰었다.

"안 된다. 안 돼. 난 너를 지옥까지라도 따라가서 잡아올 테다."

어머니의 메마른 음성이 끈질기게 희야의 뒤를 좇았다.

"네가 남자를 좇아가겠다면 차라리 놓아주겠다. 주제넘게 혁명의 전사라니 안 된다. 안 돼."

쫓고 쫓는 두 사람의 간극은 점점 벌어졌다. 산업도로를 달리는 차들은 사정을 두지 않았다. 차량들은 속력을 있는 대로 다해 달리고 있었으므로 두 사람의 완급은 점점 소진되어갔다. 그때였다. 벌머루 마을회관 느티나무를 지나 산업도로를 거슬러서 거구의 노파가 바구니를 옆에 끼고 맞은편에서 걸어왔다. 노인은 천천히 걸었지만 비틀거리지는 않았다. 치맛자락을 허리띠로 질끈 동여매서 깡뚱치마처럼 치켜 입고 맨발에 검정 고무신을 신고 있었으나 당당했다. 노파는 양지마을에서 소문난 호랑이 할머니였다. 호랑이 할머니는 양팔을 벌리고 희야의 앞을 가로막았다.

그리고 호령했다.

"뭔 짓덜을 하는 거야. 다 큰 어른들이 술래잡기를 대로변에서 하는 것도 아니고 뭔 일이여!"

호랑이 할머니가 장승처럼 버티고 서 있는 사품으로 도저히 빠져나갈 수 없었으므로 희야는 뛰기를 멈추었다.

"뭔 일이여. 해 다 빠졌는데 워딜가겄다구 길을 나서. 아서아서, 다 큰 처녀가 해 다 떨어졌는데 길 나서믄 못쓴다구."

희야가 호랑이 할머니에게 잡혀 멈춰 서 있자 어머니는 희야의 옷소매를 낚아챘다.

"못 간다. 못 가."

"불쌍한 애미 말 거역하믄 못써. 어여 발길을 돌리라구."

호랑이 할머니는 두 모녀를 앞세우고 동구 안으로 들어섰다.

희야는 신경질이 났으나 어쩔 수 없이 발길을 돌릴 수밖에 없었다. 이곳은 도시와는 달랐다. 서울 집에서야 밤새도록 아웅다웅 싸웠지만 별로 남을 의식하지 않아도 괜찮다고 여겼었다. 그러나 이곳에서는 알 수 없는 눈총을 받았다. 동네 사람들의 시선이 알게 모르게 따갑게 감시하고 있다는 느낌이 들었기 때문이다. 아니 그것은 느낌만이 아니라 실제로 누구보다도 희야에게 꽂히는 이웃의 시선을 피할 수 없다는 것을 알만 했다. 희야는 대학에 다니고 있었으므로 마을 사람들은 그녀를 남다르게 보고 있었다.

"이런 못된 것 같으니라구 예전에는 불효한 자식은 동네에서 조리돌림을 했겠지만 시체두 가만 놔두지 않을 것이구먼."

희야가 그녀의 어머니를 힐끔 쳐다봤다. 어머니도 호랑이 할머니를 의식하고 희야의 팔목을 슬그머니 놓아버렸다.

"내 자세한 집안 사정은 잘 모르겠구만, 하나 제일 큰년이 애미 돕지는 못할망정 어린 동생들 부끄럽게 그래서 쓰겠수. 높은 공부는 뭣 때문시 하는데."

호랑이 할머니는 자신의 손녀에게 타이르듯 말하면서 혀를 찼다.

희야는 지금까지 부풀었던 혈관이 갑자기 쭈그러들면서 다리에 힘이 빠졌다. 어깨의 힘도 잦아들어 책가방이 무겁게 느껴졌다.

보라색 노을이 잦아드는 산업도로 위를 걸으면서 희야는 생각했다. 희야는 자신의 의지와는 전혀 상관없는 길을 걷고 있다고 생각했다. 그러면서도 뿌리칠 수 없는 힘에 이끌려서 걷고 있는 자신의 발밑을 내려다보았다. 희야는 눈물이 찔끔 흘렀다. 자동차들의 행렬이 끊이지 않았다. 산업도로는 인덕원 사거리에서 하우고개로 이어졌다. 바로 얼마 전까지만 해도 마차 한 대가 겨우 드나들 수 있었던 신작로가 아스팔트로 포장이 됐다. 차들은 물 흐르듯 하우고개를 평지처럼 넘어서 성남으로 빠져나갔다.

어머니, 희야는 자신의 머릿속에 인화된 지금까지의 어머니상을 떠올렸다. 작은 체구에 별로 아름다울 것도 없는 어머니였다. 그러면서도 때때로 상상을 불허하게 하는 당차고 대책 없이 일을 저지르고 마는 어머니이기도 했다. 희야는 그러한 어머니를 알 수 없었을 뿐더러 이해할 수도 없었다. 지금은 더욱 그러했다.

차량들은 쉬지 않고 그네들의 귓부리에 뜨거운 바람을 끼치면서 달렸다. 마을회관으로 들어서는 사잇길로 접어들자 호랑이 할머니가 발걸음을 멈추었다. 그리고 호랑이 할머니는 칼퀴 같은 손등으로 구부러진 허리를 툭툭 때렸다.

"아이구 힘든다. 이젠 갈 때가 다 돼설랑믄, 예서 좀 쉬었다 가자구."

"희야. 앉자."

어머니가 희야의 팔을 또 잡아당겼다. 희야는 인형처럼 풀섶에 주저앉았다.

"시상은 잠깐인 거라우. 학상 어멈이 학생 같았을 때에는 마을 사람들이 똑바로 쳐다보지도 못했을 만큼 우러러보았다우. 이 촌에서 딸년을 대핵교까지 공부시킨 사람들이 지금꺼정도 없으니까. 그런데 말유. 자라는 호박도 손가락질을 하면 썩어서 떨어진다는 말이 있듯이 그저 옛말 그른 게 하나도 없구려. 학상 엄니가 친정 동네에 들어와서 곁방살이를 할 줄이야 누가 꿈인들 꿨겠수. 소핵교만 나왔어도 대처에 나가서 다들 빼기고 잘들 살고 있두만."

희야는 생전에 들어보지 못했던 말을 호랑이 할머니의 입을 통해 들을 수밖에 없었다. 희야는 어머니를 다시 바라보았다. 어머니는 넋나간 사람처럼 먼 산을 바라보고 앉아 있었다. 호랑이 할머니가 또 말했다.

"글쎄말이유. 동네 사람들이 집의 동생들을 얼마나 챙긴다구. 모두들 지극정성이라우. 들밥을 내갈 때도 빼놓지 않구 아이들을 챙겨서 밥을 먹으라고 해도 뭔 애들이 그런지 절대로 숟가락 들고 달려들지 않아 밉살스럽다구들 한다우. 또 그뿐인 줄 아슈. 그 애들은 동네 사람들이 불러도 절대로 쳐다보지도 않고 그저 대가리를 직수구리고 쌈닭처럼 앞만 보고 걸어간다우."

"그건요. 할머니 우리집 애들이 제일로 싫어하는 말을 동네 사람들이 묻기 때문이에요."

어머니가 한마디 거들었다. 호랑이 할머니가 대처서 물었다.

"그말이 뭔데."

"그말은요. 야 임마. 네 애비 언제 오냐. 아니면 너의 아버지 연락왔냐? 하는 소리거든요."

어머니가 풀죽은 목소리로 아이들 입장을 변명해 주었다. 그랬더니 호랑이 할머니는 정색을 하면서 어머니를 훈계했다.

"아니, 제 애비 소식 묻는 말이 뭐가 그리 비위가 상해서 귀먹은 척 한데요."

"할머니. 그거야 어른들 문제이지 아이들이야 잘 모를 수도 있지요."

어머니가 또 변명했다.

희야는 양지마을로 이사 온 후부터 아이들이 전보다 달라졌다는 느낌이 들었다. 그러나 애들이 왜 달라졌는가에 관해서는 특별히 이상하게 생각지 않았다. 아이들은 언제부터인가 마을을 관통할 때는 앞만 바라보고 화가 난 듯 빨리빨리 걸었다. 그러한 어린 동생들을 생각하니까 희야는 가슴이 아파왔다.

"그러나 어쩌겠수. 그래도 배운 게 있어서 훈장질이라도 할 수 있으니 얼마나 다행이요. 학상 보구랴. 저 건너편에 보이는 들판 있지 않우. 저 벌판이 온통 다 학상 외가댁 땅이었다우. 한창 잘 나갈때에는 초식 농사를 지어서도 돈 보따리가 왔다 갔다 했지. 결국 술이 과하고 배포가 지나치게 커 결단이 났지만서도. 뭐니 뭐니 해도 그저 농사꾼은 밭골창에 살아야 견뎌나는 것이련만."

호랑이 할머니의 소싯적 이야기는 물을 만난 듯 끊이지 않았다. 호랑이 할머니는 자신이 열두 살에 민며느리로 시집온 이야기부터 시작해서 오십 줄에 들 때까지 양지마을의 갑부 정 주사댁 드난살이를 살면서 남편과 아들 셋이서 그 집의 찬밥으로 지냈던 이야기를 소상하게 늘어놨다.

"한창 어려울 때, 내 정 주사댁 진 일 마른 일 도맡아 보아주고 아이들은 새끼 머슴 노릇하구. 입 하나 얻어먹기를 분골쇄신했다우. 그래도 열 사람이 벌 생각하지 말고 한 사람 입을 줄이라는 옛말처럼 우리 식구 입살이를 하고 나니까 일 년 농사 고스란히 곡간에 치쌓였지 않았겠소. 그래서 우리 식구들은 그야말로 잠 안 자고 일만 했다우. 겨울에도 영감과 아들 셋을 앞세우고 하오개에 가서 땔나무를 해다가 팔았는데 말유. 내 비록 여자 몸이긴 하나 장정 못지않게 땔나무를 잘했다우. 남들이 석 짐을 하면 나는 열 짐을 긁었으니 내 삭신을 얼마나 부렸겠소. 그래서 지금은 몸이 이 지경이 되얏지만서도."

호랑이 할머니는 또 갈퀴손등으로 등허리를 두드렸다. 그리고 또 말을 계속했다. 어머니는 넋 나간 사람 같았다. 멍하니 해지는 들녘에 시선을 꽂은 채 눈동자가 정지돼 있었다.

"그럼 학상. 내 살아온 야기도 들어두면 유익할 것이요. 학상의 외가도 한때는 헌다허는 땅부자였지만 그 땅부자도 망허러드니까 장마의 토담 무너지듯 맥을 못쓰더라구요. 우리집 식구들은 정 주사댁 드난을 살면서 뼈빠지게 일해주구선 겨우 입치례만 하얏지만서두 내 집 식량을 축내지 않았으니 그게 모이니까 종국에 가서 정 주사댁에서 농토를 한 자리씩 팔 때마다 내가 사들였다우. 안개만 끼어도 논에 물이 잡힌다는 돌논 일곱 마지기를 비롯해서 이 양지마을 텃세로 콩 닷 섬 들여오는 집터를 장만하기까지 그야말로 우리집 식구 4부자와 나는 손톱이 다 빠지도록 일했다우. 세상이야 어떻게 달라지거나 말거나 농사꾼인 우리는 땅을 믿구 일만 했다우. 나중에 가서는 정 주사댁 그 고래등 같은 기와집도 내가 샀을 때 동네 사람들이 뭐랬는 줄 아오. 정 주사댁 업구렁이가 우리집 광속으로 들어가는 것을 봤다고들 수근거렸다우."

희야는 호랑이 할머니의 사설이 지루하기만 했다. 그러나 선뜻 뿌리치고 일어설 수 없는 그 무슨 힘이 작용하고 있었다. 그 힘은 말로는 어떻게 설명할 수 없는 진국스런 마음을 감히 외면할 수 없었기 때문이었다. 호랑이 할머니의 훈계는 계속해서 이어졌다.

"요즈음 시상에는 두 손 부비고 행세하는 시상이 아니라우. 누구든지 열심히 일하면 땅은 사람을 배신하지 않을 것이며 사람은 덕을 쌓고 살아야 뒤끝이 좋은 법이요. 덕이 부족하면 후손이 절대루 잘 안 된다는 것도 이 두 눈으로 똑똑히 보아왔다우. 그러니 학상, 뭐니 뭐니 해도 첫째 덕목은 가화만사성이라구. 집안이 평안해야 한다는 것 명심들 하라구."

호랑이 할머니는 결코 누구에게도 말머릴 내놓지 않고 혼자서 이야기하고 혼자서 대답하면서 오래도록 시간을 지체했다. 겉보기에는 늙고 남루해서 보잘것없는 나무등걸과 같은 노인이었음에도 불구하고 호랑이 할머니는 마을 사람들의 호칭처럼 신령스럽기까지 했다.

양지마을은 고즈넉한 땅거미 속에 잠겨갔다. 6월의 신록은 벌써 쇠어서 나뭇잎들은 초를 입힌 것처럼 빳빳하게 약올랐다. 녹음이 짙어 밤의 장막도 무겁고 투박했다. 희야는 자꾸만 미궁 속으로 빠져드는 듯했다. 호랑이 할머니의 이야기를 듣지 않으려고 했지만 그 말소리는 구슬을 꿰듯 귓속으로 탐방탐방 빠져들어왔다.

갑자기 어머니가 낯설었다.

희야는 그녀의 어머니가 저 먼 과거 그러니까 오백 년 전의 시간 속에 침잠되어서 독수공방을 지키는 가련한 이조의 여인처럼 느껴졌다. 태고의 어둠은 지척을 분간하기조차 힘들게 짙어졌다. 산 밑의 집. 문간채의 불빛이 반딧불처럼 새어나왔다. 희야는 옛날이야기 속의 밤길을 걷는 주인공이 된 것처럼 불빛이 스며나는 곳으로 타박타박 걸어갔다. 어린 동생 승과 석이 외가에서 방금 돌아왔다면서 밥상을 펴놓고 숙제를 하고 있었다. 희야가 방에 들어서자 초등학교 1학년짜리 석이 반갑게 맞이했다.

"누나야. 저 말이지. 나 오늘 사람 심는 것 봤다."

석이는 뚱딴지같이 밑도 끝도 없는 사람 심는 이야기를 꺼냈다.

"그게 무슨 소리지. 사람을 어떻게 심냐. 바보 같은 말 작작해라."

"에이, 누나가 진짜 바보다. 사람을 땅에 심었단 말이야. 만용이 할머니가 돌아가셨는데 오늘 산에 심었어. 만용이가 그랬는데 한참 있으면 할머니가 다시 살아난다고 했어."

"바보야. 사람을 누가 심냐. 장사 지냈다고 말해야지. 그래 너도 산에 갔었니?"

"그럼. 동네 아이들 따라서 함께 갔었는데 좀 무서웠어."

"다음부터는 그런데 따라다니지 마."

"알았어. 그런데 엄마는 어디갔지."

"으응. 밖에."

"왜 방에 안들어 오시구."

"……"

희야가 아무 말도 하지 않았다. 석이 곧 밖으로 뛰어나갔다. 밖에서 석의 말소리가 다시 방안까지 울렸다.

"엄마!"

"……"

"하늘에는 별이 많지? 저 별 내가 딸 수 없을까."

"별은 높은데 떠있기 때문에 사람의 손이 짧아서 모자란단다."

"그러면 손을 늘리면 될 것 아냐."

"애는 참. 사람의 손이 뭐 고무줄처럼 늘어난다든."

"엄마! 좋은 생각이 있어. 고무장갑을 한 켤레 사다 줘. 그 고무장갑에다 바람을 잔뜩 불어넣구 실을 길게 매달아서 별까지 날려 보내면 그 손이 별을 잡을 수 있을 거야. 그렇게 되면 별을 따 올 수도 있지."

"정말 그렇게도 될 수 있겠구나. 내일 고무장갑을 사다 줄게. 한 번 네가 실험해 보렴!"

어머니는 석이와 동화 같은 이야기를 주고받았다. 석이가 또 말했다.

"나 오늘 사람 심는 것 봤다."

"사람을 심다니? 그게 무슨 소리냐?"

어머니의 억양이 높아졌다. 석이는 조금 전 희야에게 한 이야기를 되풀이 했다. 어머니가 석에게 꾸짖듯이 말했다.

"아이들이 그런데 쫓아다니면 못쓴다. 다음부터는 절대로 그런 곳에 가지 않겠다고 약속하자. 알겠느냐."

"알았어."

석의 풀죽은 목소리가 이내 잦아들었다.

밤은 깊어갔고 마을은 적요했다. 가끔씩 뒷동산 떡갈나무 숲속에서 채나물새가 채치는 소리로 울었다. 싹뚝싹뚝, 싹싹싹. 밤의 정적은 날카로운 무쇠칼에 썰리듯 밤의 장막이 동강이 났다. 석이와 승이가 잠자리에 든 뒤에도 어머니는 밖에 있었다. 서울 집에서의 어머니가 아니었다. 어머니는 당돌함과 꺾짐을 잃어버린 채 조신한 이조의 여인처럼 밤의 정적 속에 순응했다.

희야는 자기 자신의 위치에 관하여 새삼스러움을 느끼지 않을 수 없었다. 그것을 유독 운명이라고 규정짓기에는 너무나 무책임하고 가소롭기까지 한 자신에 관하여 생각하고 또 생각하지 않을 수 없었다. 서울이 불과 삼십 리 밖에 안 되는 지척에서 이와 같이 태고의 숨결 속에서 살고 있는 양지마을의 정경이 도저히 현실로 받아들여지지 않았다. 그러나 현실은 현실이었다. 희야는 며칠 전 서울 자취방에서 어머니와의 말다툼 끝에 어머니가 울먹이면서 했던 말을 다시 떠올렸다.

—너는 세상을 몰라도 너무나도 모르는구나. 어쨌거나 너는 내가 조달해주는 학비로 대학에 다니고 있다. 누구를 위한 투쟁이냐. 소외된 자, 억눌린 자, 따지고 보면 누가 소외됐으며 억압받고 있느냐. 나는 한번도 너의 아버지로부터 버림받았다거나 소외된 자라고 생각지 않았다. 내가 분노하는 점은 바로 네가, 희야 네가 소

외된 자로 지목받고 선택되었으며 너의 젊은 피가 억압을 풀겠다고 피가 용솟음친다고 나대고 있다. 생각해보거라. 지금 너를 억압하고 있는 실체가 무엇인지 냉정하고 극명하게 밝혀보자. 네가 3년 전 나에게 했던 말을 상기해보자. 그때 고등학교 2학년이었던 너는 나에게 하루빨리 경제적으로 독립하는 길만이 아이들을 위해서나 어머니 자신을 위한 길이라고 권유하고 단언했었다. 그런데 지금에 와서 이제 겨우 경제적으로 자립해서 호구지책을 면하게 되니까 너는 지금 이 기반을 깨뜨리려고 몸부림치고 있다. 그렇다면 너의 혁명의 의지는 가정을 파멸로 이끌고 너 혼자만의 이상 세계로 일탈하겠다는 논리는 너무나 무모하구나. 네가 진정 노동자들의 고충을 얼마나 안다고 그러느냐. 네가 그토록 증오하고 경멸하는 네 애미도 한때는 너와 같은 생각을 했었다. 정의의 편에 서서 약자를 위해 젊은 피를 쏟아도 아깝지 않다고 울부짖었었지. 그리고 말이다. 사람이 세상을 살아가는데 가장 소중한 것이 인간성이라고 확고하게 믿고 있었다. 그러나 그 인간성이라는 것도 환경적인 요인이 다분히 작용하는 것이라는 것을 몰랐단 말이다. 그 인간성이라는 것도 확고부동한 것이 될 수 없고 사람은 어디까지나 환경에 의하여 어느 만큼 사람다움을 유지할 수 있겠느냐가 문제가 된다는 말이다. 네가 지금 겪고 있듯이 나의 노동자 신화론의 결과는 바로 네 애비와의 결혼이었다. 바로 지금의 운명이 선택에 의한 불행의 잉태였음을 돌이켜 볼 때, 난 정말 너에게 미안하다. 왜 나는 그때 두 사람만의 만남만 중요시했지 너희들의 입장은 전혀 고려하지 못했었던지 그 점이 돌이킬 수 없는 회한으로 남는다. 그러나 지금 이제 나 혼자만이 아닌 너와 나 그리고 아이들이 모두 참고 견뎌서 이 어려움에서 벗어나야 할 것 아니냐. 다섯 식구가 먹고사는 문제만으로도 어귀찬 노릇인데 너희들은 교육을 받아야 할 것이 아니냐. 네 가족의 혁명을 먼저 하고 나서 너는 네가 추구하는 혁명을 도모해야 한다.

답답하고 암울했다. 희야는 머리를 쥐어뜯고 싶을 만큼 또다시 짜증이 났다. 희야가 밖으로 뛰쳐나오자 어머니가 그녀의 손을 잡아끌어 앉게 했다.

"게 앉거라. 오늘밤은 별이 유난히 총총하구나."

어머니가 고개를 잔뜩 뒤로 젖히고 하늘을 우러러 보았다. 그리고 말했다.

"희야. 전에는 밤하늘의 별을 쳐다보면 무한대로 아름답다고 여겼는데 지금은 그렇지 않단다. 저어 말이다. 난 내가 근무하고 있는 학교의 아이들과 만난 다음부터는 밤이되면 슬퍼지고 그리고 기도하고 싶어진다. 난 그 애들의 말을 잊을 수 없다. 학생들은 늘 나에게 하소연했다. 선생님 야근이 지겨워요. 저녁 10시에 현장에 들어가서 다음날 새벽 6시에 퇴근할 때까지 밤새도록 뛰어다녀야 해요. 기계는 사정을 봐주지 않아요. 기계는 계속해서 일감을 쏟아 놓거든요. 잠시 동안만이라도 정신을 팔면 일감이 산더미처럼 쌓여요. 새벽 3시가 제일 힘들어요. 진땀이 나요. 겨울에도 현장 온도는 39도예요. 밤새도록 뛰어다니다 보면 나중에는 땀으로 목욕을 한다구요. 우린 허구헌 날 찜통 속에서 일해요. 아이들이 이렇게 하소연할 때마다 나는 공연히 편안한 잠자리에 드는 것이 죄스러워 할 말을 잊을 때가 많았다. 어찌할까. 절규하는 그 애들에게 어떻게 무엇으로 그 애들을 위로해 줘야 할지 고민한다. 내가 그 애들의 힘을 덜어주고 이 힘든 고비를 어떻게 넘길 수 있도록 위로해 줄까 하는 방법을 생각하느라고 사실상 나의 문제, 내 아이들의 문제는 심려할 여유가 없다. 고진감래란다. 그렇지 나는 나 자신에게라도 말하듯이 얘들아, 인내는 쓰고 열매는 달다라는 말을 하면서 자신을 일깨우곤 한다. 참고 참아라. 아니지 참자. 우린 참아야 산다. 그러나 그 애들에게는 천 마디의 고사성어보다는 그들이 당면하고 있는 고통을 이해해 주는 유일한 친구가 되어주는 것이었다."

어머니는 희야가 듣거나 말거나 사설을 계속했다. 어머니의 사설은 무궁무진했다. 양지마을의 신화 호랑이 할머니의 일화로 비롯해서 산업체 근로자들의 애환을 구구절절하게 외워나갔다. 희야는 어머니를 또 한 번 낯설게 느껴졌다. 어머니는 이야기로 뭉쳐진 화신이었다.

—대부분의 학생들은 어린 나이에 노동의 현장을 마다않고 고향을 떠나와서 자립해야 하는 처지에 대하여 불평하거나 탄식하지 않았다. 봉급을 타서 꼬박꼬박 부모님께 송금하는 학생도 있었고 재형저축을 들어 뭉칫돈을 부모님께 드리는 학생들이 태반이었다. 물론 개중에는 노동이 지겨워서 중도탈락자도 상당수 됐다. 그러나 그 애들은 일 년이 못 지나가서 자신의 인내심 부족을 후회하곤 했다. 그 애들은 아무도 자신들을 어린 나이에 노동 현장으로 내보낸 부모님을 원망하지 않았다. 낯선 객지에서의 조직생활은 노동의 어려움보다도 동료 간의 갈등의 고뇌가 더 견디기 힘들다고 말했다. 그럼에도 불구하고 그 애들이 버틸 수 있는 힘은 오로지 고향과 고향에 부모님이 살아 계시다는 것만으로 버팀목이 되고도

남았다.

그 애들은 일 년에 두 번 고향에 갔다. 민속절과 중추절을 학수고대하면서 귀향하는 날을 손꼽았다. 고향에 가기 위해 가족들의 옷가지를 사 모았고 조미료와 전자기구를 샀다며 그 애들은 처음 상경했을 때와는 전혀 다르게 변모했다. 깡마르고 까무잡잡했던 피부가 일이 년 사이에 때를 벗고 해맑은 도시인으로 탈바꿈했다. 나는 아이들에게 항상 이렇게 말했다.

"일할 수 있는 내 몸이 건재한 것만으로도 큰 복이다. 범사에 감사하자."

아이들은 이 한마디 말로 위로를 받고 열심히 열심히 일했으며 결석하지 않고 학교에 나왔다. 아아, 그런데 참으로 불행한 일은 희야 너의 증오의 대상이 나라는 것이 정말 슬프구나. 무엇보다도 네가 나를 증오할 때 난 세상을 이겨낼 힘이 빠지고 있다. 나 자신 내 아이들을 옳게 길러내지 못하면서 내가 근로하는 아이들 앞에서 가르칠 자격이 없다고 생각한다. 진정 내가 너에게 하고 싶은 말은 내 너를 낳은 죄가 하늘을 찌르는구나. 진정으로 사과한다. 그러나 어쩌겠느냐. 참고 견뎌보자. 참으로 나의 생각이 짧고 모자라서 오늘의 이 지경을 초래했음을 진정으로 뉘우친다. 진정으로 네가 약한 자를 위하여 너의 젊음을 바치고자 하면 내가 구태여 말릴 일이 아니잖느냐. 네 애미도 약자이니라. 그러니 너는 배울 때를 놓지 말고 열심히 노력하여 너의 지위를 확고하게 한 후에 너의 뜻을 펴도 늦지는 않다.

어머니는 이야기의 마술에 걸린 사람처럼 호랑이 할머니의 살아있는 역사를 또 역설했다. 호랑이 할머니에게는 세월도 무색해서

덤비지 못했다. 일제 때나 인공 때나 4·19, 5·16을 살면서 오로지 근면함으로 일관되게 세상을 살았다. 호랑이 할머니의 부지런함은 하늘도 감동을 한다고 마을 사람들은 믿고 있었다. 12살에 박씨가문에 민며느리로 들어왔다. 아들 3형제, 딸 형제 오 남매를 고스란히 낳아 기를 때, 밭고랑에서 일하다 출산하고 손수 첫국밥 끓여 먹으면서 남녀 구분 없이 진 일 마른 일 쟁기질만 빼고 닥치는 대로 일했다. 마을 사람들은 호랑이 할머니가 새로운 부자로 양지마을 집터를 모두 깔고 앉게 된 것의 관한 신화를 꾸며냈다. 또 이와는 반대로 정 주사댁이 망하게 된 원인에 관하여서도 구구절절이 곱씹었다.

정 주사댁은 해방 전까지만 해도 사동에서 으뜸가는 부자였다. 선대에 마름으로 모은 재산을 고리대금으로 부를 축적했다는데에는 말이 많았다. 양지마을의 빈농들에게 장리쌀을 내어주고 추수 후 환수할 때 야박했음을 첫 번째로 꼽았다. 양지마을 오십여 호의 집터를 깔구 앉아서 가을이면 꼬박꼬박 가가호호마다 땀 한방울 흘리지 않고 텃세를 받아먹었다. 텃세는 흉년드는 해에도 깔축없이 챙겼다. 한발이 심해 텃세를 절반밖에 물지 못하면 탕감해주는 것이 아니라 장리를 붙여 복리로 다음해에 가서 받았다. 마을 사람들의 누적된 서운한 앙금은 세월과 함께 그 층이 점점 더 두꺼워졌다. 그 무렵이었다. 정 주사댁의 재앙이 시작된 것은 하나밖에 없는 다섯 살배기 손자가 감기가 촉상해서 죽었다. 마을 사람들은 이 일을 보고 대뜸 정 주사의 야박한 인심이 드디어 앙화리 보살이 내리고 있다고 마음속으로 고소하게 여겼다. 밀대처럼 가랑가랑한 외아들 밑에 겨우 얻은 손자가 폐렴으로 죽다니 마을 사람들은 천재가 아니고 인재라고 저마다 혀를 찼다. 그해 겨울은 유난스리 추웠다. 동네아이들을 쫓아 맨발로 얼음판에 갔다가 감기가 촉상한 것은 뭐니 뭐니 해도 그 집안에서의 불찰이라고 힐난했다. 부잣집에서 뭐가 모자라서 아이를 맨발을 벗겼느냐니, 옷이 없어서 아이를 춥게 했겠느냐니 먹을 게 부족해서 못먹였겠었냐느니 어린 아이 하나 건사하지 못한 불찰은 그댁 안사람의 미련한 소치였음을 저마다 찧고 까불렀다. 마을 사람들은 모든 재앙의 불씨를 정 주사댁 자부의 박복함에다 귀결시켰다. 여자가 미련하다. 여자가 모자라도 한참 모자란다. 세상천지에서 쌀 일어 씻다가 귀찮아 씻던 쌀 쌀독에 들이붓는다느니 찬밥을 산더미처럼 남겨서 박씨네 온 식구가 정 주사댁 찬밥으로 산다느니, 밖에서는 바깥대로 정 주사댁 산소자리가 잘못돼서 집안이 줄기 시작하는 것이라고 수근거렸다. 아무래도 그 집 마나님 돌아가서부터 집안에 좋지 않은 일이 자꾸 생기는데, 아무래도 산소 자리가 잘못된 것이여, 그 무쟁봉 삿갓다랭이 밑에 산소 자리가 이 동네에서 내로라하는 명당이라고 해설믈랑 상답 논 일곱 마직이 하구 맞바꾼 게 명당은커녕 왼 못된 물구뎅이이라우. 저 건너 독쟁이 한지관이 마련했는데 모르면 몰라도 그댁 마님 관이 봉분 밑에 모셔있지 않고 수맥을 따라 서너간 저 밑창으로 떠내려 갔을거라구 말했다네. 뭐니 뭐니 해도 정 주사댁은 그댁 마님 복으로 부자를 지탱한 거리구. 그댁 마님 정월에 돌아가셨을 때, 날씨가 어찌나 푹했던지 한겨울인데도 안방 건너방문 왼통 다 한여름처럼 활짝 문 열어놓고 일했지 않았는감. 그댁 마님 수의도 일품으로 했었지. 원삼 쪽두리까지 씨우구 홍치마 노랑 저고리 입혀 염해놓은 시신이 살아 있을 때보다 더 환했던 모습

지금도 눈앞에 선하데. 그런데 생각해보게나. 마님 돌아가자 손자 죽고 3년 안에 영감님 데려가. 난리는 왼 조선 천지 사람 다 만났는데 왜 유독 정 주사네만 난리를 탔느냐 말이야. 그나저나 그댁 나으리 염병에 돌아갔는 것도 몰랐는지 숨겼는지 초상에 행여 썼다가 동티가 나서 동네 중늙은이들 쌌슬일 했잖은감. 뭐니 뭐니 해도 난리보다 무서운 게 염병이였지 않았나.

그해. 양지마을에서 여느 집 치고 염병 환자 한둘 없었던 집 있었남. 하여간 정 주사 초상치루구선 동티 한 번 호되게 치뤘구먼. 그래도 노인장들 생존해 계셨을 때가 좋았지. 정학조 살림 물려받고 삼 년 안에 살림살이 거덜낸 것 아무리 생각해도 인력만이 아니였어. 그 집 가운이 다해서 그런 것이었어. 아들 보겠다고 소실 얻어들여 아들은 얻었갑시라도 딴살림 내주고 나서 아주 결단이 났지 뭐유. 그저 사람은 제 타고난 분수대로 살아야지 제 분수 제치면 꼭 재앙이 뒤따르는 법이라네!

정 주사네는 파산했고 남부끄러워 더 이상 양지마을에서 살 수 없다고 집마저 팔아버리고 대처로 떠났다.

호랑이 할머니는 정 주사댁 집터는 욕심내지 않았다. 집안이 흥하지 않고 망해 나간 집터이므로 집을 헐어내고 텃밭을 일구었다. 그럼에도 불구하고 정 주사댁의 재앙은 호랑이 할머니에게로 들이닥쳤다. 호랑이 할머니의 땅에 관한 욕심은 대단했다. 마을 한가운데 공터가 있었다. 향나무 세 그루가 우뚝하게 솟아있어 여름에는 짙은 그늘을 드리워 마을 사람들의 쉼터 구실을 했다. 단오 때는 마을 장정들이 아낙들을 위하여 두 그루의 향나무 밑동에 홍두께를 걸쳐 그네를 매었다. 그네 줄은 마을 사람들이 정성을 다해 몇날 며칠을 두고 동아줄을 꼬아 손아귀가 벌도록 그네 줄을 튼실하게 맸다.

단오철을 맞아 긴긴 해에 이른 조반을 해먹고 동네 아낙들은 모처럼 저녁 세수 분단장을 하고 그네를 뛰러 공터에 모였다. 호랑이 할머니도 젊어서 한때는 힘이 장사라서 그네 줄이 뒤집힐 만큼 높이 올라가서 건너편에 늘어진 향나무 가지를 입으로 따물고 올 적도 있었다. 그러나 호랑이 할머니도 그네를 탈 수 없게 늙었거니와 그 집의 며느리는 밀대같아 그네를 타기는 고사하고 그네 줄을 잡을 만한 힘에도 부쳤다. 욕심이 났던지 아니면 노망이 들었던지 마을 공터를 자기네 땅이라고 우기기 시작했다. 멀쩡한 땅을 왜 공으로 놀리누. 공터에 밭을 풀면 적어도 콩 닷 말은 넉근하게 수확할 수 있을 것이라고 성화가 불같았다. 결국 호랑이 할머니의 드센 고집에는 마을 사람들도 속수무책이었다. 호랑이 할머니의 드센 고집은 마을 사람들의 만류를 뿌리치고 나무장수에게 향나무를 베어서 팔았다. 그리고 그 터를 갈아엎고 콩과 들깨를 심었다.

마을 사람들은 호랑이 할머니 듣는 대서는 감히 말도 못 꺼냈지만 삼백 년도 더 묵은 마을의 수호신인 향나무를 겁 없이 베어서 넘어뜨린 것은 큰 실수였다고 수군거렸다. 이상한 일이 일어났다. 그것은 마을 사람들의 염려나 예측이 어김없는 현실로 나타난 점이었다. 맨 먼저 호랑이 할머니의 막내아들이 소에게 받쳐 갈비뼈가 나가더니 늑막염인가 복막염으로 번져 생떼 같은 젊은 아들이 죽었다. 이어서 둘째 아들이 생전에 들어보지도 못하던 인후암인가 뭔가하는 불치의 병으로 세상을 떠나면서 남편마저도 울화병으로 죽었다. 호랑이 할머니는 맏아들 하나에게 전재산을 의탁하게 되었다. 그리고 재앙은 이것으로 끝나지 않았다. 산업도로가 뚫리면서 마을청년들이 심심치 않게 사고를 당하거나 사고로 죽었다. 마을에 흉사가 있을 때마다 마을 사람들은 그것은 호랑이 할머니가 마을의 수호신인 향나무를 베어버렸기 때문에 일어나는 재앙이라고 믿고 있었다. 그럼에도 불구하고 호랑이 할머니는 끄떡도 하지 않았다. 호랑이 할머니는 인명은 재천인 것이므로 사람의 힘으로는 도저히 어떻게 감당해볼 재간이 없는 일이라고 말하고 쉬지 않고 일만 했다. 그러나 호랑이 할머니는 갑자기 눈이 어두워지고 귀도 먹었다. 동네 아이들을 보고 존댓말을 했다가도 막상 어른들과 마주치면 이유 없이 역정을 낼 때도 있었다. 호랑이 할머니는 밭일을 하다 말고 망연자실 몰악산을 바라보며 알아들을 수 없는 혼잣소리를 중얼거리기도 했다. 그러나 마을 사람들은 누구도 호랑이 할머니가 망령이 들었다고 말하지 않았다. 사람이 젊어서 너무나 몸을 험하게 썼기 때문에 병에 걸린 것이라고 동정했다. 그러면서 마을 사람들은 사람이 세상을 살아가는 데는 돈과 일이 전부가 아닌 것이라고 교과서를 읽듯이 말했다.

옛날 부자는 모두 망해버리고 양지마을에는 새로운 부자가 생겨났다. 뭐니 뭐니 해도 새로운 부자는 다름 아닌 자신이 경작하고 있던 토지를 간직한 사람들이었다. 개발의 바람이 불어닥치거나 말거나 땅값이 천정부지로 오르거나 말거나 일구월심 농사를 천직으로 알고 흙에 파묻혀 산 사람들은 그런대로 상당한 재산가로 행세했다. 그러나 그러한 사람들은 흔치 않았다. 땅을 팔아 자식들

공부시키고 땅을 팔아 도시에 집 사줘서 자리 잡고 사는 사람들은 잘되어서 아파트 한 채와 월급 타 먹는 직장이 삶의 터전 전부였다. 그러나 희야의 외가는 사정이 조금 달랐다. 희야의 증조부는 조상을 숭배했다. 그 때문에 선산을 찾아서 명분을 짓고 공동명의로 문중 어느 누구 한 사람만의 독주를 차단시켜 놓았다. 조상이 후손을 지켜준다는 말이 사실이었다. 외가에서는 단독 명의로 된 멧갓과 농토를 개발의 붐이 일어났을 때 모두 날려버렸어도 선산만은 손댈 수 없었다. 조상은 땅을 깔고 누워있어 죽었어도 엄연하게 살아있었다. 외가 사람들은 선산을 가꾸고 나무를 심고 과수를 경작해서 그럭저럭 지낼 만했다. 한 세대가 개척해서 일구어놓고 다음 세대에서 낭비하고 제3세대에 와서 고향에 남아있는 사촌들은 부스러기 땅을 개간하면서 연명할 수 있었다. 그러나 고향을 아주 떠난 축들은 도시의 기층민으로 전락해서 농사를 지을 때보다 몸은 편했을 값이라도 결코 향상된 삶을 획득할 수 없었다. 도시생활의 갈급함은 물마저도 흔하게 써서는 안 되는 생활이었다. 절약이라는 미명의 틀 속에 갇힌 생활은 마음조차도 옹색함을 버릴 수 없었다.

농촌생활의 푸짐함은 전혀 찾아볼 수 없는 잣다름. 파 한 뿌리, 배추 한 포기, 감자 몇 알씩 슈퍼마켓에서 구입하는 생활은 여유가 오히려 낭비라는 지탄의 대상으로 질타를 받아 마땅했다. 퍼내어도 퍼내어도 바닥이 나지 않았던 우물물은 타래박질 대신에 전기료의 억압으로 이미 가족들 간에도 다툼이 일어났으며 생활이 편리해진 만큼의 지불해야 하는 화폐의 부담은 도시인들을 찌들게 했다. 모든 것이 돈과 관계를 맺고 있는 현대 생활은 그만큼 사람들에게 무상이 아니고 대가를 지불하라고 위협하는 협박이 되었다.

밤은 태고의 정적 속에 잠들었다고 생각했으나 사실은 그렇지 않았다. 적요 속에 만물은 탄생과 성장과 소멸을 멈추지 않고 진행되었다.

어머니는 말이 없었다. 그저 멍하니 어둠 속을 응시하고 앉아 있었다. 어머니는 절망 속에 갇힌 짐승처럼 웅크리고 앉아서 머리를 오금에 박고 있었다. 이따금 흐느낌과도 같은 숨소리가 생명체의 호흡으로 밤의 한 모퉁이를 조금씩 흔들어 놓았다. 어머니의 숨소리는 천 마디의 말보다도 더 절실하고 절박한 생명운동으로 반복되었다.

희야는 저 깊은 바닷속과도 같은 흉용한 침묵의 일렁임 속에서 관교산을 바라보았다. 어느새 샛별이 한 발이나 넘게 떠올랐다.

10

마음의 고향 · 1

1981. 3월 9일. 월요일. 흐림

대학에서의 첫 수업

역시 고등학교와는 다르다. 공부할 만한 것 같다. 화학과 생물 테스트. 나 자신의 수준을 보고 너무 부끄러웠다. 고등학교 책을 다시 한 번 보고 공부해야겠다. 그리고 도시락을 싸가지고 와야겠다. 피곤하다. 멋지게 대학생활을 보낼 것이라고 다짐한다.

이번주에 읽을 책들.

말테의 수기(릴케)

야간비행(생떽쥐베리)

손자병법

1981. 8월 14일. 2시

갈브레이드 〈풍요한 사회. 새로운 산업국가. 경제학과 공공목적. 불확실성의 시대〉 발췌문

①경제적 혹은 사회적 명제의 타당성의 판단 기준은 그것이 다른 모든 것과 부합하는가 아닌가이다.

②나는 불가피한 것을 처음 대할 때에는 머리를 짜낸 지혜가 필요하다는 것을 강력하게 지킨다.

③ 사람들은 자신의 이익을 느끼고 있으며 약간의 시일이 지나면 그것을 강력하게 지킨다.

④어느 나라에서나 부자는 상당히 강한 사리감각과 늘 따라다니는 불안감과 죄책감을 함께 가지고 있다.

사회주의자의 생각은 대체물이 될 수 없는가?(16C)

사회주의자의 전용에 있어서 마르크스의 생각은 중심적이고 압도적인 것이라고 할 수 있다. 마르크스의 생각은 여러 가지로 해석할 수 있는 여지가 있으므로 그 추종자들은 매우 자유스러운 해석을 해왔다.

현직에 있는 경제학자들은 장래에 손을 뻗쳐 그것을 그들의 필요

에 맞춘다. 거꾸로 소련과 기타 공산제국에서는 마르크스주의자들은 과거에 손을 뻗쳐 마르크스를 그들의 필요에 맞춘다.

마르크스는 1883년 그가 죽기 전에 그의 저작에 대해 이미 행해진 몇 가지 해석을 보고 자신은 마르크스주의자가 아니라고 선언했다.

마르크스는 다음과 같이 주장했다. 경제체제의 기본적인 경향은 은혜로운 균형으로 향하고 있는 것이 아니고 '나라적 모순'으로 향하고 있다. 경쟁은 과도기적인 국면에 불과하다. 자본주의가 발달함에 따라 대기업은 소기업을 흡수했다. 이 과정을 마르크스는 자본주의적 집중이라 불렀다. 독점 자본주의는 경쟁적 시장을 대신한다. 이 과정에 의해서 대기업도 수가 적어지며 정치적으로 약화된다. 다른 한편 노동자들은 그들이 창조하는 가치 중 작은 부분밖에 지급받지 못한다. 그리고 그들은 산업에 고용되어 있는 결과로써 훈련되고 그들이 받고 있는 착취에 눈뜨게 되고 정치의식도 높아진다. 그들은 마르크스가 말한 바와 같이 사회화된다. 따라서 이들 두 큰 힘, 즉 그 생존가치가 공룡처럼 약화된 자본가의 힘과 훈련되고 강화되어 보다 많은 잠재력을 가지는 노동자의 힘이 충돌하게 된다. 그 불가피한 귀결로써 자본가의 힘은 전복되며 노동자의 국가인 사회주의 국가가 등장하게 된다.

—만약 마르크스가 당연한 것으로 생각하고 있던 만큼 사회주의 사회의 경제성장적 성과가 지적으로 보아도 기타의 점에서도 쉽게 달성되고 또 그 전망에 빛나는 것이었다면 자본주의는 이 세상에 존재하지 않았을 것이다. 어떠한 권력도 어떠한 선전도 사람들을 자본주의에 묶어둘 수는 없었을 것이다.

〈신고전파 경제학자들은 시장이 기능을 발휘하기 위해서 어떤 조건이 필요하다고 믿었는가〉

시장은 어떤 개인 혹은 조직에 의해서도 조작될 수 없는 비인간적인 힘이 없으면 안 된다. 경쟁이 있을 때에는 가격 결정은 어떠한 참가자의 힘도 미치지 못하는 비인간적인 것이 된다.

노동은 재화보다도 근본적으로 약한 입장에서 판매된다는 것이 일반적으로 인식되게 되어있다.

〈정부는 어떻게 시장에 영향을 미치는가〉

정부는 재화의 거대한 생산자이며 서비스의 공급자가 된다. 그리고 정부를 위한 혹은 정부에 의한 많은 생산은 시장 밖에서 이루어진다. 따라서 이 부분에서는 경쟁적 시장은 소멸된다.

노동자가 노동조합을 갖지 않는 곳에서는 정부는 최저임금 형태로 대체물을 설정한다.

시장 가격 혹은 임금의 횡포 이상으로 사람들이 탈피하고자 열을 올릴 것은 없다.

〈예컨대 중소기업이 성공하는 일도 있는가?〉

그러나 흔히 있는 일이지만 성공한 소기업은 특히 어떤 생산물을 갖고 있는 경우에는 동일 업종의 대기업에 인수된다.

〈그러면 모든 것은 인플레이션 및 실업과 어떤 관계를 갖고 있는가? 또 인플레이션과 실업과 대기업과 시장에 남은 것에 의해서 어떻게 영향을 받는가?〉

나선적 상승 즉 임금이 가격을 끌어올리고 가격이 임금을 끌어올리는 것의 가능성을 보게 된다. 순수한 시장 조건 아래서는 조합은 존재조차 할 수 없을 것이다. 따라서 인플레이션은 사람들이 시장에서 도피하여 자신들의 가격과 소득을 지배할 수 있게 된 것의 그럴 듯한 결과이다. 시장의 몰락은 인플레이션에 도리어 직접적인 관계를 갖고 있음을 알 수 있다.

〈그리고 실업은 어떤가?〉

오늘날에 있어서는 물가는 통제되어 있다. 만약 임금이 물가를 위로 떠올리면 물가는 여전히 상승할 것이다. 임금 가격의 나선적 상승은 지속될 것이다. 따라서 제1차 효과는 보다 적은 재화가 판매된다는 것이다. 그리고 만약 매상이 떨어지면 물론 생산과 고용도 떨어질 것이다. 나선적 상승이 지속된다면 불행하게도 오늘날 우리 현실 상황에서 경험하고 있는 바와 같이 인플레이션과 실업이 동시에 발생하게 된다.

〈다국적 회사의 특수한 점은 무엇인가〉

현대 무역의 필요에의 적응. 자동차와 컴퓨터와 같은 것의 국제무역은 자동적으로 다국적 회사를 만들어낸다. 다국적 기업은 싼 임금으로 보다 능률적으로 물건을 생산하기 위해서 해외로 나간다. 만약 낮은 임금이 결정적인 요인이라고 한다면 오늘날에 있어서 모든 생산이 인도에 모여있을 것이다.

〈다국적 회사는 인플레이션과 실업에 영향을 미치는가〉

양거래의 귀결은 우리가 이들 나라에 다른 생산물을 더 많이 판매하여 그러므로 그 생산물을 생산하는 산업에서의 고용을 증가시키는 것이다.

〈화폐정책은 인플레이션을 처리하지 않는가〉

이 억제는 경제에 있어서의 지출의 총계 즉 경제학자가 말하는 총수요를 억제하는 것을 통해서 작용한다. 대회사는 많은 유휴시설비가 있을 때에만 가격 인상을 중지하지 않을 수 없을 것이며 임금 인상에 저항하지 않을 수 없을 것이다. 그러나 그런 때에는 많은 실업이 발생할 것이다. 화폐정책은 실업을 창조하는 것을 통해서 작용한다. 또 다른 효과를 갖고 있다. 강자를 유리하게 하고 약자를 불리하게 하는 효과를 갖는다.

〈정확하게 말해서 재정정책이란 무엇인가〉

정부 예산의 관리를 통해서 총수요를 관리하는 것이다. 경제학자가 순수효과라고 부르는 것이다.

〈실업은 인플레이션의 해결책이며 실업을 감소시키면 인플레이션이 더 심해진다는 말이다. 해결이 있는가?〉

경제의 총수요를 사람들이 완전히 고용될 때 이용 가능한 재화와 서비스의 공급과 어떤 상당히 밀접한 관계로 유지하는 것은 항상 필요한 것이다. 이 지출은 총지출이 이용 가능한 재화의 공급보다 급속하게 증가하지 않도록 통제되어야 한다. 재정정책, 화폐정책이 총수요와 총공급의 대체적인 일치가 기본 틀이 된다.

IMF: 본질적으로는 그 통화의 현행 환율로는 수입의 지불과 채무의 상환에 필요한 화폐를 벌어들일 만큼의 충분한 상품 수출을 하는 것이 어려운 나라에 대해서 대부하는 은행이다. 공공지출의 삭감을 위한 권고를 포함한 조언도 행한다.

제국적 자본주의에 입각한 이론이기 때문에 우리나라와 같은 개발도상국가에는 맞지 않는 부분이 많다. 그러나 우리가 그들의 경제를 도입하여 정책적으로 쓰고 있기 때문에 또한 완전히 무시해도 아니되겠다. 우리 경제정책을 보건데 너무 신고전파 이론에서 헤어나지 못하고 있는 것 같다. 80년도의 긴축정책은 도리어 물가를 40%이상 올려놓았다. 물론 자원 빈곤이라는 원인이 있겠지만 관료와 재벌의 결탁정치면에 있어서의 후퇴로 인하여 일부 소수 매판기업은 전혀 영향을 받지 않고 민족자본이라고 할 수 있는 중소기업이 무더기로 도산하는 결과를 낳았다. 대기업은 이미 가격을 지배할 수 있기 때문에 긴축재정이 압박 요인이 되었으므로(일반수요의 감소) 가격을 올리고 유휴시설비가 많으므로 실업이 많이 발생하게 되었다. 우리나라는 민족 경제 입장에서 발전시켜야 하는 반면에 제국주의의 경제이론 또한 도입해야 하는 이중적 성격을 띤다. 정치 발전이 우선되어야 경제 또한 올바르게 돌아갈 것 같다. 하나님! 이 나라를 잘 보살펴 주십시오. 내 힘은 여기서 너무나 보잘 것 없습니다. 과연 절대적 보편적 진리가 있을 수 있는 것인가. 인식하는 정도에서 그쳐야겠다.

1981. 8월 14~17일

에리히 프롬 작, 『사랑의 기술』

〈사랑은 기술인가〉

현대인의 사랑에 대한 특별한 태도는 몇 가지 전제에 기초를 두고 있으며 이 전제는 단독으로 또는 결합되어서 이 태도를 뒷받침해준다.

①사랑의 문제를 '사랑하는' 곧 사랑할 줄 아는 능력의 문제가 아니라 오히려 '사랑받는' 문제로 생각.

②사랑을 하게 되는 최초의 경험과 사랑하고 '있는' 지속적 상태. 혹은 좀 더 분명하게 말한다면 사랑에 '머물러' 있는 상태를 혼

동하는 것이다.

③일단 낙원으로부터 쫓겨나면 인간이 다시 돌아가려고 노력해도 불타는 칼을 가진 케루빔 천사(아홉 천사 중 둘째로 지식을 맡은 천사)가 길을 막는다. 인간은 철저하게 상실한 전인간적 조화 대신에 이성을 발달시키고 새로운 조화 곧 인간적 조화를 찾아내면서 오직 앞으로 나아갈 수 있을 뿐이다.

④인간은 태어나자마자 개인으로서든 인류로서든 결정되어 있는 본능처럼 결정되어 있는 상황으로부터 비결정적이고 불확실하며 개방적인 상황으로 쫓겨난다.

⑤확실한 것은 과거뿐이고 미래에 대해서는 확실하다고 할 수 있는 것은 오직 죽음뿐이다.

⑥이 사회에서는 우리들을 평등이라는 말로 자동인형의 평등, 개성을 상실한 인간들의 평등을 말하고 있다.

⑦사랑은 사랑하고 있는 자의 생명과 성장에 대한 우리들의 적극적 관심인 것이다.

⑧존경은 오직 자유를 바탕으로 해서 성립될 수 있다.

⑨사랑은 한 사람과 사랑의 한 대상과의 관계가 아니라 세계 전체와의 관계를 결정하는 '태도' 곧 '성격의 방향'이다.

⑩성애는 그것이 만일 사랑이라면 한 가지 전제를 갖는다. 나는 나의 본질로부터 사랑하고 있고 다른 사람을 그의 또는 그녀의 존재의 본질에서 경험하고 있다는 전제를 필요로 한다.

⑪사랑의 '의지'는 결단이고 판단이다.

⑫만인은 모두 한 어머니의 자녀들이기 때문에 모두 '어머니인 대지'의 자녀들이기 때문에 평등하다.

사랑은 머리와 가슴으로 하는 것. 자신을 완전히 사랑하는 사람과 밀착시켜야 하는 것이며 이것은 자신의 사상과 감정을 모두 통틀어 그의 것과 부딪치면서 하나의 새로운 상태를 창조해내는 것이다. 이때에 중요한 것은 분리된 상태에 의해 불안감이나 초조감이 생긴 것을 합리화시키는 어떤 전제를 파악할 수 있는 능력이다. 자아도취적 꿈에서 깨어나기 위해서는 가지고 있는 여러 가지 허상을 간파하고 깨뜨릴 수 있어야 한다. 그러기 위해서는 끊임없이 생각하고 부정하고 회의하는 과정에서 조금이나마 얻어질 수 있다고 생각한다. 사랑을 하려면 용기 또한 필요하다. 지금 내가 괴로워하고 있는 상태는 용기 부족에서 오는 것 같다. 막연하게 미래를 그리면서 현재 상태를 잊어버리고 도피하려는 경향이 강하다. 환상에 젖어들면 행복하니까(잠시만이라도). 그 결과 한 걸음 진보할 수 있을 때에 한 걸음 퇴보하고 또한 그것을 나 자신대로 합리화시킨다. 그렇지만 이내 확실한 것은 죽음뿐이다.

1981. 8월 26일. 수요일

장뽈·샤르트르 작 『지식인을 위한 변명』

이 책은 1965년 9월과 10월에 걸쳐 일본 동경과 경도에서 행한 세 차례의 연속 강연을 수록한 것이다.

①지식인들은 본질적으로 무력한 존재이다. 정치 사회에서는 물론 이상적인 생활 속에서도 자신을 지킬 수 있는 가능성이 박탈돼 있는 것이다.

②과학의 진보는 결국 보편주의자들을 극도로 전문화된 여러 집단의 연구자들로 대치하게 될 것이라고 한다.

③지식인이란 사회적으로 인정된 기능에 의해 그 존재가 규정되는 사람들 중의 한 특수한 경우라고 여겨진다.

④(실천)은 현실을 드러내고 극복하고 보존하며 그러면서 이미 그것을 수정해 버리는 실용적 지식의 계기를 포함하고 있다.

⑤결국 변증법적으로 그 수단에 의해 목표가 보다 분명해지고 때로 수정됨으로써 보다 풍성한 것이 된다.

시일이 오래 지나서 더 이상 발췌하기 싫다. 이 책에서 얻은 결론은 지식인의 쁘디부르조아라는 계급에서 오는 한계성이 지식인의 주된 갈등의 원인이라는 것이다. 계급적 한계성을 벗어난다는 것이 이 현실에서는 매우 어렵고 고통스럽다. 그러나 역사적 사회적 안목으로 볼 때는 지식인의 역할이란 모순 극복의 핵심이라는 것을 부정할 수 없다. 그러므로 항상 지식인에게는 고통이 따르고 자기비판의 연속이어야 한다는 것은 필연적인 일이다. 나의 고민 또한 이러한 종류의 것이지만 일단 그 고민을 보류하고 지금 할 일은 공부를 더 많이 하는 것 같다. 지난 1학기를 돌이켜보면 의미 없는(어쩌면 아닐지도 모르지만) 방황의 연속이었다. 뚜렷한 정신적 지주 없이 이리저리 우왕좌왕한 것이 허무하게 생각된다. 이제는 어느 정도 내 알의 껍질을 벗고 약간의 방향 감각이 생긴 것 같다. 모든 일에 신념을 갖고 냉철한 비판으로 임해야 겠다. 진정한 대학생활이 시작될 수 있을 것 같다. 시간을 귀중하게 생각하고 유용하게 쓸 수 있어야겠다.

1982. 2월 5일. 금요일

막스 · 월러 작 『독일인의 사랑』

1800년도에 쓰여진 관념적이지만 하나의 뜨거운 사랑의 진실을 보여주고 있다. 어떤 독일 소년의 가슴속에서 커온 하나의 여인상을 그의 성장과정 속에서 자아를 객관적으로 보아주는 거울의 역할을 했다. 그러나 그것은 실체가 아닌 자신의 투사물이었다. 그가 대학을 졸업하고 전혀 가능하다고 믿지 않은 그녀의 실체가 그의 앞에 나타났다. 처음에는 무척이나 당황했다. 사랑이란 허상이라고 생각했던 것이 실상으로 변할 때 그것은 인간의 영혼이 우리들 마음속에서 하나의 강물처럼 흐르는 불가사의한 힘에 의하여 서로 결합되고 서로의 존재를 확인하게 된다.

인간이란 유년시절의 최초의 추억이 깨어진 후, 타인에 대한 순수하고 성스러운 마음을 사회적 관습, 법, 도덕 등에 의해서 제약받게 되고 그것이 고정화된다. 그렇지만 그들이 원하는 것은 뜨거운 뛰는 심장이다.

우리가 사랑하려면 우리를 감싸고 있는 이 딱딱한 외투를 벗어야 한다. 사랑이란 끊임없는 자기와 타인의 존재 확인의 욕망을 불러일으킨다. 이러한 것에서 이기적인 욕심이 싹트고 그것이 먹구름이 되어 하늘을 온통 뒤덮어버리면 진정한 사랑은 없어지는 것이다.

자기의 모든 것을 기꺼이 주는 것. 어떠한 목적이나 계산 없이 무조건적으로 주는 것이다. 사회적인 의식과 예절이라는 것이 얼마나 거추장스러운 것인가. 인생에 있어서 사랑이란 단 하나의 마르지 않는 샘물이라고 했다. 쓸쓸하고 황량한 사막에서 그 샘물을 발견하고 갈증을 풀려하지만 그 샘물의 양 때문에 더욱 더 목이 탄다. 그렇지만 그것은 영원한 휴식과 안식을 주는 것이다. '너의 것이 나의 것이고 나의 것이 너의 것이다.' 나의 주위를 감싸고 있는 두꺼운 장벽을 깨뜨려야 한다.

사랑이란 안개가 짙게 낀 구불구불한 오솔길처럼 너무나 불확실하고 잘 모르는 두려움에 잠겨져 있다. 나 자신이 이제는 성인이라는 사실이 더욱 더 절실하게 떠오른다. 시간은 가장 중요한 것. 한 매듭이라도 다시는 돌아오지 않는 것. 내일이 빨리 왔으면 하는 생각이 든다.

1982. 2월 27일. 토요일. 맑음

인생이란 찰나의 연속이다. 지금 이 순간 시간이 흐르면 영원히 돌이킬 수 없는 미래 또한 한순간이다. 어떤 미래를 규정해 놓고 그것을 추구하기 위하여 순간의 삶을 지속시킨다.

생동감이 넘칠 때에는 어떤 희망 속에 깊숙이 빠졌을 때이다.

그렇지만 그 희망이 쉽게 얕아질 수 있는 것은 아니다. 안개 속의 어렴풋한 물체를 보듯 알고 있다고 믿고 있지만 사실은 정말로 모르는 것이다. 어떤 집단 속에 속해있을 때 집단구성원들과 접촉하면서 그 집단의 일정한 특징을 가진다. 집단이 추구하는 목표와 내 가치관이 지표하는 것은 일치하지 않으면 안 되게 되어있다. 개인이 자신의 독자성을 지키려 해도 단지 그 영역 안에서 맴돌 뿐이다. 인간이 내부에서는 공통의 흐름을 이루고 있는 강이 있다. 악보다는 선에로의 의지가 강하며 인간의 사고와 행위를 지배하고 있다. 소시민적 삶을 지향할 수도 있다. 사회 정의를 위해 인생 그 자체가 격동일 수도 있다. 세계의 역사를 살펴볼 때 언제나 지배적 종속관계로 있어 왔다. 나의 본체를 찾을 수 있는 방법은 무엇인가?

인생이란 항해 중에 가야 할 항구를 정하는 것. 어떤 것을 선택하는 문제. 바로 앞에 마의 소용돌이가 있을지도 모르는 위험천만한 항해 길. 한 항구에 들어서서 고난의 시기를 회상하며 후회에 젖어 본들 소용없는 짓. 곧 죽음으로 들어서게 되는 것. 공상은 현실이 아니다. 현실 또한 이상은 아니다. 이상을 추구해 나가는 열의가 강하면 강할수록 현실은 삭막해지고 광폭해진다. 어려서부터 배우라는 생각이 들었다. 우주의 어떤 인물이 자신의 연기를 보고 있다.

1982. 2월 28일. 일요일. 맑음

〈대학문화에 관하여〉

대학이 상아탑으로서 설립될 수 있었던 시기는 중세가 끝나고 문예부흥이 시작할 무렵이다.

오늘날 대학 사회를 살펴볼 때 아카데미즘적인 풍토와 사회의 중추적 비판세력으로서의 의의에 보다 중요성을 둔 세력들이 있다.

인간은 무릇 사회적 집단을 이루고 살기 때문에 사회와는 동떨어져서는 존재 의미가 없다. 곧 사회의 삶이 개인의 삶에 거의 대부분으로 연관되어 있다. 특히 자연과학에 있는 사람들은 다른 인문 사회과학보다 가치중립성을 내세운다. 현대 사회에서는 고도로 분업화 전문화되어서 보다 높은 차원의 지식과 기술을 가진 인력을 요구하게 되어있다.

고도의 분업화 과정에서 자기 상실이 필연적으로 수반되고 정보 사회의 발달로 더욱 더 인간을 자기로부터 소외시켜 조작이 가능하도록 되었다. 현실적 집착이 크고 보수성이 강한 성격을 띤 집단에서는 조작이 쉽게 이루어질 수 있고 소몰이처럼 몰아부치게 된다. 비판의 기능을 담당하는 사회적 기관은 모종의 압력 등에 의해서 잘 수행할 수 있는 것도 아니다.

대학은 아직까지 사회와는 거리가 있는 진리를 추구하는 터전으로서 인정되고 보장받고 그 구성원 또한 그러한 것을 인식하여야 한다.

진리를 추구하는 것은 인간이 자기의 존재를 파악하고 궁극적으로는 미래의 희망을 개척해 나가는 것이다.

대학 사회는 사회 속에서 성립 존재함으로 진리탐구의 과정에서 사회의 이정표 역할을 해야만 한다.

궁극적으로 진리라는 것이 인간의 복지를 위한 것이기 때문이다. 대학 사회의 구성원들은 학생이라는 한계를 가지고 있는 특수집단이다. 구성원 자체에 한계를 내포하고 사회와는 조직이 다르므로 대학문화 역시 일반 사회의 문화와 성격이 다르며 또한 한계를 가지고 있게 된다. 학내 정치문제를 볼 때, 어느 정도까지는 참여가 필요하게 된다. 어느 정도가 정확히 정의되지 못하는 점이 문제이다.

일반 사회의 세태에서 떨어졌기 때문에 객관적으로 판단 평가 비판할 수 있기에 학문을 하는 과정에서 보다 날카로운 평가를 내릴 수 있고 길을 제시해 줄 수가 있는 것이다.

지금의 상태에서는 대학문화라는 것이 뚜렷이 나타나는 것도 아니지만 단 한 가지 자신있게 믿을 수 있는 것은 학문 그 자체에 매몰된 대학문화라는 것은 있을 수 없다는 것이고 학생운동이 순수한 학생운동이 아니라는 점이다.

사회의 비판세력으로서의 대학을 존재시키려면 외부로부터의 대학 사회 내의 조작 기도를 정확하게 파악하여 분쇄하여야 하며 학문의 장으로서의 대학 진리 탐구의 요람으로서의 대학이 되어야 한다.

1982. 3월 7일. 일요일. 맑음

〈대학의 학생과 학생운동에 관하여〉

S·M의 차원에서 학생운동이 한정하는 뜻은 굉장히 포괄적이고 혼동되어 쓰여왔다. 우리나라 대학문화가 아직 뿌리내리지 못한 상태에서 S·M을 정확하게 규정하기는 쉽지 않다. 그 명맥을 애써 찾아본다면 삼일 학생운동부터 시작해야 한다. 학생이란 그 자체가 신분의 한계성과 여러 가지 한계를 가지고 있기 때문에 S·M 또한 한계성을 내포하고 있다. 역사를 돌이켜볼 때 항상 모순의 해결 방향으로 전진하고 있다. 기존의 체제가 새롭게 변화한 제반 조건을 포용하지 못할 때 그것을 왜곡하게 되고 기존 체제를 위협으로부터 보호하기 위하여 새로운 제 양식을 억압한다.

그러나 이러한 기존 체제의 부정적인 양상을 그것이 대상에서 자기를 반영시켜 객관적으로 파악하는 사실에서 그 자체가 자신의 부정을 뜻한다. 이 부정을 부정함으로써만 발전이 이루어지기 때문에 기존 체제에 대한 부정으로 나타나고 이 부정이 극복되면 새로운 체제가 세워지게 되는 것이다. 현시점에서는 주체적인 노력과 자각이 절실하게 필요한 때다.

1982. 4월 19일. 월요일. 맑음

1960년 4월 19일 혁명이 22돌을 맞이하는 날이다.

피끓는 젊음을 자유와 정의를 위하여 피의 제단에 바쳤던 그들의 함성이 들리는 듯하다.

미국의 워싱턴포스트지에서 쓰레기통에서 장미꽃은 필지 몰라도 한국에서 민주주의가 싹트기는 불가능했다고 했지만 그 당시 젊은 지성에 의해서 압제가 타도되었다. 압제에 항거하다가 수많은 학생들이 쓰러졌지만 진정한 민주를 위해 항거할 수도 있었고 직접 실천적 행동으로 나타날 수 있었다는 것은 민주의식이 어느 정도나마 이루어졌다는 것을 의미한다. '민주'의 용어가 서구에 바탕을 두는 것이니 만큼 피상적인 의미로서만 느껴진다. 그러나 인간이 인간답게 살 수 있는 것 즉 타의 목적물이 아니라 스스로 주체가 될 때, 그때가 바로 민주화되지 않나 생각한다. 지금까지 역사를 살펴보건데 원시 공산체제를 제외하고는 항상 지배 피지배의 종속관계가 계속되었으며 압박자들은 자기의 기득권을 유지하기 위하여 항상 피압박자들을 억압해 왔다. 피압박자들은 항상 배고프고 멸시당하고 인간이 아닌 물인인 것이다.

압박 속에서는 '말'을 잃어버린다.

'말'은 우리의 처한 상황에 대한 인식을 나타내주는 도구로써 또는 그 자체가 진리를 나타낸다 하겠다. '말'이 없으므로 침묵의 문화가 나타나고 사고 그 자체가 제 기능이 없어져서 단지 통치에 필수불가결한 열등의식이나 조작된 사고가 침투하게 되어 인간은 단지 물화되어 버린다.

특히 현대와 같은 고도로 전문화되고 분업화된 사회 속에서는 거

대한 지배의 메카니즘에 침몰되어 버린다. 지배자가 피지배자를 비인간화함으로써 자기도 비인간화되어 모든 사람들이 인간성을 상실하고 만다. 이런 상태에서는 방향감각을 상실하게 된다. 인류 역사의 발전을 보면 모순이 집적되었을 때, 그 모순의 해결 방향으로 역사의 전환기가 마련됨을 알 수 있다. 그러나 자연과 인간이 현대처럼 유리되어 있어 인간의 자연에 대한 착취가 돌이킬 수 없는 피해를 자연에게 입혀 재생될 수 없는 자연이 될 때 문제는 더욱 심각해진다고 할 수 있겠다.

인간은 자연의 산물인 것이다. 인간 없는 자연은 존재할 수 있지만 자연 없는 인간은 존재할 수 없다. 인간 사회에서 모순이 집적되어 그 모순이 무너지고 새로운 질서를 세울 때, 자연에 환원되어야 하는 것이다. 그러나 우리의 자연은 훼손되고 있다. 인간을 받아줄 곳이 없다. 지배의 메카니즘이란 항상 착취하고 약탈하는 제 형태를 지니고 있다. 이 지구상의 인류를 구하기 위해서는 피압박자들이 일어나야 한다. 이제 그들은 인류의 구원이라는 사명을 지고 지금까지 그들을 비인간화했던 요소들을 정확하게 인식하고 그들의 역사의 주체가 되어야만 한다는 진리를 깨닫고 함께 투쟁해야 한다.

물론 그들은 스스로 깨우칠 수 있는 계기가 필요하다. 단지 '말'을 되찾을 수 있도록 해주면 된다. 4월 16일 혜화동 성당에서의 학생들의 가두행진은 비록 수백 명의 사복형사 비밀경찰 등에 의해서 좌절되고 여러 학생이 체포, 구금, 폭행을 당했지만 아직도 정의는 아무리 상황이 어렵다 해도 살아있음을 보여준 것이다. 이렇게 압박받고 있는 시대에 있어서 진리의 횃불을 밝힐 수 있는 사람들은 '학생'이다. S·M이 우리 사회의 정의와 진리를 위해서 압제에 시달리고 고통받거나 혹은 묵묵히 있는 사람들에게 희망의 불빛이 될 수 있다. 진정한 자유를 획득하기 위해서는 그에 따르는 희생이 있다. 자기의 생명을 걸고 싸워야 하면 인간은 진실을 독립된 자아의식으로써 획득하게 된다.

무력에 의해서 이루어진 압제는 더욱 더 큰 무력을 부르고 그리하여 자신의 무력에 의하여 쓰러지고야 말 것이다. 진정한 정의는 다시 빛을 발할 것이다. 예수께서 부활하셨듯이……

인간에게 있어서 순수하고 아름다울 수 있는 격정의 소용돌이가 있을까? 이성적으로 살아가야 하지만 때때로의 감정의 폭발은 우리의 힘으로는 막을 수 없는 것이다.

강하고 강하게 마음을 먹고 냉철한 이성으로 무장하려고 노력하지만 인간 본성에 흐르는 사람의 감정은 언제나 메마르지 않고 분출할 구멍을 찾고 있다. 세상은 아름다운 것이다. 온갖 꽃들이 활짝 피고 가슴 설레는 바람이 옷 속을 스며드는 4월은 참으로 잔인한 달이다.

아름다운 음악을 들을 때에는 모든 것을 다 잊어버리게 된다.

인간의 본성은 확실히 미와 선을 추구하는 것 같다. 잠시 동안이라도 나의 가면을 벗을 수 있을 때가 음악에 접하게 될 때이다.

가면이라는 것이 얼마나 인간을 피곤하게 만들며 쓸데없는 가식을 부려야 하나. 자기 자신 그 자체로 돌아올 때, 나약함을 뼈저리게 실감한다. 참으로 외롭고 고독하다. 강한 척해야만 할 필요가 있을까. 나 자신 본체를 적나라하게 드러내고 싶다. 사실 자신도 자신의 본체를 모르지 않는가. 사랑을 찾아 방황하는 사람들이 많다. 그들도 자신의 본체를 찾지 못하고 그 불안감을 해소하기 위해서 어쩌면 상대방을 통해 자신을 확인할 수도 있으니까 강해질 필요가 있다.

1982. 4월 21일. 맑음

사람이 성실하게 산다는 것이 퍽 중요한 일인 것 같다. 원래 인간이라는 동물은 본질적으로 게으른 것이다. 먹고살기 위해서 다시 말하자면 생존을 위해서 할 수 없이 자연과의 투쟁, 즉 노동을 해야 한다. 그러나 자연은 인간을 포함해서 세상 만물의 모태가 됨으로써 인간은 자연과의 접촉과 상호관계를 통해서 자신의 본질을 자연 속에 한구석에서 발견하게 되는 것이다.

인간의 속성은 본시 게으르기 때문에 좀 더 편안하고 효율적인 방법, 수단을 생각하게 되고 이렇게 해서 생산력이 발전하였다. 이와 같은 과정 속에서 생산을 지배하는 상부구조가 필연적으로 생겼다. 현대 사회는 상부구조와 하부구조의 모순의 대립, 부정, 해결을 계속하면서 이루어졌으므로 고도의 전문화와 분업화가 이에 뒤따랐다. 학문 연구에 있어서도 전문화되었고 고도의 세분화가 이루어졌기 때문에 학문의 목표나 궁극적인 가치가 희미해지고 있다. 따라서 학문은 어떤 산업화의 부속물 또는 정보 제공의 역할뿐 전통적인 가치개념에서 볼 때에 진리를 밝힌다는 입장과는 동떨어진 감이 없지 않다. 따라서 연구활동 그 자체가 가치나 윤리 안에서 소외되게 되었다.

자연과학이란 연구과정 그 자체에도 의미가 있을 수 있다. 그러나 우리가 자연과학이 급속도로 발전하였다고 그 발전사를 돌이켜 볼 때 근대 사회의 부르주아의 이데올로기 형성에 기여하면서 그

의미가 크게 두드러졌다. 현대의 자연과학에 대한 태도는 산업화되는 사회에서의 어쩔 수 없는 처지라 할지라도 '진리'를 향해 나가는 학문인 것이다. 모든 것은 인간 사회를 위해서 평가될 수 있다. 학문을 통해서 앞날의 바람직한 비전을 제시하는 것이 가장 중요하다.

인간이 생명을 부지하기 위해 노동을 하는 것은 하나의 의무이며 사명이고 권리이다. 게으름과 항상 싸워야 한다. 그래야 좀 게으름을 필 수 있으니까.

자기 실현의 과정이란 자신과의 끊임없는 싸움에서 의지가 우위를 차지할 때를 우선 조건으로 한다. 이제 인간은 직접적인 자연보다 그 파생물과 싸워야 한다. 괴로움을 참고 게으름을 피우지 않는 것이 '성실'이다. 이것은 또한 쓸데없는 자기 과시를 하지 않는 것이다. 있는 그대로의 자신을 바로 인식할 수 있는 기반이 마련되어야 할 것이다.

11

마음의 고향 · 2

1986. 5월 16일. 일요일. 맑음

'산업은 자연과학이 인간에 대해서 가지는 현실적 역사적 관계

이다.'

'과학은 일관성에 대한 인식 방향의 선택적 체계이다.'

과학은 '자연에 대한 체계적 지식'을 목표로 기술은 '자연이용방법의 경험적 축적'을 목표로 하여 서로 보완적이지 못하고 불완전한 형태를 띠면서 완만하게 발전해 왔다. 그러나 자본주의 사회는 항상 새로운 기술과 산업의 창출을 유도해야 하고 또한 그러한 여건을 조성해 왔다. 과학의 기술화, 기술의 과학화 그리고 과학기술산업의 과정이 일련된 작업으로서의 진행은 과학기술의 구분을 무용화시켜 현대에 있어서는 과학과 기술은 동일한 범주로서 파악하는 것이 과학의 모습을 적절하게 보여주는 것이다. 오늘날 산업화된 의미에서 기술과 융합된 과학은 인간에게 새로운 세계의 창조를 약속하는 동시에 인간이 이때까지 알고 있는 하나의 세계를 파괴한다.

1982. 5월 17일. 월요일. 맑음

5월 8~9일 양일간에 거쳐서 우리 생물과에서는 하나의 전통인 광릉에 야외 채집을 나갔다. 사실 경기도 광릉이 서울에서 그리 먼 곳도 아닌데 가볼 기회가 전혀 없었다.

수령이 오백 년 이상되는 전나무 잣나무 등이 빽빽하게 들어선 수풀림을 들어설 때 발걸음 하나하나마다 500년의 사연 많은 역사가 숨을 토해내는 것 같았다. 아직까지 파괴되지 않고 원형 그대로의 모습을 지니고 있는 자연림으로서의 생물학적 측면에서 많은 중요성을 가지고 있는 곳이다. 수목원을 견학하지 못한 것이 못내 아쉬웠는데 더욱 씁쓸하게 만든 것은 학문하는 사람들이 관권 앞에서는 전혀 힘쓸 수 없다는 것이었다.

사회의 역학적 관계에서 대학인과 학문을 볼 수 있었다.

생태학적인 측면에서 볼 때 양수림이 번성하다가 햇빛을 받는 것이 더 효율적인 음수림이 극상을 이루게 된다. 예외적으로 광릉에서는 침엽수림이 발달했는데 이는 인공적으로 음수림의 번성을 막고 의도적으로 침엽수림을 조성한 것이라 한다. 특히 잣나무와 전나무가 많았는데 잣나무의 경우 원산지가 우리나라로서 전나무보다 나무껍질이 굵었으며(비늘이 컸다) 하늘을 향해 곧게 뻗은 모양이 옛날 우리의 선조들의 고난을 이겨낸 꿋꿋함이 깃들어 있는 듯했다.

500년 동안 천재지변도 한두 번이 아니었을 것이요 환경의 변화가 실로 많았을 것이다. 인간의 세계가 한 세대를 넘길 때마다 변화가 일어나고 사회의 근본적인 구조적 변화가 생기는 때도 있었다.

1982. 5월 20일. 수요일. 맑음

학예제 기간 중에 과별 공개토론회를 가졌다. 주제는 '대학문화와 졸업정원제'로 1학년과 함께 토론했다.

대학문화라는 것이 학문을 연구하는 과정에서 과거의 토대 속에서 현시점에 입각한 이론을 새로이 미래지향적으로 창출하여 사회와 유기적 연관 속에서 그 존재의의를 찾아볼 수 있는 것이다. 대학 사회 내에서 다양화 문제는 학생신분자체가 사회적 생산에 직접 참여하는 것이 아니고 또한 학문을 직업으로 삼는 계층이 아니기 때문에 한계성은 우리 모두가 지니고 있다. 또한 각 학생 간의 환경적 성격적 특성이 각기 다르기 때문에 그들이 추구하는 가치체계가 저마다 성격을 달리하는 것은 자연스러운 현상이다. 다만 우리가 존재하는 현실을 무비판적으로 수용하고 능동적이고 주체적인 면보다 수동적이고 자기를 망각한 자동인형화된다면 그것은 영원히 추방해야 할 공동의 적인 것이다. 다양함 속에서도 하나의 수렴점이 있는 대학문화를 모색하는 방향으로 나가야겠다. 어떠한 억압적 상황이나 부조리한 체제하에서도 진리의 불빛은 가려지지 않고 더욱 더 빛을 발하는 것 같다.

그러나 어떤 영웅적 심리에 도취하거나 자기의 존재기반과 기본적 역할을 잊어버리고 날뛴다면 그같은 금물은 없을 것이다. 항상 냉철하고 날카로운 지성 위에서 세계를 인식하고 분석하는 태도가 요구된다.

여성 전체, 여성으로서의 개인의 억압적 모순들이 고대부터 지금까지 계속 하나의 인습으로 내려오고 있다. 여성문제를 부르짖을 때 어느 한쪽이 다른 한쪽보다 우월하다는 식의 접근이 아닌 똑같은 인간으로서의 자리를 찾자는 의도인 것이다. 사실상 여성이 억압당하고 있는 상황은 인류의 이상과도 부합되지 않는 것으로서 세계 인구의 절반이 자신의 잠재력과 능력을 발휘할 수 있을 때 역사적인 획기적 발전이 있을 것이다.

여성의 비인간화 현상은 여성 자체의 비인간화도 가져오지만 상대적으로 남성들을 질곡하는 상태로 나타난다. 즉 여성의 사회참여가 거부되기 때문에 경제적인 부담을 남성이 책임진다든 가의 모순이 나타난다. 그렇지만 가장 시급히 다루어져야 할 것으로서의 여성상들은 너무나도 소외되었다는 문제일 것이다. 그 소외가

개인적인 이유가 아니라 사회적 남성의 편견의 결과임을 알 때 그것을 개선하는 방향으로 사회의 구조적 모습을 살펴봄으로써 극복하려는 뚜렷한 의지를 가져야 한다.

여성 자신이 자아의식도 수동적인 측면으로서가 아니라 능동적으로 느끼고 생각하고 행동하여야 한다. 그러나 이러한 모든 것이 여성 자체를 부정하는 것이 아니고 '여성'임을 받아들일 때 진정한 동료의 인간적 관계로서의 전환이 이루어지지 않고는 안될 것이다.

감정을 솔직하게 표현하면 그 자체가 비의도적인 순수한 것이 될 수 있다. 불안한 상태로부터 극복이 된다.

1982. 6월 25일. 목요일. 맑음

학기말 시험 기간이다. 마음과 몸이 한껏 움츠러든 상태이지만 시험공부를 하는 중에서 살아있는 보람을 느낄 수 있어 주위를 둘러 싼 답답한 공기 속에서도 숨을 쉬게 해준다.

사고가 이분된다.

전공을 통한 사고체계와 여태까지 습득한 사고가 서로 조화될 수 없는 분리를 겪고 있다. 이 둘의 관계가 대립적으로 나타난다.

과연 대립적인 관계로 일관하여야만 하는가?

역사 속에서의 인간은 자신의 존재가 역사 속에서 규정되어 있기 때문에 역사성을 부정한다면 존재조차 부정하는 결과로 나타난다. 인간의 실체가 없고 항상 변하는 것이라면 자신을 어떤 규정 속에 묶어 둔다는 것은 하나의 모순에 지나지 않을 것이다.

다시 한 번 성실이라는 것에 내 자신을 숨겨야겠다.

생명을 유지해 나간다는 것은 살아야만 하는 당위성이 있기 때문이다.

1982. 6월 27일. 금요일. 맑음

인간들 사이의 만남은 하루 동안 주위를 스치고 지나간 수많은 사람에 비하면 극히 확률적으로 낮은 것 같다.

만남의 기회가 그리 쉽게는 오지 않는다. 무수히 많은 사람들과 모두 다 만남을 가질 수는 없는 일이고 어느 정도 노력여하에 따라 물론 성격이라는 큰 변수요인이 있지만 그 범위를 확대시킬 수 있다. 그러나 질과 양의 문제를 생각해볼 때, 항상 양적으로 팽창된 만남이 질적으로도 충만되었다고는 말할 수 없다.

부모형제 사이의 관계란 혈연으로 지연으로 키워주고 보호받는 입장에서 항상 내리사랑이라 하는 한편, 이성과의 만남은 나와 내가 속해있는 성과는 다른 속성, 어쩌면 서로 대립되고 부딪치는 것으로서 여타의 다른 만남과는 구별되는 이질적 성격이 뚜렷하다.

자기와는 완전히 대립되는 사람을 만났을 때, 처음에는 서로가 접근하기를 두려워한다. 순간적으로 이러한 현상이 지나면 서로에 대한 호기심이 싹트게 된다. 모두 인간이라는 보편적인 속성에서 수렴점을 찾으려 한다. 그 과정에서 소위 '사랑'이란 단어가 나오게 되고 다른 어떤 관계보다 그 이질성으로 인내를 요하게 되고 고통이 따를 수 있으며 그에 따른 기쁨은 이루 말할 수 없이 큰 것이다. 한때 가식적으로 될 때도 있고 가식적이어야만 해야 할 필요성도 있다고 한다. 진실을 알기 위한 일련의 수단일 수도 있다.

이성과의 관계 중에서 '짝사랑'은 자신의 카타르시스의 역할을 지니기도 한다. 누군가를 사랑하고 있다고 확실히 느낄 때는 어느 한 순간에 갑자기 체험하게 되는데 그때는 자기의 마음을 알고 깜짝 놀란다. 계속 같이 지내온 사람인데도 그 사람의 존재를 느끼지도 않고 무시해 버릴 때도 막연한 호감을 느꼈다. 자신에게 있어서 어느 한 부분도 차지하지 않을 때가 있었다. 만남이 지속되는 과정에서 순간순간에 전해져오는 체취가 잠자고 있던 그에 대한 인식을 일깨워준다. 어느 순간에 자신의 모든 부분이 그에 대한 생각으로 꽉 차 있음을 느낀다.

그와 만날 때에는 좀 더 순수해지고 같이 있고자 하는 욕망으로 꽉 차게 된다. 만약에 반응이 전혀 없다고 생각하면 그가 사랑을 받아들이지 않는다면 그래도 조그만 부분, 행동의 세심한 부분에서 그 가능성을 찾으려고 애를 쓸 것이다. 자신이 외화(外化)된 상태에서 자신이 본모습을 찾을 수 있는데 자신의 진정한 추구가 거부된다면 소외가 일어나고 자기 자신에 대해서 존재성을 잃어버리게 된다.

그리고 그 실체의 허망함을 무질서의 소용돌이로 빠져버릴 것이다. 그러나 사람들은 신이 아니다. 자기를 사랑하는 자가 사랑하는 수많은 사람에게 똑같이 그런 사랑을 주는 것은 불가능하다. 신만이 그렇게 할 수 있을 것이다.

단지 그러한 사랑을 한 사람에게서 즉 그를 통하여 확산시키는 것이 가능할 것이다.

1982. 6월 28일. 일요일. 맑음

과학의 대상은 법칙을 규명하는 것이며 법칙은 현상으로서의 우연적 발현형태를 통하여 표시되는 모든 현상의 본질적인 그리고 일정불변의 연관의 표현으로서 나타난다. 그러나 법칙은 제 현상의 변화와 발전에 있어서 다종다양한 제 연관의 모두를 나타내는 것은 아니다.

법칙은 정지한 것을 파악한다. 따라서 법칙, 모든 법칙은 좁고 불완전하며 조사적이다. 현상은 법칙보다 풍부하다. 이런 현상에 대한 인식은 법칙의 제종의 발현 형태. 한 법칙의 다른 법칙과의 상호작용들이 연구팀에 따라 완전해진다.

1982. 7월 5일. 월요일. 맑음

만남의 기회를 갖는다는 것. 특히 그것이 서로의 마음을 주고받을 수 있는 대상을 찾는다는 것이 얼마나 힘들고 기회가 적은 것인가를 실감이 난다. 세상의 수많은 사람이 서로의 어깨를 스치고 가지만 그들은 단지 지나가는 사람이다. 그중에서 서로를 좋아할 수 있는 사람을 만나는 것이 어쩌면 불교에서의 연기설에 기인하는 것이 아닌가 하고 다시 한번 놀라면서 배후의 어떤 큰 손을 어렴풋이 느끼는 것이다. 이성만으로는 부족한 만남은 서로를 솔직하게 하고 순수하게 만든다. 서로의 인격이 부딪치면서 사랑이 싹트고 완성되어 간다. 열린 마음으로 모든 것을 받아들이는 것이 기본적인 전제이다. 인생의 동반자로서도 생각해본다. 자기를 어떤 대상에 전가해서 그곳에서 자신의 진모습을 확인하는 것이 또한 두렵기도 하고 행복하기도 할 것이다.

모든 것을 다 주고 싶은 희생도 감수할 만큼 사랑할 때 여성적인 문제는 단지 공허한 이론으로 맴돌 뿐이다.

사랑의 열정은 맹목적이고 끊임없이 자신을 태운다. 그러나 관계에서 사랑은 그 실체를 보이지 않고 계속 양자들 그 속에서 방황하고 헤매게 된다.

사랑이라는 굴레 속에서 두 사람이 결합할 수 있는 것은 어떤 섭리에 의해서 인간을 가장 인간답게 해주는 것일지도 모른다.

1982. 7월 14일. 수요일. 흐림

도망가고 싶다. 숨고 싶다. 주위에 있는 모든 것들이 부담스럽고 감당하기 어렵다. 편안히 안식을 취하고 살고 싶고 지금 있는 곳에서 빠져나오고 싶다.

불확실한 곳을 찾아 헤매는 고통 한갓 의무감에 의해 기계적으로 행동하는 것은 머리 없는 자동인형과도 같다. 위선으로 가득 차고 기만이 맥을 못 추는 허수아비가 있다. 이분되는 자아가 가증스럽다. 지금 목적을 잃어버린 길을 무조건 걷는 것 같다. 당위를 위해 서라지만 당위조차도 잘 알지 못하는 상태에 무엇이 당위란 말인가. 자신의 약함이 부끄럽다. 등뼈 없는 동물처럼 이리저리 흐느적거리며 이곳저곳에 기대는 무능함이 슬프다. 어리석음을 갖는 자는 무엇을 할 수 있단 말인가. 맹랑하지만 어리석은 자신의 현실이 슬프다. 순수함이란 탈을 쓰고 순수함을 찾아 헤매지만 순수가 있는 곳은 아무 데도 없다. 안식처를 찾으려고 하지만 영원한 안식처 또한 없는 것 같다. 인간의 마음이란 서로가 접합하기에는 불가능한 것일까. 잡으려고 애를 쓰면 쓸수록 점점 멀어지는 것이 인간의 마음이라면 세상은 무엇을 위해서 사는지 의심스럽다.

1982. 7월 15일. 목요일. 맑음

날씨가 푹푹 찐다. 비나 쭉쭉 내렸으면 좋겠다. 테제와 안테제와의 갈등, 대립은 서로가 적대적인 양상을 띠면서 끊임없이 충돌한다. 서로를 부정하게 되며 부정 그 자체가 자신을 부정하는 차원으로 낳기 때문에 부정을 부정하는 차원으로 넘어간다.

이때에 질적인 변화가 수반된다.

모든 사물은 끊임없이 변한다. 반면에 우리의 사상이나 이념은 고정적이고 정태적인 것이므로 현상계에 나타나는 모든 변화를 부정하게 되는데 그것이 자기를 부정하는 결과를 낳기 때문에 질적으로 비약하지 않으면 안되게 되어있다. 무의식적 의식적으로 사회체제는 우리에게 일정한 태도와 행동 양식과 우리의 사고까지도 결정해 버리는 힘이 있다. 자신을 억압해 오는 제요소들에 대하여 저항감을 갖고 더욱 더 조여 오는 것에서 풀려나려고 애쓰지만 내가 우선 그곳에 존재하기 때문에 결국 자신을 부정하는 측면에 도달하게 된다. 갈등은 극대화되고 자신의 파멸을 자초할 수도 있다. 우리가 추구하는 것, 인간적이기 위해 비인간적인 면도 어느 정도 부정하지 않으면서 추구하려고 하는 것이 기존의 우리 사회에 대해서 매몰되지 않으려고 몸부림치고 저항하는 것이라면 그것은 단지 시대의 반항아일 뿐이다. 그 이상의 의미가 있을지도 모르겠다. 반항아 이상의 의미를 갖지 않는다면 허무하다.

인간의 본질은 끊임없이 변하는 실체가 없는 것으로 죽음이라는 확실한 종착점을 향해 터벅터벅 걸어가는 삶이다. 가장 확실한 것은 죽음뿐이다. 자신을 찾는 것은 혼자의 사색도 저 높은 차원의 관념적 고민으로도 아니 된다. 관념은 관념에서 끝나기 때문이다.

길가의 가로수를 볼 때, 그 수피가 인간들의 무지한 손에 의해 벗겨져 그의 생명활동을 끊어버리게 되는 비정함의 상처가 애처롭다. 나무도 하나의 생명체이다. 단지 말을 못할 뿐이다. 인간은 아무 생각도 없이 나무의 생명활동의 중추선을 제거하여 살려고 하는 의지를 짓밟아 버린다. 나도 길가의 가로수와도 같은 처지일지 모른다. 내부에서는 꿈틀거리고 열정이 숨어있지만 가로수는 길가에 서 있을 뿐, 말도 못하고 움직이지도 못한다. 아무 소용이 없는 것이다.

1982. 8월 7일. 토요일. 흐림

날씨가 무덥다. 가만히 있어도 땀이 줄줄 흐른다. 모든 것이 푹푹 썩어가고 온 세상에 악취가 풍기는 것 같다. 이런 날씨가 계속되는 한, 모든 것이 다 미쳐버리고야 말 것이다. 한 인간이 살아가는 과정선상에서 추구하는 바와 자신을 일치시켜 나가는 것 자체가 얼마나 추상적인 개념이며 어려운 일인가. 그것을 저버리지 못하게 하는데 자신의 이익은 그러한 것을 원하지 않을 경우 두 가지 사실이 서로 대립적이고 상충될 때 자기 분열이 일어나게 된다. 일정의 가설을 받아들여서 자신의 행동을 지배하는 논리를 구성하게 되는데 기계적으로 논리를 세우고 행동이나 자세가 그 논리와 합일되지 않을 때, 그 논리와 행동은 각각 분리되고 다른 양태로 나타나게 된다. 따라서 둘 사이에 괴리는 마치 정신분열증 환자가 갖는 증상과 마찬가지로 모순과 모순들의 연속적인 표출로 나타난다. 기존의 자신의 모습이 무너지는 것을 두려워하고 새로운 자신의 모습에 자신이 없을 때 이러한 괴리감은 더욱 커지고 행동에서 모순과 모순들이 폭발하게 되는 것이다.

설정한 자신의 논리에 자신의 행동이나 삶의 태도 등을 맞추어 나가는 것은 이분성을 극복하는 가장 쉬운 방법일지 모른다. 아니 이분성은 계속 남아있을지도 모른다. 그 정도의 차이는 있을망정 언행일치라고 옛사람들이 말했다. 언제까지나 자기 분열을 계속 내버려 둘 수는 없다.

한마디의 말이 입에서 흘러나왔을 때, 그 한마디의 말이 나를 구속하고 삶의 태도를 변화시킬 때 진정으로 그 말이 내 것이 자신의 것이 된다고 생각한다. 자신의 말에 사상에 충실하게 되려고 노력하는 자세가 절실히 요구된다.

운동의 당위성, 그 객관성을 받아들였을 때, 자신도 또한 운동 속에 속한다는 엄연한 사실을 받아들여 운동이 곧 자신의 삶으로써 가치관으로써 나타날 때 인간의 진 모습을 찾을 수 있는 자격이 갖추어졌다고 할 수 있겠다.

모든 일에 구도자적인 태도로써 임할 때 진정한 자신을 찾을 수 있을 것이다.

자기 자신에 대해서 철저해야만이 운동이고 전공이고를 말할 수 있게 된다. 전공을 기반으로 자신의 삶의 양태를 만들어가야 한다는 기본적인 생각이 자신에게 성실하게 되므로써 더욱 더 그 의의를 찾을 수 있겠다.

1984. 9월 28일. 토요일. 흐림

치과에 가는 날이다.

병원에 갈 경우가 있을 때면 항상 망설여지는데 그것은 한낱 내가 정상인과 멀리 떨어진 쓸모없는 신체기관을 가진 비참한 존재로 다루어지는 느낌을 받기 때문이다.

평상시에는 스스로를 너무나도 존귀하고 소중하게 여기고 가끔 자신에 대하여 깊게 만족(?)하는 착각에 빠져 있었다. 횟수는 적지만 지금 치과병원에서 치료받으면서 자기 도취의 꿈은 산산이 깨어지고 캄캄한 어둠이 나에게로 밀물이 되어 밀려온다.

레지던트 선생님이 나를 치료하면서 내뱉는 한마디 한마디 말이 칼이 되어 정수리와 가슴을 내리친다.

흔히 하는 말로 꿈을 깼다.

그것은 내가 꽃다운 나이에 있음을 새삼스럽게 느꼈다. 그런데 치료 도중 나의 청춘의 아름다움이 그만 시들어 버린다는 느낌이 들었다. 정말 울고 싶고 더 이상 병원에 가지 말까도 생각했다. 그러나 자신에게 종합병원은 다 이런 거야라고 되뇌이면서 병원을 나왔다.

1984. 9월 22일. 토요일. 맑음

처음으로 돈 내고 문화관이라는 델 갔다. 이천오백 원. 꽤 망설였지만 기분도 울적하고 허전해서 큰맘 먹었다.

춤판, 즉 마당극 형식을 빌은 공연은 학교에서 수차례 보았지만 일반 대중을 대상으로 하는 춤판이 어떻게 벌어질 것인가 자못 기대를 가졌다.

한 시간 반쯤 춤판이 벌어졌는데 경상도 어느 마을에서 수해를 입은 민중들이 집과 재산을 잃은 암울한 처지에서 정치 사회의 비리와 구조적인 모순을 투영시킨 내용이었다.

동작, 언어 하나하나에 풍자적인 함축성이 들어갔는데 조금은 개별적이고 분산적으로 구성되었다는 느낌이 들었다. 자유로운 표현을 제약하는 정치가 예술을 절름발이로 만들어 놓았다는 사실이 또한 나에게 다가왔다.

공연이 끝났을 때에는 도서관을 나설 때보다 더 큰 공허가 밀려들어왔다. 모든 세상이 소용돌이가 되어 그 가운데 내가 떠 있었다. 언제나 이 공허를 극복할 수 있을까. 버스를 타면 창밖의 가로수와 건물과 사람들이 스쳐 지나가듯이 결국 삶이 그런 것이 아닐까. 자신과 남이 영원한 평행선을 그리면서 계속 계속 그 평행선을 따라 어딘지도 모를 곳으로 미끄러져 가는 것 같다. 참 비생산적이다. 이 공허는 사람을 무기력하게 만든다.

내가 밟고 있는 땅이 이 답답함과 무기력으로 녹아들어 발을 빼려고 하면 할수록 점점 깊이 들어가는 늪이 되고 있다.

다시 사람을 사랑해야겠다. 평행선에서 탈출해 보자.

1985. 10월 1일. 월요일. 맑음

지지부진하다. 그러나 정말 놓칠 수 없는 사람이다. 아직까지 이런 사람을 만나본 적이 없다. 순진성이 깃든 그의 내부에는 또한 어떤 열정이 끊임없이 불타고 있다. 친절한 그의 태도가 좋고 보이지 않는 무엇에 대한 열망이 마음에 든다.

세상에 섭리라는 것이 있는 것 같기도 하다. 지금의 만남이 우연이라고 해야 할지 아니면 필연인지 알 수 없다. 그러나 다음에도 계속되지는 않을 것이다. 어떻게 하면 이 만남을 피상적인 것으로 그치지 않게 할까.

일단은 상대방의 마음을 내가 정확하게 느끼는 것이 중요하겠고 나를 표현하는 행동이 기술적이어야 하겠다.

사람이 사람을 만나는 일은 참 좋은 것이다. 또한 사랑할 수 있는 마음은 축복받은 행복일 것이다.

1985. 10월 21일. 일요일. 맑음

오늘 도서관에서 그를 만났다. 간호대 기숙사에서 점심을 먹고 친구에게 커피 신세를 또 지고 나서 함께 도서관으로 내려왔다. 친구 유미가 커피를 더 먹겠다고 커피판매기에서 커피를 빼는 순간 그를 만났다. 막연히 그냥 스쳐가지는 않을 것이라는 느낌이 맞았던 것이다.

어제의 일을 사과하면서 커피를 사겠다고 했다. 너무 잘된 일이다. 가는 길에 후배를 불러 묻혀서 갔지만 참 괘씸하다고 생각했다. 예전에 만난 여자의 기억이 채 지워지지 않은 것 같았다. 몇 번 만나고 헤어지지 않은 사람이 누가 있으랴.

아무튼 좋다. 그를 언뜻 보니 절제심이 강한 것 같다. 생각한 것보다 줏대가 있었다. 이제 우리의 만남은 첫 장이 열렸다.

아. 어쩜 윤옥이가 기원해준 덕분인지도 모르겠다. 윤옥에게 고맙다고 해야겠다. 나는 그가 정말 좋다. 더욱 더 정성을 다해야겠다.

1985. 11월 11일. 일요일. 맑음

아침에 청량리중학교로 과학원 시험치는 동기들을 격려해 주러 갔다. 모두들 덥수룩한 모습으로 고사장에 들어가는데 굉장한 시험이구나 하는 느낌을 받았다.

아마도 윤옥이는 착잡했을 것이다. 수년 동안 공부해 왔던 것을 단 하루로 평가를 받는다는 사실이 사람을 무기력하게 만들게 한다.

오늘의 시험을 준비하면서 자신의 생활에 막대한 희생을 감수해 왔던가를 생각하면 이 평가에서 탈락되었을 때는 한 인간자체가 침몰하도록 하는 커다란 위력을 갖는다고 느꼈다.

인간은 미지에 대한 끊임없는 도전적 욕구가 있다고 한다. 결국 인간은 신이 될 수 없기에 영원한 패배자일 수밖에 없지만, 나방이 불을 보면 달려들 듯 인간의 속성 또한 계속적인 저항의 과정일 것이다. 모두들 시험을 잘 보아서 붙었으면 좋겠다.

오늘 또한 그 사람을 만났다.

보자마자 오랫동안 쌓였던 분노와 억울함과 야속함이 서로 뒤엉켜 고양이가 쥐를 대하는 태도로 그가 했던 행동의 부당함을 토로했다. 그러나 그는 자신이 불가피한 이유를 갖고 있었다는 사실을 내세워 성의 없는 사과를 하였다.

서로 간의 반발력이 너무나 확연하게 상호작용하여 상승효과를 나타내었다고 할 수 있겠다. 시험에 대한 초조감이 그를 감싸고 있었다. 세상에는 좋은 사람이 그리 흔하지는 않은 것 같다. 나는 아직 발견하지 못했다. 잘 모르겠다.

나도 시험공부를 잘해야겠다.

무엇보다도 중요한 것은 자기 자신이 똑바로 설 수 있는 능력을 기르는 작업이니까 잊지 않도록 해야겠다.

남에 대하여 좀 더 관대해져야겠다. 인간과 인간과의 관계는 상대적이고 이심전심 통하는 것들이 있는데 인간에 대한 기본적인 태도가 잘되어 있지 않으니 이심전심 통하는 것도 부정적인 면만이 서로를 통해 적대감이나 무관심을 초래하게 된다.

자. 이 부정적인 습성을 이 기회를 통해 고쳐야 한다.

1985. 3월 1일. 흐린 후 가끔 비

기숙사에 들어오던 날. 택시 타고 혼자 왔다. 덤덤하다.

집을 떠나올 때, 막냇동생 석의 섭섭한 표정을 잊을 수 없다.

어린 마음에 동공을 만든 것 같아 마음이 좋지 않다. 일요일에는 석이를 찾아보아야겠다. 아무튼 동생들에게 많은 빚을 졌다.

이제 시험대 위에 올라섰다.

변명의 여지는 다 사라졌다. K선생은 나의 뇌리 속에 점점 강하게 자리 잡고 있다. 이제 그와 나는 동일시되게 되었다. 그가 기숙사에 있을 때 외로움을 조금은 알 것 같다. 또한 짙은 그리움까지도 삶의 행로에서 서로 스쳐가는 사이로 끝나지 않기를 바라면서.

차창 밖에서, 도서관에서, 병원에서, 식당에서, 길을 걸어가면서 나의 눈은 항상 그를 찾고 있다. 그와의 돌연한 만남을 기원하면서 살고 있는 중이다. 우습다.

1985. 6월 18일. 화요일. 흐림

기온이 올라가고 있다.

초여름의 문턱을 막 지나 남쪽 태양의 습기를 흠뻑 가진 공기가 점점 가까이 밀려들고 있다. 여름이 물러갈 때에는 아마 자취 없이 스러지면서 모르는 새에 문득 사라질 것이다.

갑작스런 일이 닥치면 그 당시는 그 일에 대해 어떤 판단을 내리고 그 의미를 정확하게 알지는 못한다. 엉겁결에 맞이한다. 그냥 그렇게 지나간다. 단지 직관이 갖는 강한 느낌만이 그 사건에 대한 전부이다.

겨울에 관악에서 그를 만나고 도서관에서 몇 번 만나고 5개월 만에 어제 처음 보았다. 어쩐지 만날 것 같아 급히 서둘러 내려왔다.

현관에 그가 있었다.

순간 움츠려들어 어디 숨고 싶었다. 어색하게 웃었다. 이제는 남남이었다. 내 시야에서 그는 점점 작게 사라져 갔다. 온몸이 전율했다. 가슴이 터지는 것 같았다. 순간이었다. 자신이 남한테 잊혀지는 인물이라면 참 불행하다. 관심의 대상이 될 수 없을 때 슬퍼진다.

시간이 지날수록 그 명백함을 추측의 상상의 힘을 빌려 부인하고자 한다.

인정할 수가 없는 것이다. 더 이상 확인은 필요가 없는 것이다.

1985. 10월 6일. 일요일. 비

청년은 미래에 살고 중년은 현재에 살고 노년은 과거에 산다고 하였다.

현실의 암담함에서 자신을 지키고자 오늘을 살고 있다.

1985. 11월 11일. 월요일

첫눈이 왔다.

어쩌면 유치할지 모를 감상에 젖어들었다. 예전에 눈을 보면 한

없이 즐거웠는데 올해는 눈물이 날려고 한다.

무슨 엉뚱한 일을 하는 중인지 갈피를 잡을 수 없다. 하루하루를 살아가는 과정에서 잠시 멈추고 진실을 보고자 하는 노력이 얼마나 있는지 생각해본다. 곰곰이 생각해보고 또 보아도 진실을 보고자하는 노력은 거의 없는 것 같다. 밥을 먹을 때에도 남이 쫓아올세라 후다닥 해치우고 정신없이 달려가고 있다.

이제 맛을 느끼지 않는다.

배를 채웠다는 느낌만이 전부다.

스스로 살아가는 삶을 지녀야 하는데 빌려가는 삶에 허덕이고 있다.

귓속에서 전화벨 소리가 계속 울리고 있다.

기다림은 고통을 참아가는 과정인지도 모르겠다.

담담하게 있는 자체를 인정하는 자세가 필요하다.

1985. 11월 14일. 목요일. 흐림

흐린 오후다.

날씨는 감정을 끌어내는 힘을 지닌 듯하다. 점심을 먹고 잠시 차를 마시며 생각했다.

항상 공전하지만 마음속 깊이 가라앉은 감정이 떠올라 잠시 동안 진지해진다.

시험디자인을 할 때마다 단편적인 사실에서 일반적인 진리를 끌어내는 것이 힘들고 어렵다고 요새 느낀다.

수많은 오류를 범할 것이다.

갑자기 두렵다.

뉴턴은 대양의 백사장에서 한낮 조개껍데기를 갖고 노는 어린애에 불과하다고 했다.

자연현상은 우리의 지식 속에서 분해하는 작업을 장님이 코끼리 만지는 것과 같다는 것을 암시해준다. 그러나 인간의 지속되는 인내심 또한 필요함을 배제할 수 없다.

이제는 애니미화된 자연에서 법칙성을 끌어내기 위한 자연으로 과감하게 뛰어들어야 한다.

수많은 역경이 있을 것이지만 용기를 갖고 부딪쳐보는 것이 필요하다.

오늘 전화가 올 것 같다. 잘 모르겠다.

12

저물어가는 햇빛 속에서 나는 양지마을 사람들과 외할아버지 댁과 어머니에 관해 생각했다.

양지마을의 살아있는 신화, 호랑이 할머니의 삼끈처럼 질기디 질긴 원초적 생명력에 관하여 나는 그 경이로움을 잊을 수 없었다. 오로지 살아보겠다는 의지의 생명력 하나로 끈질기게 버텨온 호랑이 할머니. 오로지 검약과 끈기로 앞만 보고 삶의 질 따위는 전혀 고려하지 않는 생명체. 문화의 혜택이나 교육의 훈련 따위는 전혀 향유하지 않은 원초적인 삶.

어두워지면 잠자고 날이 밝으면 흙과 더불어 일하고 자연과 더불어 화친하며 살았다. 오로지 호랑이 할머니의 줏대는 인심은 천심이며 이 천륜을 의지하고 살았다. 때문에 양지마을 사람들은 비록 호랑이 할머니가 남루한 누더기를 걸치고 맨발의 검정 고무신을 신고 다닐지라도 그 누구도 홀대하거나 업신여기지 않았다.

마을 사람은 간혹 호랑이 할머니를 가리켜 짐승 같은 삶이라고 비판하기도 했다. 그러나 그들의 말은 설득력이 없었다. 왜냐하면 그들이 제아무리 목소리 높여 말한다 할지라도 그들은 어쩔 수 없는 처지였다. 그들은 모두 다 호랑이 할머니의 집터에서 얹혀살고 있었으므로 어느 누구라도 호랑이 할머니의 심기를 건드릴 언사는 면전에서 감히 할 수 없었다.

호랑이 할머니는 이와 같은 여론을 모르는 바가 아니었다. 그러나 새물먹어 건방진 것들이라고 지나가는 소나기 같은 것일 뿐이라고 일축해 버렸다.

개혁의 바람을 타고 집을 개축하고 흙봉당에 양회를 입히고 뜨락을 분통처럼 가꾸었다고 할지라도 그것은 어디까지나 남의 땅 남의 터였다. 호랑이 할머니는 눈앞 겉치레에 민감한 이웃들을 향해 항상 내 집 식구 타이르듯 말했다.

"여보시오. 쥐뿔도 없는 주제에 외면치레가 무슨 실속이 있다는 것이여. 젊어 심 좋을 때, 부지런히 일하구 재산을 모으라구."

호랑이 할머니는 동구 앞에서 어슬렁거리는 젊은이를 보면 그들이 듣거나 말거나 훈계했다. 호랑이 할머니는 어두워지면 잠자고 날이 밝는 새벽에 일어났다. 개천방죽은 모두 다 호랑이 할머니의 땅이었다. 겨울에는 동네 집집마다 돌아다니면서 남의 집 뒷간을 쳐주었다. 인분을 리어카에 실어다가 겨울 내도록 방죽에 끼얹었다. 봄이 오면 동일방직 둑길 옆에다 들깨씨를 노가리로 흩뿌려둔다. 여름 동안은 들깻잎을 뜯어다 내다 팔고 가을에는 들깨를 수확해서 기름을 짜서 내다 팔았다. 폐품을 주워 들이고 폐품을 모아 판돈을 모조리 농협협동조합에다 저축했다.

호랑이 할머니가 검정 고무신에 나일론 검정 고쟁이 같은 때묻은 바지를 입고 농협협동조합에 들릴 때면 사람들은 슬금슬금 그녀의 곁을 피했다. 그러나 농협의 조합장은 호랑이 할머니를 조합장실에서 깎듯이 모셨다. 그리고 차를 대접하고 한사코 사양함에도 불구하고 조합장은 자기의 승용차로 동구 앞까지 태워다 주곤 했다. 이러한 광경을 목격한 양지마을 사람들은 이구동성을 한마디씩 말했다.

"흥! 뭐니 뭐니 해도 돈이 제갈량이라니까. 흥! 돈! 개도 안 돌아보는 돈을 사람들은 그저 돈이라면 오금을 못쓴다니까."

자기네들은 죽었다 깨어난다 해도 받아볼 수 없는 대접에 대한 비양거림이었다.

"여보게들, 그렇다고 너무나 돈돈돈 떠들지 말게. 사람 먼저 낳았지 돈 먼저 낳았다던가. 죽으면 돈 싸짊어지고 저승에 갈 것도 아닌건데. 맬짱 헛수고여. 헛지랄이여. 돈이 아무리 치쌓였음 대수요. 내 살아생전에 편케 살고 쓸 것 쓰고 살 일이지."

"옛말 그른 것 어디 한마디나 있데여. 쓰는 놈 따로 있고 버는 놈 따로 있다고 호랑이 할머니도 이젠 그만 극성을 떨고 좀 편안한 여생을 살아도 될 것이 아니겠는감. 아들 손자 며느리 도시로 내보내

아파트 생활시키고 당신 혼자서 애써봤자 소용없는 일이라니께."

"누가 아니래여, 당근이지 시쳇말을 쓰자면."

양지마을 사람들은 마을회관에 모여 앉으면 호랑이 할머니에 관해 담론했다.

"세상은 모두 다 상대적인 것이라네. 소도 언덕이 있어야 부빈다고 호랑이 할머니가 제아무리 심이 장사이고 부지런하고 일 잘한다고 치더라도 일할 여건이 마련되어 있어야만 그 심이 쓰여질 것이 아닌가벼. 여보게들 생각해 보게나. 호랑이 할머니가 거 왜 요새 흔히 쓰는 말 있지 않음감. 그 헝그리 정신이 발동하게 된 언덕이 바로 정씨네 가문이었다네. 정씨네 가문에서 노동력이 필요하지 않았다문 어디가서 힘을 쓰겠나. 그러니까 자본과 노동력의 싸움인데 정씨네는 재산 지키기보다 아들 얻는 욕심이 커서 그만 재산을 놓쳐버린 꼴이 된 것일세."

"암, 그렇고말고. 정학조 그 양반, 그처럼 소원하던 아들 형제 소실 얻어 소원성취했다만 그 후문 들어들 봤나. 궁금하이, 그래 그 아들 효도받고 늙게 잘 지낸다며."

항상 말머릴 잘 가로채는 송씨가 이장 최 서방에게 물었다.

"말도 마슈, 내 얼마 전 경성에 올라갔다가 그댁 큰딸을 만났는데 그게 아닙디여. 왜 그 아들 낳아준 소실이 재산이 다 드러나니까 도망쳤다는 소식은 다들 들어서 알고 있었던 바이고 그 후일담을 들려줌세."

양지마을 이장은 목이 탄다면서 회관에 들어가 소주 네댓 병과 마른안주까지 집어들고 와서 이야기판을 벌렸다. 때는 모내기가 막 끝난 초복 무렵이었다. 논배미마다 꽂아놓은 모가 뿌리를 박고 늘리면서 검실검실 검어갔다. 전같으면 소작을 붙여 벼포기가 우람스럽게 벌 때면 대견스럽다가도 또 한편으로 생각하면 공연히 울화통이 치밀곤 했다. 왜냐하면 뼈심들여 농사를 지어봤자 3,7제다 4,6제다 기껏 얻어먹을 수 있는 소출이 겨우 절반에 못 미쳤으므로 이것저것 생산비 제하고 나면 양식대먹기도 힘에 부쳤던 터였다. 그러나 이즈막엔 그와 같은 곤욕이 없었다 하더라도 비싼 땅에 농사를 지어봤자 지대의 은행 금리에는 턱없이 부족한 현실이었다. 그 때문에 적지 아니한 양지마을 사람들은 갈등을 빚고 있었다.

"에이 그냥 팔아버려. 은행에 넣어놓고 가만히 있어도 은행돈은 잠 안자고 늘어나는데 이자나 따박따박 따먹는 것이 편치 이 지랄이 무슨 헛고생이람."

이렇게 농사를 포기하고자 하는 측이 있는가 하면 또 다른 한편으로는 "당치 않은 소릴 하덜 말어. 은행에 넣어놓구 이자만 따먹구 살아도 떵떵거리며 잘 산다구? 그거야, 얼핏 표면상으로 보면 그럴듯할지 몰라도 자고로 송충이는 솔잎을 먹고사는 벱이여. 현금? 그건 손끝에 붙은 밥풀인거여. 손쉽게 집어먹으면 그뿐인 거여. 그때는 이미 내 땅에 모 꽂아보고 싶어도 이미 기차는 떠나버린 다음이라니께. 차 떠난 뒤에 손들어 봤자 무슨 소용이 있겠는감."

양지마을 사람들은 입맛을 쩍쩍 다시면서 이장 최 서방을 바라봤다. 최 서방은 몇 잔 술에 벌써 얼굴에 홍조가 떠올랐다. 그는 결코 맨정신으로는 정씨네 몰락 과정을 술회할 수 없겠다는 단호한 결의마저 내비쳤다.

"정학조 씨네 그 후일담. 이건 사실 보도란 말일세. 옛날이야기가 아닌 바로 우리 이웃의 오늘 이야기라는데 의미가 있다고 생각하네. 그댁 큰아들은 용인정신병원에 들어 앉았구. 그댁 어르신네 아들 면회하러 나갔다가 교통사고로 거릿귀신되얏다네. 그 집안에 망조가 들었을 때 그 쪼간이 그댁 어르신네 산소 자리 탓을 했지 않았는감. 그래 정학조가 막판에 이 고장 떠날 때 용인으로 밀례해 갔는데 지금은 묘역을 돌보지 않아 뺑대쑥대가 수북하다네. 그 둘째 아들놈, 제 애비 산소만 벌초하고 그 윗분상인 할아버지 산소는 손도 대지 않았다는군. 그뿐인 줄 아슈. 바로 얼마 전에 산소를 모두 파서 화장해버리구 그 산소 자리마저 팔아먹었다는구료."

"그것 보게나. 옛말 그른 게 한마디도 없다네. 옛적에 자식 빌러 절에 갔다가 재산 빌었다는 말이 냄의 야그가 아닙데여. 여보게들 정신 차리게. 그저 농사꾼은 세 뼘 땅이라도 내 땅에 농사를 지어 먹어야 목숨 부지하는 벱이여. 괜스리 개발이다 뭐다 돈 욕심에 눈 어둬 땅 팔아먹으면 그때가서는 끝장이라네 끝장."

"아암, 그렇다마다."

양지마을 사람들은 두 손을 모으고 두드렸다. 담론은 양지마을에서 윗동네 덕장골로 더듬어 올라갔다. 항상 이야기의 선은 송 서방이 잡았다.

"아하, 지금이야 다들 잘 살아 동네 잔치 워디 특색이 있겠는감. 왜 있잖아. 그때 그 시절에야 말야. 뭐니 뭐니 해도 여름철 무더위에 덕장골 두 집 어르신네 생신 잔칫날은 일 년 중 손꼽아 기다렸었는데 말요. 그때야 냉장고다 얼음이다 이 농촌에서 언감생심 귀경들이나 했겠소. 그래도 정 주사댁 어르신네 생신에 먹어봤던 냉콩국수 산골 물에 채워뒀던 거라서 이가 시리도록 시원했지 않았는감. 그게 아주 별미였었는데. 잔칫상에 놓인 징편 한 조각 먹지 않구서 남몰래 호박잎에 싸 들구 와서 아들놈 주면 끔찍이도 좋아했으련만."

"그뿐이유. 그 옆의 지 주사댁 마님 생신잔치는 어떻구, 그 돼지고기 삼겹살을 그댁의 맛난 찹쌀고추장에 재서 석쇠에 구운 불고기 맛은 어떻구, 생오이 송송 채 썰어 띄운 미역냉국, 그건 냉장고에서 꺼낸 시원한 맛하군 비교가 안 된다구. 그때 먹어보던 열무김치 고추장 맛 지금은 찾아볼 수 없구먼."

"앗따, 이건 흥부네 자식들인가. 모여 앉아 먹는 타령은 되지게 하네. 다 지나간 옛날야긴 게여. 그런데 말요. 시제가 바뀌니 살기는 편해졌을망정, 웬일인지 맴은 전만 같지 않게 되려 허전하니 이게 다 배부른 타령이 아니고 뭣일 게요."

송 서방이 감탄조 반 탄식조로 말했다.

양지마을은 모두 이십여 호에서 멈췄다. 그린벨트 지역으로 더 이상 가옥은 늘 수 없었으나 타지에서 영입해온 세입자들까지 합하면 가구수는 원주민과 대등했다. 세입자들은 도시에서 밀려난 서민들이었으나 그들은 비록 곁방살일 했을망정 생활습관은 도시화를 탈피할 수 없었다.

농촌의 인심은 매사가 돈과 맞바꾸는 거래가 이루어졌으며 그 옛날 이웃 간의 돈독한 정은 이미 메말라 버렸다. 그럼에도 불구하고 양지마을 사람들은 그들이 오랫동안 간직해왔던 생활풍습이나 생활방식은 쉽게 바뀌지 않았다. 아직도 산소 자리를 운운하고 조상

덕이니 그 집의 내력이니 인심이 천심이라느니 따졌으며 운명은 그 어떤 절대자의 손아귀에서 인생이 펼쳐지고 있음을 의심치 않았다.

그도 그럴만한 것이 왜냐하면 한 고장 한 터에서 4~5대가 이어서 살아오면서 이어지는 삶의 파노라마를 한눈으로 꿰뚫어볼 수 있었기 때문이었다. 따라서 오늘의 삶이 결코 과거와 무관하지 않은 연속선상에 있었으며 지금의 삶은 곧 그간의 사필귀정으로 매듭짓고 있으므로 해서였다.

지난 반세기를 돌이켜 보아도 양지마을은 역사와 함께 많은 변모와 변화를 가져왔다. 비록 그린벨트 절대농지구역으로 주거환경이 크게 달라지지 않았다 치더라도 산업도로가 종횡으로 뚫리고 고가도로가 마을 앞산을 케익 자르듯 부러뜨렸으며 보다 더욱 큰 변모는 서울구치소의 이전이었다.

인동의 숫한 지관들이 풍수지리설을 들먹여 명당을 운운했으며 한 시대를 풍미했던 두 집안의 전성기가 4·19 이후로 잦아들기 시작하자 사람들은 한결같이 무잿봉의 기운이 쇠잔해졌다고 말했다.

뒤로는 무잿봉이 붕긋이 솟아있고 옆으로 안산 앞으로 몰악산이 마주 바라보이는 삼태기 속같이 안온한 마을 덕장골, 하룻밤 묵어가는 나그네도 그 수려한 풍광을 결코 잊지 못하던 곳이었다.

어느 겨울날, 한 대의 헬리콥터가 비석머리께 내려 앉았다.

천연의 요새처럼 들어앉은 덕장골이 그 다음날로 수용됐다. 법무부 수행 자동차가 들이닥쳐 말뚝을 박고 돌아갔다. 수용된 지경 안의 민가는 겨우 열세 집에 불과했다. 이들 열세집의 리더는 인덕원 사거리에 나가서 부동산업을 하는 박씨였다. 그는 어려서부터 언변이 좋아 동네 어른들의 귀염을 받았다. 박씨는 동네에서 변호사로 통했으며 또한 반죽이 좋아 어느 누구하고도 스스럼없이 잘 어울리고 통하는 동네 걸작이었다. 박씨는 서낭댕이 옆, 그의 선대 묏자리를 수용지역에서 빼내주는 조건으로 동네 사람들의 수용 합의서를 얻어내겠다고 당국과 약속했다.

덕장골 사람들은 누구나 막론하고 박씨네 집 신세를 지고 있던 터였다. 왜냐하면 유일하게 마을에서 그 집에만 전화가 있었으므로 긴급한 연락사항이 있거나 연락이 왔을 때에는 박씨네 식구들이 수고했다. 그 집 내외는 인심 좋게 성가신 전화 심부름을 마다않고 해주었으며 마을 사람들은 그때마다 황송해서 두 손을 부비면서 긴급한 상황을 그 집 전화로 신세를 졌다. 따라서 박씨는 열세 가구의 집안 내막을 환하게 꿰뚫고 있었으며 박씨의 수용승낙 장담은 당연한 귀결이 되었다.

1980년대 초였다. 덕장골 사람들은 당시 시세보다 월등하지 못한 평당 만 원 미만의 보상비를 받아 손에 쥐고 뿔뿔이 흩어졌다. 정씨네는 초라해진 가문을 동네 사람들에게 드러내기 싫어 멀찌감치 떠나 충청도 땅으로 내려가서 목장을 경영했다. 물론 선대묘도 모조리 이장했다. 또 대부분의 사람들은 대토를 받아 이주단지로 집을 옮겼다. 희야의 외가는 양지마을의 농막으로 이주했다.

경기도 화성군 의왕면 포일리 11번지. 사람들의 너 나 할 것 없이 입에 침이 마르도록 떠들던 고장이다. 어느 한 사람 반대 의사 한마디 못 지르고 수용됐다. 마을 사람들은 마을회당에 모이면 또 이렇게 담론했다.

“거 참! 덕장골이 뭣보담도 명당은 명당자리인 게요. 보게나 여보게들. 대한민국에서 내로라하는 거물들이 모두들 거쳐가다니 그 아니 명당일소냐. 그 옛날의 정조대왕이 화성의 수원성에 행차하실 때 과천읍에서 하룻밤 묵으시고 부림말에서 잠시 쉬었다 가셨는데 그때 동네를 돌아보시고 마을의 치산을 잘했다고 부림말이라고 명명했다는데 요즈음 거물들은 덕장골을 다녀가서 무슨 말을 남겼을 것 같소이?”

“거야 뭐 두말하면 잔소리가 아니겠는가. 산 좋고 물 좋은 명당에 와서 그 검칙한 마음 개부심 잘했다고 잊지 못할 것일세. 아 왜 있지 않남. 그 옛이름 검칙골. 맞다 맞네.”

송씨가 또 손뼉을 두드렸다.

“다 옛사람들이 선견지명이 있어서 붙여둔 이름이로세. 모탱이 박씨는 제 집 선산만 도려내듯 빼돌려 놓고 성황당 건너 산까지 모조리 철조망을 쳤지.”

“웨디 그뿐인감. 관계자 외 출입 엄금, 만약에 어기면 발포함.”

난 그 경고문인가 뭔가 하는 팻말만 봐두 소름이 오싹한다네.

최 서방이 어깨를 움츠리면서 떨면서 말했다. 그리고 말을 또 이었다.

“그나저나 가막소가 들어온 것까지는 그래도 봐주겠는데 사형장까지 들어왔으니 양지편 병신을 만들어 놨다구. 동네에 좋은 시설이 들어와야지 발전할 뿐더러 덩달아서 땅값도 오르지 이건 뭔가. 난 너무 흉측스러워 아예 납작고개 쪽은 안 돌아 본다네. 그런데 말이네. 벌머루 사람들이 그러는데 그 납작고개 사형장께는 비 오는 날이면 무지개가 자주 뜬다는구먼.”

“자네가 봐나?”

“그럼 그럼, 벌머루 양씨가 줄창 말하든 걸 뭘.”

“벌머루 양씨네도 죄수복장수해서 돈은 곧잘 벌어들인다 하더만, 얼굴이 영 전만 못혀.”

“그야, 당근이지. 그저 돈벌일 해두 신나는 일루 돈을 벌어들여야지 신수가 훤하게 피는 것이라네.”

양지마을 사람들은 돈벌이로 담론의 방향을 다시 돌렸다.

“그 모탱이 두꺼비란 놈, 저 집 선산 제 아버지 산소 쓰고 집안 일어났다고 해서 제 아범 산소 건드리지 않았음 뭣할 것이여. 제 동생 순양이는 돈벌이에 눈이 어두워 제 애비 산소 밑에 가서 닭 도살장 차렸다는데 모르긴 몰라도 허구헌 날 성황당 앞에서 살생을 한다니 그 애 목숨 고이 부지할는지 의심스러우이.”

“왜 다들 잊었는감. 아 불당굴 살던 최 서방 말일세. 아 왜 목발 짚고 다니던 절름발이 영감 있었잖는감. 그 영감이 젊었을 적에 성황당 나무에 올라가 곁가지로 뻗은 벗을 따먹다가 왕벌에 쏘였을 때, 그 자가 한 말이 있잖나. 성황당을 건드리면 앙화가 내린다고 겁주니까 다리부러지면 고무다리한다고 큰소리쳤는데 정말 말처럼 돼 다리를 허벅지까지 끊어내구 고무다리하고 삐거덕거리다가 죽었지.”

“모두 다 옛날이야긴기여. 요새 젊은 애들 워디 그런 것 저런 것 따지는 감. 그저 눈앞에 뵈는 것도 안 믿겠다는 판국인데, 더더구나 뵈지도 않는 귀신 따윈 아예 안중에도 없다네.”

중늙은이 측들은 마을회관에 모여 앉아 어리쿵저러쿵 동네 말들을 일삼았다. 희야의 외할아버지는 마을에서 상노인 측에 들었다. 할아버지는 친구들이 모두 다 세상을 떠나서 외롭다고 했다. 할아버지는 오로지 과수와 씨름했다. 지지난해인가 할아버지가 세상을 떠나기 전이었다. 희야가 여름방학 중에 외가에 들릴 때면 할아버지는 희야와 독대하고 많은 이야기를 했다. 그것은 희야를 식물학을 연구하는 연구원으로 대접해서 당신의 사업과 과수재배에 관한 이론을 설명했다.

"애야, 잘 들어보거라. 내가 복숭아나무를 기른 지 50년에 이른지라 처음에 이 동산을 개간해서 묘목을 심고 나무를 길러 열매를 따먹기 반백 년이 눈 감았다 뜬 새 지나갔구나. 내 한창때 우리집 복숭아 남대문시장에 내놓으면 일등품이었느니라. 때깔 좋고 맛 좋기로 서울 장안에서 소문난 복숭아였다. 그런데 말이다. 요즈음 내가 젊었을 때 농사짓던 방식대로 거름주고 소독하고 과수를 기르는데 전과 같은 상품이 나오지 않어. 제기랄 나무도 내가 늙었다고 업신여기는지 영 맘과 같지 않단말여. 더구나 이즈막엔 정신마저 희미해져서 지난해 그루당 거름을 몇 킬로그램 했는지 도무지 기억이 안 나서 올해에는 이렇게 도표를 그려서 연도마다 거름한 것과 수확량을 기록하고 있다. 뭐니 뭐니 해도 농사 중에는 그래도 과수가 으뜸인 게야. 복숭아나무 한 그루에서 적게는 쌀 한 가마 거뜬히 수확하거든."

희야는 눈을 과수원으로 돌려 빨리 복숭아나무를 세어 보았다. 그리고 큰 소리로 말했다.

"할아버지 지금도 굉장한 부자이시네요. 나무 한 그루에 쌀가마가 주렁주렁, 열 그루면 열 가마, 백 그루면 백 가마……"

"할아버지 댁 복숭아나무가 모두 몇 그루죠?"

"한 삼백 그루 돼지."

"쌀 삼백 가마. 아하, 연봉 오천만 원을 육박하고 있어요."

"인석아 열매는 거저 딴다든? 이른 봄 전지부터 시작해서 땅 파고 거름주기, 소독하기, 꽃 피면 벌레 잡아주고 솎아주고 봉지 싸매주고 생산비용이 수확의 절반을 훨씬 넘는단다."

"아아, 그렇겠군요. 그래도 할아버지는 퇴출될 염려가 없지 않아요. 할아버지는 만년 현역이세요."

희야는 고개를 끄덕이면서 잠시 어머니를 생각했다.

어머니의 뿌리는 깊고 단단했다. 어머니의 연봉은 어림잡아도 조그마한 복숭아 과수원 할 필지는 물려받은 폭이 됐다. 확실하게 투자가치는 교육에 있음을 확인할 수 있었다.

"네 애미 공부시킬 때도 이 복숭아나무가 효자 노릇을 했느니라. 그리고……"

할아버지는 또 무슨 말을 하려다가 그쳤다. 그러나 희야는 그 다음 말이 무슨 말을 하려했었는지 곧 알 수 있었다. 그것은 다름 아닌 희야 아버지에 관한 궁금증이었을 것이 뻔했다. 할아버지는 희야를 만날 때마다 반복하는 말이 있었다. 할아버지 생전에 성공하고 남는 일은 오직 나의 어머니 대학을 졸업시킨 일과 과수재배에 관한 성공담이었다.

희야는 진지해졌다.

아버지에 관하여 전혀 생각하지 않은 것도 아니지만 그렇다고 절실하게 피의 끈끈함을 느끼지도 않았다. 아버지, 나의 아버지에 관한 기억은 유년의 기억 속에 가물가물했다. 나의 아버지 저 남쪽

땅 바닷가에 막내로 태어나 아버지를 일찍 잃고 홀어머니를 모신 소년가장이었다고 알고 있었다. 나의 어머니와의 인연은 기상천외한 만남으로 두 사람의 결혼은 성사되었으며 풍매화처럼 아이 넷을 남기고 다시 남쪽으로 떠났다. 희야는 아버지에 관해 더 이상 바라지도 원망하지도 않았다. 새로 선택한 각자의 삶에 충실해서 언젠가 다시 인연이 있으면 만날 수 있을 것이라고 자연의 섭리에 놓아두고 싶었을 뿐이었다. 지금 이대로 겉으로 드러나기에 불행한 것 같았지만 사실은 꼭 불행한 것만도 아니었다.

세상에는 얼마나 용서할 수 없는 범죄자들이 허다한가. 그래도 아버지가 살아 있으니 그 일 한 가지만이라도 죽은 것보다는 참 다행한 일이었다.

희야가 분위기를 바꾸려고 화제를 바꿨다.

"할아버지요. 이를테면 말이죠. 우리가 연구실에서 하는 일은 비료의 양과 일조량을 일일이 체크하지 않아도 되죠. 단편적인 사실에서 자연의 법칙성을 끌어내는 연구를 해요. 그러니까 복숭아나무 한 그루에서 가장 적절한 최상의 수확을 기대하려고 하는 모든 조건을 실험에 의해 정확하게 계산해낼 수 있게 되죠."

"그러냐. 그래도 뭐니 뭐니 해도 이론과 실제는 딱 들어맞을 수는 없지. 너희들 연구가 제아무리 영특하다 해도 내 오십 년 경륜을 따라올 수 있겠냐."

할아버지는 아이처럼 어깨를 으쓱이면서 나무를 어루만졌다.

할아버지는 희망하기만 하면 소원이 이루어진다고 믿고 있었다. 참 행복하신 분이라고 희야는 생각했다.

특히나 양지마을 사람들 중에서도 농사를 업으로 하는 사람들은 그들의 노고가 고달프다고 할지라도 그들이 희망하기만 하면 모두 소원이 이루어질 수 있었다. 그것이 농사에 관한 소원이라면 농사의 계획은 짧게는 한 계절, 길게 일 년이면 족했다.

일 년 농사가 작파했다 치더라도 다음해에는 새롭게 시작해서 가을에 거둬들일 수 있었다. 그러나 그 일 년 동안의 질고는 능히 흉용한 창해를 항해함에 비길 수 있었다. 하늘만 쳐다보던 천수답 시대는 극복되었다 할지라도 한발이나 태풍과 같은 천연재해에는 인간의 한계점을 항상 드러내게 했다. 어디 그뿐이겠는가. 기상이변에 따른 냉해와 병충해의 재난을 극복하기란 말 그대로 산 너머 산 물 건너 물이었다. 오랜 역사 속에서 양지마을 사람들은 용케 농토를 지키고 잘들 버텨왔다. 그럼에도 불구하고 희야의 할아버지는 자식들에게 농사를 업으로 물려주려고 하지 않았다.

과수재배는 할아버지의 일이었다. 할아버지는 과수재배에 창조적 노력을 지금까지 기울이면서 이들을 떠나서 오늘에 있기까지 실패와 재기를 거듭했다. 할아버지는 이득을 떠난 항상 새로운 성취감에 희망을 걸었기 때문이었다. 이 점이 할아버지를 마지막까지 양지마을에서 버틸 수 있게 했다.

할아버지가 소원하는 것을 이제 젊은이들에 권하고 싶은 전천후의 철밥통을 차는 일이었다. 그것은 다름 아닌 도시인들의 안정된 직업이었다. 그럼에도 불구하고 농사를 천직으로 삼고 살고 있는 몇몇 양지마을 사람들의 확고한 신념을 그들 나름대로의 세상을 볼 줄 아는 지혜의 터득에 있었다.

고통의 흔적은 시간 속에 매몰되거나 치유되고 그 흔적은 과거 속에 아련하게 채색되고 정지된 화석으로 남아있기 마련이다. 어머니는 남방의 벼포기와 같은 존재였다. 나라는 생명을 잉태하기 위해 늪 속 깊게 깊게 그 뿌리를 내리고 네 톨의 이삭을 매달고 결실을 주문해왔다. 나의 어머니의 생존방식은 지독하게 원시적이었으며 이와 같은 삶의 습득은 어머니의 어머니와 할머니에게로부터 전수받은 것들이었다.

희야는 결코 그녀의 어머니와 같은 삶을 살지 않을 것이라고 거듭 다짐했다. 희야는 한 남자를 진정으로 사랑할 것이며 그 사랑을 결혼이란 제도로 완성시켜야 한다고 굳게 믿고 있었다. 어머니는 희야의 결혼을 반대했다. 이유는 어머니의 결혼에 관한 편견이었다. 그러나 희야는 어머니의 생각과는 아주 달랐다. 희야는 사랑한다면 세상에는 불완전함이 전혀 없을 것이라고 굳게 믿고 있었다.

어머니가 저주하듯 말했다.

"흥! 너도 세상 살아봐라. 세상은 네 뜻대로 살아지는 것이 아니야."

그래도 희야는 어머니의 훈계는 결코 받아들일 수 없었다. 희야는 세상을 얼마든지 실패하지 않고 잘 살아낼 수 있을 것 같은 자신감이 넘쳤다.

희야의 결혼식은 신랑 쪽에 의해 지방에서 간략하게 치러졌다. 결혼식에 그녀의 아버지를 초대하느냐의 문제로 또 갈등을 빚었다. 그러나 어머니는 극구 반대했다. 내용이 없는 형식은 결코 용납될 수 없다고 했다. 결혼식은 이십 분이면 충분했다. 삼십 년을 계획해온 새 출발은 그 이십 분 속에 함축되고 있었다.

그녀의 인생은 시작되었다. 그것은 바로 대서양 어느 바위섬에서 서식하는 해녀콩이 파도에 떠밀려와서 제주도 토끼섬에서 싹을 틔우고 뿌리내려 콩꽃을 피우고 열매를 맺는 것과도 동등했다. 그녀가 어머니의 삶을 경멸하고 자신의 생명을 보존하기 위해 보기에는 탐스럽지만 사람에게 먹히지 않으려고 카라반이라는 독성을 품어 종족을 보존하려는 유전자를 가지고 있는 것과 흡사했다.

희야는 수십 통의 편지를 써서 세계 여러 나라들의 연구소로 보냈다. 그녀가 연구하는 캬라반은 인체에는 유해하나 동물이나 새에게는 결코 해를 끼치지 않는 유전자에 관한 실험이었다. 공교롭게도 편지의 회신이 온 것은 그녀가 신혼여행에서 돌아온 바로 다음날이었다. 미국의 한 지방에 있는 대학에서 연구원이 필요하니 급히 와달라는 팩스가 연구실로 연속적으로 왔다. 희야는 갈 것인가 말 것인가를 망설여 보았지만 다급하게 회신을 기다린다는 독촉을 받아들이기로 했다. 희야는 결심했다. 좀 더 넓은 세계로 그녀의 연구 실적을 확장할 기회라고 판단해서 곧 출국을 서둘렀다.

1992년 9월 9일 오후 5시.

김포공항 제1청사 안은 언제나처럼 붐볐다. 세계 각국의 인종들이 밀차로 짐을 싣고 바퀴달린 여행용 가방을 끌면서 바쁘게 움직이는 모습은 가슴 설레게 하는 광경이었다.

멀리 떠난다는 것. 아니 떠날 수 있다는 여건은 참으로 행복했다. 적어도 겉보기에는 좋아보였다. 떠날 때의 서운함과 맞이할 때의 설레임은 모두 다 좋은 감정들이었다.

나는 서둘러서 출영 시간보다 일찍 공항에 도착했다. 어쩌면 떠나보냄의 서운한 감정을 좀 더 오랫동안 만끽하고 싶었을 것이다. 희야는 이미 내 가지에서 찢겨져 나간 존재였다. 생가지가 찢겨져 나간 상처의 아픔도 시간이 지나감에 따라 치유되기 마련이다. 그러나 아직은 새로 돋아난 새살이 아리고 쓰라림이 남아있었다.

나는 석이와 함께 대합실에 앉아서 아직 도착하지 않은 희야를 기다렸다. TV 화면과 출입문을 번갈아 보면서 희야가 그녀의 남편과 함께 어떤 모습으로 나타날까 상상해보았다. 벌써 한 달 가까이 얼굴을 보지 못했다. 전화로 간단한 용건이나 안부를 물었을 뿐 아직까지도 결혼 전의 갈등이 덜 가시어서 정감어린 통화는 없었다.

모두들 행복한 얼굴들이었다. 혼자서보다 쌍쌍인 사람들이 대부분이었다. 그 사람들 중에서 가장 보기 좋은 광경은 아무래도 젊은 연인들이거나 애기를 끌어안고 조심스런 걸음걸이로 걷고 있는 젊은 부부들이었다. 연인들이나 젊은 부부들의 발걸음은 유연했으며 약간은 으스대는 것 같았다. 나는 그들의 미끈하고 혈색 좋은 얼굴들을 쳐다보면서 그들의 영상 위에 희야를 덧씌워 상상해보았다. 초청비자는 단연 VIP임에 틀림없겠다. 아마도 청사의 승무원들은 희야의 신분을 의심해서 좀 더 찬찬하게 훑어보고 까다로운 질문을 던질 것이라고 생각했다. 내가 이처럼 한가한 생각에 잠겨 있었을 때 석이 소리쳤다.

"엄마! 큰누나 저기 온다."

나는 석이 가리키는 쪽을 바라보았다. 밀차에 커다란 이민 가방을 높이 싣고 승기 씨와 함께 자동문을 막 통과하고 있었다.

낯설었다. 항상 가까이서 보아왔던 가족들을 낯선 곳에서 만났을 때의 생경함이란 언제나 연민을 느끼게 마련이다. 그것은 키가 훤칠한 외국인과 마주섰을 때의 받을 수 있는 기가 꺾임과는 또 다른 의미의 비애감이었다. 희야는 지난 한 달 동안의 신혼생활에서 풍기는 신선한 행복감이 출렁대고 있을 것이라고 여겼었으나 그렇지 않았다. 이미 신혼생활을 일찍이 마치고 어느새 중년에 접어든 것 같은 생활의 찌들음이 혁혁했다. 나는 항상 입버릇처럼 외웠던 말을 다시 주어 담고 싶은 심경이 됐다.

"흥. 너도 시집가서 살아보아라, 인생이 솜사탕처럼 달콤한 것이 아냐."

그러나 나는 곧 생각을 고쳤다. 희야는 어쩔 도리 없는 삶의 변태를 겪고 있는 것이라고 단정했다. 그것은 여성이 해녀콩과 해녀들의 삶의 역학관계를 반복하고 있었음을 확인한 폭이 됐다.

나는 석을 앞세우고 천천히 그리고 조심스럽게 희야의 곁으로 접근했다. 희야가 출국수속을 마칠 때까지를 기다리면서 희야의 주위를 맴돌았다.

희야는 앞장서서 출국수속을 했다. 짐을 부치고 출국카드를 기록했고 크림손대학에서 보내온 비행기표는 델타항공회사 것이어서 거의 대부분이 외국 탑승객들이었다. 외국인들은 체격이 거구였을 뿐만 아니라 혈색이 분홍색이었으며 그들의 자신감은 온몸에서 방출되었다.

낯선 나라, 그것도 한국 사람이 드물다는 미국 남부의 작은 농촌도시에 있는 크림손대학을 찾아가는 희야는 이미 신부가 아닌 한국의 전문연구원이었으나 그 외모는 지극히 왜소하고 초라하기까지 했다.

희야가 우리를 돌아다봤다.

"엄마야, 안 나와도 되는데……"

"어머님이세요."

"……"

나는 말하지 않았다. 이상하다. 마음속으로 그저 아쉽기만 했는데 왜 자꾸 눈물이 나오는지 모르겠다. 나는 말없이 대기실 의자에 주저앉았다. 석이 희야와 무슨 말인지 주고받더니 스낵바 쪽으로 뛰어갔다. 석은 항상 먹는 것이면 만사형통이었다. 콜라를 종이컵에 두 손으로 받쳐들고 뛰어서 내게로 왔다.

"엄마, 이거 한 모금만 먹어봐. 참 시원해."

나는 거절하려다 말고 석이 입가로 들이미는 빨대로 들이마셨다. 눈을 감고도 맛을 알 수 있는 쏘는 듯한 자극이 나의 누선을 더욱 더 자극했다. 왜 콜라가 매운지 모르겠다.

"차를 마십시다. 어머니."

승기 씨가 앞장서 가며 말했다.

"엄마 이이가 차를 마시제요. 빨리 따라가요."

석이 덩달아서 신이 났다. 뛰어서 승기 씨와 나란히 걸었다.

네 사람이 한 테이블에 앉았다. 9월인데 날씨는 아직 더웠다.

공항 휴게실은 냉방이 잘 되어있었다. 밖의 온도만 여기고 짧은 팔에 여름옷이 계절보다 먼저 썰렁함을 가져왔다. 우리는 차를 날라 오는 동안 별로 말이 없었다. 공항 분위기와는 어울리지 않는다는 느낌이 자꾸 들었다. 어색한 분위기를 깨뜨리는 것은 석이였다. 석은 누이가 미국을 간다는 사실 하나만으로도 뻐기고 싶은 것이었다.

"누나 가서 내게 그림엽서 보내줘."

"그럼, 그곳 크림손대학의 농구팀이 유명하다고 했어. 가서 그곳 농구선수들의 얼굴이 들어있는 T셔츠를 부쳐줄게."

"정말, 꼭이야."

"그래, 그래."

"얘야, 그건 그렇고 서울에 남게 된 승기 씨가 염려된다."

나는 무엇보다도 승기 씨의 앞날이 걱정됐다. 가족이 한 명 줄어든 것이 아니라 오히려 한 사람 더 늘었다는 느낌이 들었다.

"엄마가 좀 보살펴 주세요. 이이는 밥은 주로 학교 구내식당에서 먹으면 되구요. 집에서는 가끔씩 라면을 끓여 먹을 테니까 김치와 밑반찬을 좀 해다 주세요. 특별히 이이는 마늘장아찌를 좋아해요."

"알겠다. 염려말고 몸조심이 제일이다. 그곳에는 한국 교포가 없다면서."

나는 희야가 염려됐다.

"그렇다나 봐요. 그러나 중국인 유학생이 몇 명 있고 농촌이라 사람들이 순박하다고 했어요."

"하여튼 가서 현 실정을 잘 파악하고 진로를 결정하도록 해라. 더구나 승기 씨는 결혼하자마자 또 자취생활로 돌아갔으니 미안하이."

"괜찮습니다. 이미 각오가 돼 있었는걸요."

나는 또 말을 하려다가 입술을 굳게 닫아버렸다.

비행기가 고도를 잡자 탑승기 안의 승객들은 안전벨트를 풀고 편안한 자세로 먼 여행에 대비했다. 희야의 시야를 가린 무수한 금발의 곱슬머리들이 담박에 낯선 세계로 떠나고 있음을 보여주고 있다. 희야는 승무원이 날라다 준 판초로 어깨를 감싸고 구두를 벗고 두 다리를 앞쪽으로 쭉 뻗었다. 좀처럼 피곤함이 풀리지 않는다. 가슴 복판이 가시에 찔린 것처럼 쓰리고 아팠다. 그런데 이상했다. 희야는 울고 있는데 속이 메슥거렸다. 아침부터 온종일 별로 먹은 것이 없었다. 식욕이 떨어져서 커피만 몇 잔 마셨다는 생각이 났다. 희야는 너무 먹은 것이 없어서인 것 같아 어머니가 가방 속에 챙겨준 김밥을 먹으려고 꺼냈다. 그러나 김밥을 입에 넣으려다 말고 또 멈췄다. 화장실로 급하게 갔다. 그리고 토했다.

희야는 겨우 정신을 차리고 세면대 앞에 비친 자신의 얼굴을 쳐다봤다. 피부는 키니네를 먹은 것처럼 노랗게 뜬 여자가 거울 속에서 희야를 쳐다봤다. 그리고 그녀의 귓속에서는 원심분리기의 회전음으로 착각되는 보잉 여객기의 프로펠러 돌아가는 소리가 요란하게 들렸다. 몸이 기우뚱거리고 기분이 이상했다.

"남의 나라에 가서 체신을 잃지 말아라."

어머니의 쟁쟁한 목소리가 희야의 귓속을 울렸다. 희야는 짧게 신음했다.

해녀들이 고달픈 삶이 지겨워서 죽어 버릴까 먹었다는 해녀콩은 오늘도 제주도 토끼섬에서만 자라고 있다. (끝)

해녀콩②

1쇄 발행일 | 2020년 04월 13일

지은이 | 채정운
펴낸이 | 정화숙
펴낸곳 | 개미

출판등록 | 제313 – 2001 – 61호 1992. 2. 18
주소 | (04175) 서울시 마포구 마포대로 12, B-108호(마포동, 한신빌딩)
전화 | (02)704 – 2546
팩스 | (02)714 – 2365
E-mail | lily12140@hanmail.net

ISBN 979 – 11 – 90168 – 11 – 3 03810
ISBN 979 – 11 – 90168 – 09 – 0 03810(세트)

값 15,000원